王蒙「春山讀書圖」(部分)。王蒙（1301或1308-1385），字叔明，浙江吳興人。倪瓚讚其畫云：「王侯筆力能扛鼎，五百年來無此君。」因曾在明朝宰相胡惟庸家中看過一次畫，被朱元璋關在獄中而死。此圖評者認為於幽靜之中含有春光澹宕氣象，現藏上海博物館。圖中題詩有：「曾采茯苓驚木客，為尋芝草識仙人」，及「露肘巖前搗蒼朮，科頭林下煮新茶」句，則圖中人似為隱居的醫生。

漢墓出土帛書《導行圖》摹本：馬王堆漢墓出土。圖中人物有男有女。「導行術」是中國古代治病健身的功夫，即「氣功」，後代易筋經、太極拳等均由此而衍化出來，可說是中國內家拳術的始祖。據學者考證，這些圖中包括熊經、鳥伸、狼踞、猴喧、龍登、鷂背、猿呼、鶴展等動作。

信
項

漢墓出土帛書《陰陽十一脈灸經》：長沙馬王堆漢墓出土，西漢初年醫書，此頁中有關於「足少陽」、「足陽明」等經脈的解說。二千餘年女子軟屍即從該處出土。

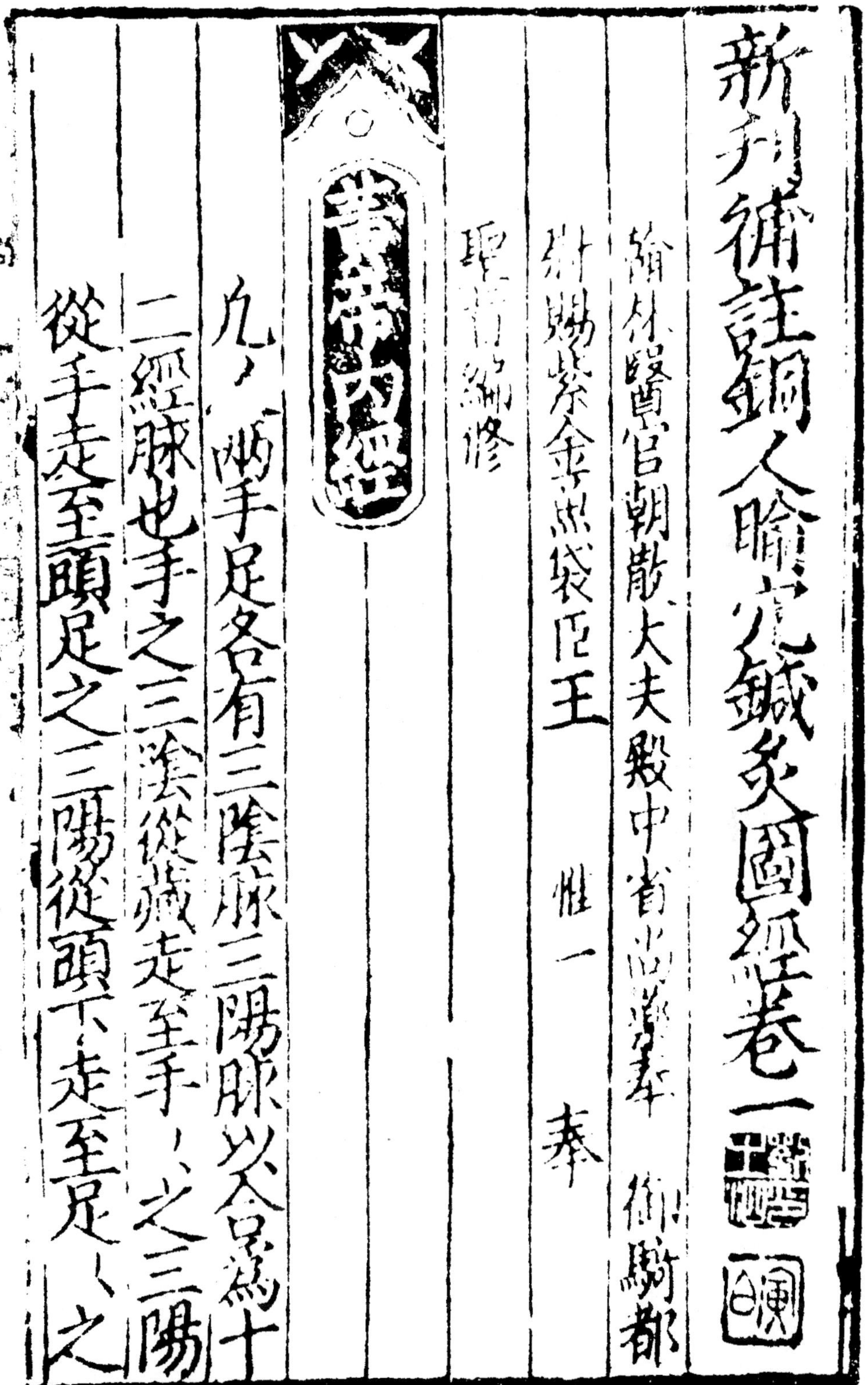
新刊補註銅人腧穴鍼灸圖經卷一

翰林醫官朝散大夫殿中省尚藥奉御騎都尉賜紫金魚袋臣王惟一奉

聖旨編修

黄帝内經

凡人兩手足各有三陰脉三陽脉以合為十二經脉也手之三陰從藏走至手手之三陽從手走至頭足之三陽從頭下走至足足之

金朝雕版印刷《新刊補註銅人腧穴鍼灸圖經》之一頁。

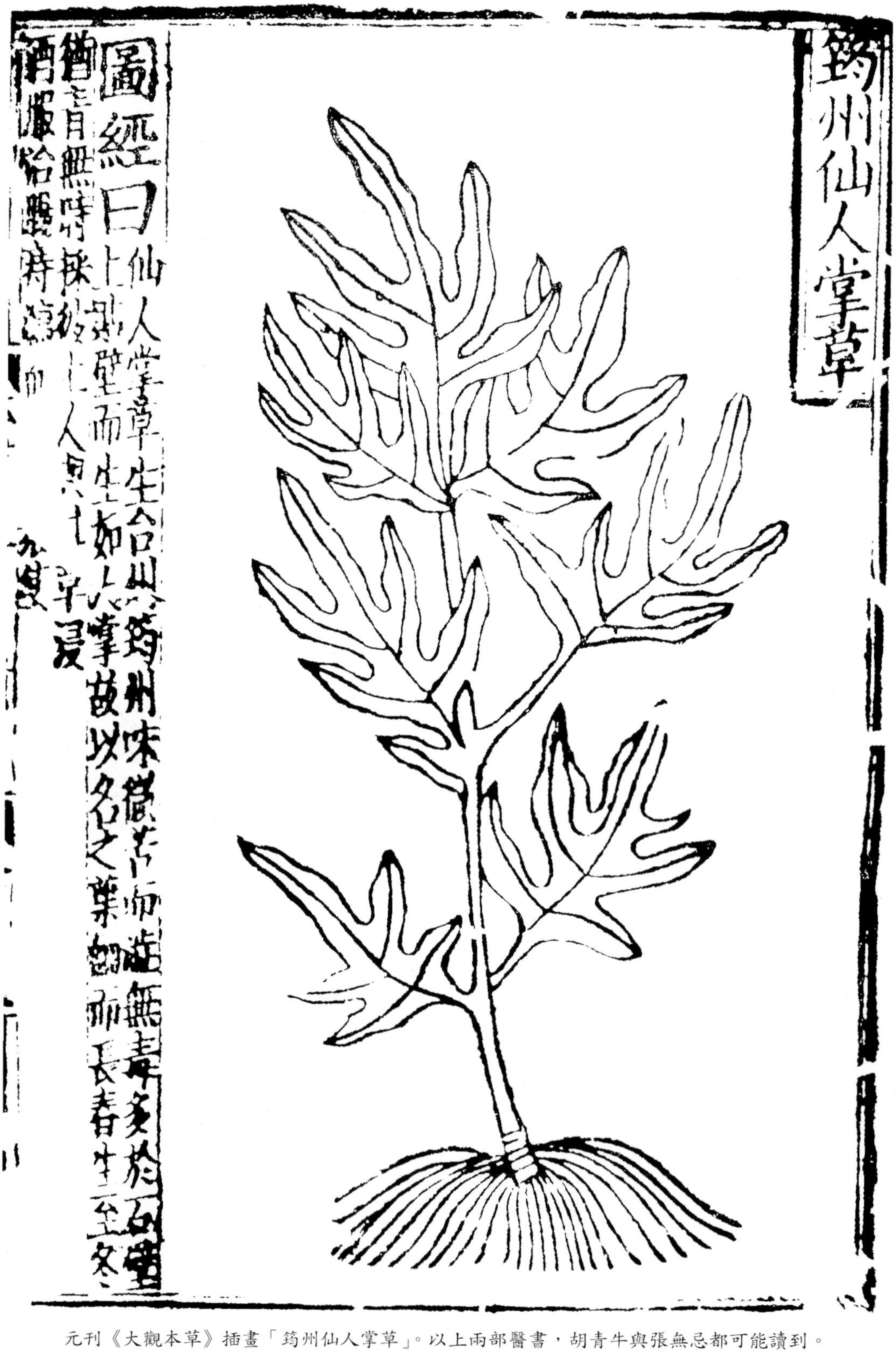

元刊《大觀本草》插畫「筠州仙人掌草」。以上兩部醫書，胡青牛與張無忌都可能讀到。

宋人「灸艾圖」──舊題為李唐作。李唐（1049-1130），宋徽宗、高宗朝大畫家。圖中繪村醫在病人背上穴道灸艾，病人痛苦大叫，村醫及其藥僮聚精會神，病人家屬焦慮關切，均甚生動。

郎世寧「白猿圖」——郎世寧，清康熙、雍正、乾隆年間清宮宮廷畫家，意大利人。

金庸

大字版

倚天屠龍記

③萬里西行

大字版金庸作品集㉝
倚天屠龍記 (3)萬里西行 「公元2005年金庸新修版」
The Heavenly Sword and the Dragon Sabre, Vol. 3

作　　者／金　庸

封面設計／唐壽南　內頁插畫／姜雲行

發 行 人／王　榮　文
出版・發行／遠流出版事業股份有限公司
臺北市中山北路一段11號13樓
電話／2571-0297　**傳真**／2571-0197　**郵撥**／0189456-1

□2005年3月16日　初版一刷
□2022年3月16日　二版六刷

大字版　每冊 *380* 元（本作品全八冊，共3040元）
〔另有典藏版共36冊（不分售），平裝版共36冊，新修版共36冊，新修文庫版共72冊〕

ISBN　978-957-32-8103-0（套：大字版）
ISBN　978-957-32-8097-2（第三冊：大字版）
Printed in Taiwan

YLib 遠流博識網
http://www.ylib.com　E-mail:ylib@ylib.com

目錄

前面一艘小船上一個虬髯大漢操槳急划，艙中坐著一男一女兩個孩子。在後追趕的一艘大船中站著幾名番僧和蒙古武官，彎弓搭箭，向那大漢射去。但聽得羽箭破空，嗚嗚聲響。

十一　有女長舌利如槍

張三丰帶了無忌下得少室山來，料想他已命不長久，便也索性絕了醫治的念頭，只跟他說些笑話，互解愁悶。這日行到漢水之畔，兩人坐了渡船過江。船到中流，漢水波浪滔滔，小小的渡船搖晃不已，張三丰心中，也是思如浪濤。

無忌忽道：「太師父，你不用難過，孩兒死了之後，便可見到爹爹媽媽了，那也好得很。」張三丰道：「你別這麼說，太師父無論如何要想法兒治好你。」無忌道：「我本來想，如能學到少林派的九陽神功，去說給俞三伯聽，那便好了。」張三丰道：「為甚麼？」無忌道：「盼望俞三伯能修練武當、少林兩派神功，治好手足殘疾。」

張三丰嘆道：「你俞三伯受的是筋骨外傷，內功再強，也治不好的。」心想：「這孩子明知自己性命不保，居然不怕死，卻想著要去治療岱巖的殘疾，這番心地，也確是我輩俠義中人的本色。」正想誇獎他幾句，忽聽得江上一個洪亮的聲音遠遠傳來：「快些停船，把孩子乖乖交出，佛爺便饒了你性命，否則莫怪無情。」這聲音穿過波浪聲傳來，入耳清晰，顯然呼叫之人內力不弱。

張三丰心下冷笑，暗道：「誰敢如此大膽，要我留下孩子？」抬起頭來，只見兩艘江船如飛的划來，凝目瞧時，見前面一艘小船上坐著一個虬髯大漢，雙手操槳急划，艙中坐著一男一女兩個孩子。後面一艘船身較大，舟中站著四名番僧，另有七八名蒙古武官。眾武官拿起船板，幫同划水。那虬髯大漢膂力奇大，雙槳一扳，小船便急衝丈餘，但後面船上畢竟人多，兩船相距漸近。過不多時，眾武官和番僧便彎弓搭箭，向那大漢射去。但聽得羽箭破空，嗚嗚聲響。

張三丰心想：「原來他們是要那虬髯大漢留下孩子。」他生平最恨蒙古官兵殘殺漢人，便想出手相救。只見那大漢左手划船，右手舉起木槳，將來箭一一擋開擊落，手法迅捷利落。張三丰心道：「這人武功不凡，英雄落難，我怎能坐視不救？」向搖船的梢公喝道：「船家，迎上去。」

那梢公見羽箭亂飛，早已嚇得手酸足軟，拚命將船划開尚嫌不及，怎敢反而迎將過去？顫聲道：「老……老道爺，你……你說笑話了。」張三丰見情勢緊急，奪過梢公的櫓來，在水中扳了兩下，渡船便橫過船頭，向著小船迎去。

猛聽得「啊」的一聲慘呼，小船中男孩背心上中了一箭。那虬髯大漢失驚，俯身去看時，肩頭和背上接連中箭，手中木槳拿揑不定，掉入江心，坐船登時不動。後面大船瞬即追上，七八名蒙古武官和番僧跳上小船。那虬髯大漢兀自不屈，拳打足踢，奮力抵禦。

張三丰叫道：「韃子住手，休得行兇傷人！」急速扳櫓，搖向小船，跟著縱身而起，大袖飄飄，從空撲向小船。

兩名蒙古武官颼颼兩箭，向他射來。張三丰袍袖揮動，兩枝羽箭遠遠飛出，右足一踏上船板，左掌揮出，登時將兩名番僧摔出丈許，撲通、撲通兩聲，跌入江中。眾武官見他猶似飛將軍從天而降，一出手便將兩名武功甚強的番僧震飛，無不驚懼。領頭的武官用漢語喝道：「兀那老道，你幹甚麼？」

張三丰罵道：「狗韃子！又來行兇作惡、殘害良民，快快給我滾罷！」那武官道：「你知這人是誰？那是袁州魔教反賊的餘孽，普天下要捉拿的欽犯！」

張三丰吃了一驚，心道：「難道是周子旺的部屬？」轉頭問那虬髯大漢道：「他這話可真？」那虬髯大漢全身鮮血淋漓，左手抱著男孩，虎目含淚，說道：「小主公……小主公給他們射死了。」這一句話，便是承認了自己身分。

張三丰心下更驚，問道：「這是周子旺的郎君麼？」

那大漢道：「不錯。我有負囑咐，這條命也不要了。」輕輕放下男孩屍身，向那武官撲去。他身上本已負傷，肩背上的兩枝羽箭又未拔下，且箭頭有毒，身剛縱起，口中「嘿」的一聲，便摔在船艙板上。

那小女孩撲在船艙中的一具男屍身上，只哭叫：「爹爹，爹爹！」張三丰瞧那具屍身的裝束，當是操舟的船夫。

張三丰心想：「早知是魔教中人物，這件閒事不管也罷。可是既已伸手，總不能半途抽身。」向那武官道：「這男孩已死，餘下那人身中毒箭，也轉眼便死，你們已經立功，那便走罷！」那武官道：「不成！非將兩人首級斬下不可。」張三丰道：「那又何必趕人太絕？」那武官道：「老道是誰？憑甚麼來橫加插手？」

張三丰微微一笑，說道：「你理我是誰？天下事天下人管得。」那武官使個眼色，說道：「道長道號如何？在何處道觀出家？」張三丰尚未回答，兩名蒙古軍官突然手舉長刀，向他肩頭猛劈下來。這兩刀來勢好不迅疾，刀鋒竟帶向無忌。

張三丰身子稍側，雙掌起處，已托在兩人的背心，喝道：「去罷！」掌力吐出，兩名武官身子飛起，砰砰兩響，剛好摔入原本乘來的大船。他已數十年未跟人動手過招，此時牛刀小試，大是揮洒如意。那爲首的武官張大了口，結結巴巴的道：「你……你……你莫非……是……」張三丰袍袖揮動，喝道：「老道生平，專殺韃子！」衆武官番僧但覺疾風撲面，人人氣息閉塞，半晌不能呼吸。張三丰袍袖停揮，衆人面色慘白，齊聲驚呼，爭先恐後的躍回大船，救起落水番僧，掉轉船頭，急划逃去。

張三丰取出丹藥，餵入虬髯大漢口中，將小舟划到渡船之旁，待要扶他過船，豈知那大漢甚是硬朗，一手抱著男孩屍身，一手抱著女孩，輕輕一縱，便上了渡船。張三丰暗暗點頭：「這人身受重傷，仍如此忠於幼主，確是個鐵錚錚的好漢子。我這番出手雖然冒失，但這樣的漢子卻也該救。」回到渡船，為那大漢拔出毒箭，敷上拔毒生肌之藥。

那女孩望著父親的屍身隨小船漂走，不住哭泣。那虬髯大漢道：「狗官兵好不歹毒，一上來便放箭射死船夫，若非老道爺相救，這船家女孩多半也性命難保。」

張三丰心想：「眼下無忌行走不便，若到老河口投店，這漢子卻是欽犯，我要照顧兩人，只怕難以周全。」取出三兩銀子交給梢公，說道：「梢公大哥，煩你順流東下，過了仙人渡，送我們到太平店上岸。」那梢公見他將蒙古眾武官打得落花流水，早已萬分敬畏，何況又給了這麼多銀子，連聲答應，搖著船沿江東去。

那大漢在艙板上跪下磕頭，說道：「老道爺救了小人性命，常遇春給你老人家磕頭。」張三丰伸手扶起，道：「常英雄不須行此大禮。」一碰他手掌，但覺觸手冰冷，微微一驚，問道：「常英雄可還受了內傷麼？」常遇春道：「小人從信陽護送小主南下，途中與韃子派來追捕的鷹爪接戰四次，胸口和背心給一個番僧打了兩掌。」

張三丰搭他脈搏，但覺跳動微弱，再解開他衣服一看傷處，更加駭然，只見他中掌處腫起寸許，受傷著實不輕，換作旁人，早便支持不住，此人千里奔波，力拒強敵，當眞英雄了得。當下命他不可說話，在艙中安臥靜養。

那女孩約莫十歲左右，衣衫敝舊，赤著雙足，雖是船家貧女，但容顏秀麗，十足是個絕色的美人胚子，坐著只是垂淚。張三丰見她楚楚可憐，問道：「姑娘，你叫甚麼名字？」那女孩道：「我姓周，我爹爹說我生在湖南芷江，給我取名周芷若。」張三丰心想：「船家女孩，取的名字倒好。」問道：「你家住在那裏？家中還有誰？咱們叫船老大送你回家。」周芷若垂淚道：「我就跟爹爹兩個住在船上，再沒……再沒別的人了。」張三丰嗯了一聲，心想：「她這可是家破人亡了。小小女孩，如何安置她才好？」

常遇春說道：「老道爺武功高強，小人生平從來沒見過。不敢請教老道爺法號？」張三丰微笑道：「老道張三丰。」常遇春「啊」的一聲，翻身坐起，大聲道：「老道爺原來是武當山張眞人，難怪神功蓋世。常遇春今日有幸，得遇仙長。」

張三丰微笑道：「老道不過多活了幾歲，甚麼仙不仙的？常英雄快請臥倒，不可裂了箭創。」他見常遇春慷慨豪爽，英風颯颯，對他甚為喜愛，但想到他是魔教中人，不願深談，便淡淡的道：「你受傷不輕，別多說話。」

張三丰生性豁達，於正邪兩途，本無多大成見，當日曾對張翠山說道：「正邪兩字，原本難分。正派弟子倘若心術不正，便是邪徒；邪派中人倘若一心向善，便是正人君子。」又說天鷹敎敎主殷天正雖性子偏激，行事乖僻，卻是個光明磊落之人，很可交交這個朋友。但張翠山自刎而亡，他心傷愛徒之死，對天鷹敎不由得由心痛恨，心想三弟子俞岱巖終身殘廢、五弟子張翠山身死名裂，皆由天鷹敎而起，雖勉強抑下了向殷天正問罪復仇之念，但不論他胸襟如何博大，於這「邪魔」二字，卻恨惡殊深。

那周子旺正是魔敎「明敎」中「彌勒宗」的大弟子，數年前在江西袁州起事，自立爲帝，國號稱「周」，不久爲元軍撲滅，周子旺遭擒斬首。彌勒宗和天鷹敎雖非一派，但同爲明敎的支派，相互間淵源甚深，周子旺起事之時，殷天正曾在浙江爲之聲援。張三丰今日相救常遇春，只激於一時俠義之心，兼之事先未明他身分，實在大違本願。

這晚二更時分才到太平店。張三丰吩咐那船離鎭遠遠的停泊。梢公到鎭上買了食物，煮了飯菜，擺在艙中小几上，鷄、肉、魚、蔬，共煮了四大碗。張三丰要常遇春和周芷若先吃，自己給無忌餵食。常遇春問起原由，張三丰說他中了寒毒，四肢轉動不便。無忌心中難過，食不下咽。張三丰再餵時，他搖搖頭，不肯再吃了。

周芷若從張三丰手中接過碗筷，道：「道長，你先吃飯罷，我來餵這位小相公。」無忌道：「我飽啦，不要吃了。」周芷若道：「小相公，你如不吃，老道長心裏不舒服，他也吃不下飯，豈不害得他餓肚子？」無忌心想不錯，當周芷若再將飯送到嘴邊時，張口便吃了。周芷若將魚骨鷄骨細心剔除乾淨，每口飯中再加上肉汁，無忌吃得甚是香甜，將一大碗飯都吃光了。

張三丰心中稍慰，又想：「無忌這孩子命苦，自幼死了父母，如他這般病重，原該有個細心的女子服侍他才是。」

常遇春不動魚肉，只將那碗青菜吃了個精光，雖在重傷之下，兀自吃了四大碗白米飯。張三丰不忌葷腥，見他食量甚豪，便勸他多吃鷄肉。常遇春道：「張眞人，小人拜菩薩的，不吃葷。」張三丰道：「啊，老道倒忘了。」這才想起，魔教中人規矩極嚴，戒食葷腥，自唐朝以來，即是如此。北宋末年，明教大首領方臘在浙東起事，當時官民稱之爲「食菜事魔教」。食菜和奉事魔王，是魔教的兩大規律，傳之已達數百年。宋朝以降，官府對魔教誅殺極嚴，武林中人也對之甚爲歧視，因此魔教教徒行事隱秘，守規吃素，卻對外人假稱奉佛拜菩薩，不敢洩漏自己身分。

常遇春道：「張眞人，你於我有救命大恩，何況你也早知曉我的來歷，自也不用相瞞。小人是事奉明尊的明教中人，朝廷官府當我們是十惡不赦之徒，名門正派的俠義道瞧我們不起，甚至打家劫舍、殺人放火的黑道中人，也說我們是妖魔鬼怪。你老人家明知我的身分來歷，卻仍出手相救，這番恩德，當眞不知如何報答。」

張三丰於魔教的來歷略有所聞，知道魔教所奉的大魔王叫做摩尼，教中人稱之爲「明尊」。該教於唐朝憲宗元和年間傳入中土，當時稱爲「摩尼教」，又稱「大雲光明教」，教徒自稱「明教」，但因摩尼之「摩」字，旁人便訛稱之爲魔教。他微一沉吟，說道：「常英雄……」

常遇春忙道：「老道爺，你不用英雄長、豪傑短啦，乾脆叫我遇春得了。」張三丰道：「好！遇春，你今年多大歲數？」常遇春道：「我剛好二十歲。」

張三丰見他雖濃髯滿腮，但言談舉止間顯得年紀甚輕，是以有此一問，點頭道：「你不過剛長大成人，雖然投入魔教，但陷溺未深，及早回頭，一點也沒遲了。我有一句不中聽的話勸你，盼你別見怪。」常遇春道：「老道爺見教，小人怎敢見怪？」

張三丰道：「好！我勸你即日洗心革面，棄了邪教。你若不嫌武當派本領低微，老道便命我大徒兒宋遠橋收你爲徒。日後你行走江湖，揚眉吐氣，誰也不敢輕視於你。」

宋遠橋是七俠之首，名震天下，尋常武林中人要見他一面亦是不易。武當諸俠直到近年方始收徒，但揀選甚嚴，若非根骨資質、品行性情無一不佳，決不能投入武當門下。常遇春出身魔教，常人一聽早皺起眉頭，竟蒙張三丰垂青，要他投入宋遠橋門下，於學武之人而言，實是難得之極的莫大福緣。

豈知常遇春朗聲道：「小人蒙張眞人瞧得起，感激之至。但小人身屬明教，該當忠心到底，終身不敢背教。」張三丰又勸了幾句，常遇春堅決不從。

張三丰見他執迷不悟，搖頭嘆息，說道：「這個小姑娘……」常遇春道：「老道長放心，這小姑娘的爹爹因我而死，小人自當設法妥為照料。」張三丰道：「好！不過你不可讓她入了貴教。」常遇春道：「眞不知我們如何罪大惡極，給人家這麼瞧不起，當我們明教中人便似毒蛇猛獸一般。好，老道長既如此吩咐，小人遵命。」

張三丰將無忌抱在手裏，說道：「那麼咱們就此別過。」他實不願和魔教中人多打交道，那「後會有期」四字也忍住了不說。常遇春又再拜謝。

周芷若向無忌道：「小相公，你要天天吃飽飯，免得老道爺操心。」無忌眼淚奪眶而出，哽咽道：「多謝你好心，可是……可是我沒幾天飯好吃了。」張三丰心下黯然，舉起袍袖，給他擦去了腮邊的眼淚。周芷若驚道：「甚麼？你……你……」張三丰道：「小姑娘，你良心甚好，但盼你日後走上正途，千萬別陷入邪魔才好。」

周芷若道：「是。可是這位小相公，為甚麼說沒幾天飯好吃了？」張三丰悽然不答。常遇春道：「張眞人，你老人家功行深厚，神通廣大，這位小爺雖中毒不淺，總能化解罷？」張三丰道：「是！」可是伸在無忌身下的左手卻輕輕搖了兩搖，意思是說他毒重難愈，但不讓他自己知道。

常遇春見他搖手，吃了一驚，說道：「小人內傷不輕，正要去求一位神醫療治，老道長何不便和這位小爺同去？」張三丰搖頭道：「他寒毒散入臟腑，非尋常藥物可治，只能……只能慢慢化解。」常遇春道：「可是那位神醫卻當眞有起死回生的能耐啊！」

張三丰一怔之下，猛地裏想起了一人，問道：「你說的莫非是『蝶谷醫仙』？」

常遇春道：「正是他，原來老道長也知我胡師伯的名頭。」

張三丰好生躊躇：「素聞『蝶谷醫仙』胡青牛醫道高明之極，但他卻是魔教中人，向爲武林人士所不齒。聽說他脾氣怪僻無比，只要是魔教中人患病，他必盡心竭力醫治，分文不收，教外之人求他，便黃金萬兩堆在面前，他也不肯一顧。因此又有個外號叫作『見死不救』。既是此人，寧可讓無忌毒發身亡，也決不容他陷身魔教。」

常遇春見他皺眉沉吟，明白他心意，說道：「張眞人，胡師伯雖然從來不給教外人治病，但張眞人相救小人，大恩深重，胡師伯非破例不可。他如當眞不肯救治，小人決不跟他干休。」張三丰道：「這位胡先生醫術通神，我是聽到過的，可是無忌身上的寒毒，實非尋常……」常遇春大聲道：「這位小爺反正不成了，最多治不好，左右也是個死，又有甚麼可躭心的？」他性子爽直之極，心中想到甚麼，便說了出來。

張三丰聽到「左右也是個死」六字，心頭一震，暗想：「這莽漢子的話倒也不錯，眼看無忌最多不過一月之命，只得死馬當作活馬醫了。」他一生和人相交，肝膽相照，自來信人不疑，這常遇春又顯然是個重義漢子，可是無忌是他愛徒的唯一骨肉，要將他交在向來以詭怪邪惡出名的魔教弟子手中，確然萬分放心不下，一時拿不定主意。

常遇春道：「張眞人不願去見我胡師伯，這個我是明白的。張眞人是當今大宗師，如何能去求我們這等異教外道？我胡師伯脾氣古怪，見到張眞人後說不定禮貌不周，得罪了張眞人。這位張兄弟只好由我帶去，但張眞人又未免不放心。這樣罷，我送了張兄弟去胡師伯那裏，請他慢慢醫治，小人便上武當山來，作個抵押。張兄弟若有甚麼閃失，張眞人一掌把我打死便了。」

張三丰啞然失笑，心想無忌如有差池，我打死你又有何用？然他說得如此眞率，足見坦誠；眼下無忌毒入膏肓，當眞「左右也是個死」，生死之際，須得當機立斷，便道：「如此便拜託你了。可是咱們話說明在先，胡先生決不能勉強無忌入教，我武當派也不領貴教之情。」他知魔教中人行事詭秘，若給糾纏上身，陰魂不散，不知將有多少後患，張翠山弄到身死名裂，便是個活生生的例子。

常遇春昂然道：「張眞人可把我明教中人瞧得忒也小了。一切遵照吩咐便是。」張三丰道：「你替我好好照顧無忌，若他體內陰毒終於得能除去，請你同他上武當山來。你自己來抵押卻不必了。」常遇春道：「小人必當盡力而爲。」張三丰道：「這個小姑娘，由我帶上武當山去，設法安置，卻不是作抵押。」

常遇春上岸後，在一棵大樹下用刀掘了個土坑，將周公子屍身上的衣服除得一絲不掛，這才埋葬，跪在墳前，拜了幾拜。原來「裸葬」乃明教的規矩，以每人出世時赤條條的來，離世時也當赤條條的去。張三丰不明其理，只覺這些人行事處處透著邪門詭異。

次日天明，張三丰攜同周芷若，與常遇春、張無忌分手。無忌自父母死後，視張三丰如親祖父一般，見他就要離去，不由得淚如泉湧。張三丰溫言道：「無忌，乖孩兒，你病好之後，常大哥便帶你回武當山。分別數月，不用悲傷。」無忌眼淚仍不斷湧流。周芷若從懷中取出一塊小手帕，給他抹去了眼淚，對他微微一笑，將手帕塞在他衣襟之中，這才上岸。

無忌目送太師父帶同周芷若西去，見周芷若不斷回頭揚手，直走到一排楊柳背後，這才不見。他霎時間只覺孤單寂寞，淒涼傷感，忍不住又哭了起來。

常遇春皺眉道：「張兄弟，你今年幾歲？」張無忌哽咽道：「十二歲。」常遇春道：「好啊，十二歲的人，又不是小孩子了，哭哭啼啼的，不怕醜麼？我在十二歲上，已不知挨過幾百頓好打，從來不作興流半滴眼淚。男子漢大丈夫，只流鮮血不流眼淚。你再妞兒般的哭個不停，我可要拔拳打你了。」

張無忌道：「我是捨不得太師父才哭，人家打我，我才不哭呢。你敢打我便打好了，今日你打我一拳，他日我打還你十拳。」常遇春一愕，哈哈大笑，說道：「好兄弟，好兄弟，這才是有骨氣的男子漢。你這麼厲害，我是不敢打你的。」張無忌道：「我手上半點力氣也沒有，你爲甚麼不敢打？」常遇春笑道：「我今日打了你，將來你跟著你太師父學好了武功，這武當派的神拳，我挨得起十拳麼？」張無忌哈的一聲，笑了出來，覺得這個常大哥雖相貌兇惡，說話倒也有趣。

常遇春僱了一艘江船，直放漢口，到了漢口後另換長江江船，沿江東下。那蝶谷醫仙胡青牛所隱居的蝴蝶谷，在皖北女山湖畔。常遇春是淮河沿岸人氏，熟知路途。

長江自漢口到九江，流向東南，到九江後，便折向東北而入皖境。兩年之前，張無忌曾乘船溯江北上，其時有父母相伴，又有俞蓮舟同行，旅途中何等快活，今日父母雙亡，自己悽悽惶惶的隨常遇春東下求醫，其間苦樂，實有天壤之別。他生怕常遇春發怒罵人，雖然傷感，卻不敢流淚。身上寒毒發作時又痛楚難當，他咬牙強忍，只咬得上下唇傷痕斑斑，而陰寒侵襲，日甚一日。

到得集慶下游的瓜埠，常遇春捨舟登岸，僱了輛大車，向北進發，數日間到了鳳陽以東的明光。常遇春知道胡師伯不喜旁人得知他隱居所在，待行到離女山湖畔的蝴蝶谷尚有二十餘里地，便打發大車回去，將張無忌負在背上，大踏步而行。

他以過去經歷，只道這二十餘里路轉眼即至，豈知他身中番僧的兩記陰掌，內傷著實不輕，只走出里許，便全身筋骨酸痛，氣喘吁吁的步履爲艱。張無忌好生過意不去，道：「常大哥，讓我自己走罷，你別累壞了身子。」常遇春焦躁起來，怒道：「我平時一口氣走一百里路，也半點不累，難道那兩個賊和尚打了我兩掌，便教我寸步難行？」

他賭氣加快腳步，奮力而行。但他內傷本就沉重，再這般心躁氣浮的勉強用力，只走出數十丈，便覺四肢百骸的骨節都要散開一般，他兀自不服氣，既不肯放下張無忌，也不肯坐下休息，一步步向前挨去。

這般走法，那就慢得緊了，行到天黑，尚未走得一半，而且山路崎嶇，越來越難走。挨到了一座樹林之中，常遇春將張無忌放下，仰天八叉的躺著休息。他懷中帶著些張無忌吃的糖果糕餅，兩人分著吃了。休息了半個時辰，常遇春又要趕路。張無忌極力勸阻，說在林中安睡一晚，待天明了再走。常遇春心想今晚就算趕到，半夜三更的去驚吵胡師伯，定要惹他生氣，只得依了。兩人在一棵大樹下相倚而睡。

睡到半夜，張無忌身上寒毒又發作起來，劇顫不止。他生怕吵醒了常遇春，一聲不響，強自忍受。便在此時，忽聽得遠處有兵刃相交之聲，又有人吆喝：「往那裏走？」「堵住東邊，逼他到林子中去。」「這一次可不能再讓這賊禿走了。」跟著腳步聲響，幾個人奔向樹林中來。

常遇春一驚而醒，右手拔出單刀，左手抱起張無忌，以備且戰且走。張無忌低聲道：「他們好像是在追一個和尚。」常遇春點點頭，躲在大樹後向外望去，黑暗中影影綽綽的只見七八人圍著一人相鬥，受困那人赤手空拳，雙掌飛舞，逼得敵人沒法近身。鬥了一陣，衆人漸漸移近。

不久一輪眉月從雲中鑽出，清光瀉地，只見受圍攻那人身穿黑色僧衣，是個四十來歲的高瘦和尚。圍攻他的衆人中有僧有道，有俗家打扮的漢子，還有兩個女子，共是八人。兩個灰袍僧人一執禪杖，一執戒刀，禪杖橫掃、戒刀揮劈之際，一股股疾風帶得林中落葉四散飛舞。一個道人手持長劍，身法迅捷，長劍在月光下閃出一團團劍花。一個矮小漢子手握雙刀，在地下滾來滾去，以地堂刀法進攻黑衣和尚下盤。

兩個女子身形苗條，各執長劍，劍法也極盡靈動輕捷。酣鬥中一個女子轉過身來，半邊臉龐照在月光之下。張無忌險些失聲而呼：「紀姑姑！」這女子正是殷梨亭的未婚妻子紀曉芙。張無忌初見八人圍攻一個和尚，覺得以多欺少，甚不公平，盼望那和尚能突圍而走，這時認出紀曉芙後，心想那和尚跟紀姑姑爲敵，自是個壞人，一顆心便去幫助紀曉芙一邊了。那日他父母雙雙自盡，紀曉芙曾對他柔聲安慰，張無忌雖不收她給的黃金項圈，事後想起，對她的一番好意也甚感激。

張無忌見那身遭圍攻的和尚武功了得，掌法忽快忽慢，變幻多端，打到快時，連他手掌的去路來勢都瞧不清楚。紀曉芙等雖然人多，卻久鬥不下。

忽聽得一名漢子喝道：「用暗青子招呼！」一名漢子和一名道人分向左右躍開，跟著嗤嗤聲響，彈丸和飛刀不斷向那黑衣和尚射去。這麼一來，那和尚便有點兒難以支持。那持劍的長鬚道人喝道：「彭和尚，我們又不是要你性命，你拚命幹麼？你把白龜壽交出來，大家一笑而散，豈不甚妙？」

常遇春吃了一驚，低聲道：「這位便是彭和尚？」張無忌在江船之中，曾聽父母對俞二伯說起王盤山揚刀立威、以及天鷹教和各幫派結仇的來由，知道白龜壽是天鷹教在王盤山僅得安然生還的玄武壇壇主，這些年來各幫派和天鷹教爭鬥不休，爲的便是要白龜壽吐露謝遜的蹤跡，尋思：「莫非這彭和尚也是我媽教裏的人物？」

卻聽彭和尚朗聲道：「白壇主已給你們打得重傷，我彭和尚莫說跟他頗有淵源，便毫無干連，也不能見死不救。」那長鬚道人道：「甚麼見死不救？我們並非要傷他性命，只是向他打聽一個人。」彭和尚道：「你們要問謝遜的下落，爲何不去問少林寺方丈？」一名灰袍僧人叫了起來：「這是天鷹教妖女殷素素嫁禍我少林寺的惡計，誰能信得？」這僧人顯然是少林派的。張無忌聽他提到亡母的名字，又驕傲，又傷心，暗想：「我媽雖已去世兩年，仍能作弄得你們頭昏腦脹。」

猛聽得站在外圈的道人叫道：「自己人大家伏倒！」六人一聽，立即伏地，但見白光閃動，五柄飛刀風聲呼呼，對準彭和尚的胸口射去。本來彭和尚只須低頭彎腰、或向前撲跌、又或使鐵板橋仰身，讓飛刀掠過，但這時地下六般兵刃同時上撩，封住了他下三路，卻如何能矮身閃躲？

張無忌一驚，只見彭和尚突然躍高，五柄飛刀從他腳底飛過，飛刀雖然避開，但少林僧的禪杖戒刀、長鬚道人的長劍已分向他腿上擊到。彭和尚身在半空，逼得行險，左掌拍出，波的一響，擊在一名少林僧頭上，跟著右手反勾，搶過他手中戒刀，順勢在禪杖上一格，借力飛躍在一丈之外。

那少林僧給他一掌重手擊在天靈蓋上，立時斃命。餘人怒叫追去，只見彭和尚足下一個踉蹌，險些摔倒，七人又將他圍住。那使禪杖的少林僧勢如瘋虎，禪杖直上直下的猛砸，叫道：「彭和尚，你殺了我師弟，我跟你拚了！」那長鬚道人叫道：「他腿上已中了我的蝎尾鉤，轉眼便會毒發。」果見彭和尚足下虛浮，跌跌撞撞的站立不穩。

常遇春心道：「他是我明教中的大人物。非救不可！」他雖身負重傷，仍想衝出去救人，猛吸一口氣，左腳一大步跨出去。不料他吸氣既急，這一步跨得又大，牽動胸口內傷，痛得幾乎要昏暈過去。這時彭和尚一躍丈許，也已摔倒在地，似已毒發身亡。常遇春強忍疼痛，只得睜大了眼觀看動靜，見那七人卻也不敢走近彭和尚身邊。

那長鬚道人道：「許師弟，你射他兩柄飛刀試試。」那放飛刀的道人右手一揚，啪啪兩響，一柄飛刀射入彭和尚右肩，一柄射入他左腿。彭和尚毫不動彈，顯已死去。那長鬚道人道：「可惜，可惜，已經死了，卻不知他將白龜壽藏在何處？」

七人同時圍上去察看。忽聽得砰砰砰砰砰五聲急響，五個人同時向外摔跌，彭和尚卻已站立起身，肩頭和腿上的飛刀卻兀自插著。原來他腿上中了餵毒暗器，知難支持再鬥，便裝假死，誘得敵人近身，以驚雷閃電似的手法掌力連發，在五個男敵的胸口各印了一掌。他躺在地下之時，一直便在暗暗運氣，這五下掌力著實凌厲剛猛。

紀曉芙和她同門師姊丁敏君大驚之下，急忙躍開，看那五個同伴時，個個口噴鮮血，兩名漢子功力較遜，不住口慘呼。但彭和尚這一急激運勁，也已搖搖欲墜，站立不定。那長鬚道人叫道：「丁紀兩位姑娘，快用劍刺他。」雙方敵對的九人之中，一名少林僧已死，彭和尚和五個敵人同受重傷，只紀曉芙和丁敏君無傷。丁敏君心道：「難道我不會用劍，要你來指點？」長劍一招「虛式分金」，逕往彭和尚足脛削去。

彭和尚長嘆一聲，閉目待死，卻聽得叮噹一響，兵刃相交，張眼看時，卻是紀曉芙伸劍將師姊長劍格開了。

丁敏君一怔，道：「怎麼？」紀曉芙道：「師姊，彭和尚掌下留情，咱們可也不能趕盡殺絕。」丁敏君道：「甚麼掌下留情？他是掌下無力！」厲聲道：「彭和尚，我師妹心慈，饒了你一命，那白龜壽在那裏，這該說了罷？」

彭和尚仰天大笑，說道：「丁姑娘，你可將我彭瑩玉看得忒也小了。武當派張翠山張五俠寧可自刎而死，也決不說出他義兄的所在。彭瑩玉心慕張五俠的義肝烈膽，雖然不才，也要學他一學。」說到這裏，一口鮮血噴出，坐倒在地。

丁敏君踏步上前，右足在他腰脅間連踢三下，叫他再也沒法偷襲。

彭和尚這幾句話只聽得張無忌胸中熱血上湧，對他登時既覺親近，又生感激。他父親張翠山自刎身亡，名門正派人士談論起來總不免說道：「好好一位少年英俠，卻受了邪教妖女之累，一失足成千古恨，終至身死名裂，使得武當一派，同蒙羞辱。」這些話張無忌雖然聽不到，但他在太師父和諸師伯叔的言談神色之間，瞧得出他們傷心之餘，對母親頗有怒恨怨責之意，都覺他父親一生甚麼都好，就是娶錯了他母親，卻從無一人似彭和尚這般對他父親衷心欽佩。

丁敏君冷笑道：「張翠山瞎了眼睛，竟去娶了邪教妖女為妻，這叫作自甘下賤，有甚麼好學的？他武當派……」紀曉芙插口道：「師姊……」丁敏君道：「你放心，我不會說到殷六俠頭上。」她長劍一晃，指著彭和尚的右眼，說道：「你如不說，我先刺瞎你右眼，再刺瞎你左眼，然後刺聾你右耳，又刺聾你左耳，再削掉你鼻子，總而言之，我不讓你死便是。」她劍尖相距彭和尚的眼珠不到半寸，晶光閃耀的劍尖顫動不停。

彭和尚睜大眼睛，竟不轉瞬，淡淡的道：「素仰峨嵋派滅絕師太行事心狠手辣，她調教出來的弟子自也差不了。彭瑩玉今日落在你手裏，你便施展峨嵋派的拿手傑作罷！」

丁敏君雙眉上揚，厲聲道：「死賊禿，你膽敢辱我師門？」長劍向前一送，登時刺瞎了彭瑩玉的右眼，跟著劍尖便指在他左眼皮上。

彭瑩玉哈哈一笑，右眼中鮮血長流，一隻左眼卻睜得大大的瞪視著她。丁敏君給他瞪得心頭發毛，喝道：「你又不是天鷹教的，何苦為了白龜壽送命？」

彭瑩玉凜然道：「大丈夫做人的道理，我便跟你說了，你也不會明白。」

丁敏君見他雖無反抗之力，但神色之間對自己卻大為輕蔑，憤怒中長劍一送，便去刺他左眼。紀曉芙揮劍輕輕格開，說道：「師姊，這和尚硬氣得很，不管怎樣，他總是不肯說的了，殺了他也是枉然。」丁敏君道：「他罵師父心狠手辣，我便心狠手辣給他瞧瞧。這等魔教妖人，留在世上只有多害好人，殺得一個，便積一分功德。」

紀曉芙道：「這人也是條硬漢子。師姊，依小妹之見，便放過他罷。」

丁敏君朗聲道：「這裏少林寺的兩位師兄一死一傷，崑崙派的兩位道長身受重傷，海沙派的兩位大哥傷得更厲害，難道他下手還不夠狠麼？我廢了他左邊的招子，再來逼問。」那「問」字剛出口，劍如電閃，疾向彭瑩玉的左眼刺去。

紀曉芙長劍橫出，輕輕巧巧的將丁敏君這一劍格開了，說道：「師姊，這人已無力還手，這般傷害於他，江湖上傳將出去，於咱們峨嵋派名聲不好。」

丁敏君長眉揚起，喝道：「站開些，別管我。」紀曉芙道：「師姊，你……」丁敏君道：「你既叫我師姊，便得聽師姊的話，別再囉裏囉唆。」紀曉芙道：「是！」丁敏君長劍抖動，又向彭瑩玉左眼刺去，這一次卻又加了三分勁力。

紀曉芙心下不忍，又即伸劍擋格。她見師姊劍勢凌厲，出劍時也用上了內力，雙劍相交，嗆的一聲，火花飛濺。兩人各自震得手臂發麻，退了兩步。

丁敏君大怒，喝道：「你三番兩次迴護這魔教妖僧，到底是何居心？」紀曉芙道：「我勸師姊別這麼折磨他。要他說出白龜壽的下落，儘管慢慢問他便是。」

丁敏君冷笑道：「難道我不知你的心意？你倒撫心自問：武當派殷六俠幾次三番催你完婚，爲甚麼你總推三阻四，爲甚麼你爹爹也來催你時，你寧可離家出走？」

紀曉芙道：「本門自郭祖師創派，歷代同門就算不出家爲尼，自守不嫁的女子也挺多，小妹不願出嫁，事屬尋常。師姊何必苦苦相逼？」丁敏君冷冷的道：「我才不來聽你這些假撇清的話呢。你不刺他眼睛，我可要將你的事都抖出來了。」

紀曉芙道：「小妹自己的事，跟這件事又有甚麼干係？師姊怎地牽扯在一起？」

丁敏君道：「我們大家心裏明白，當著這許多外人之前，也不用揭誰的瘡疤。你是身在峨嵋，心在魔教。」紀曉芙臉色蒼白，顫聲道：「我一向敬你是師姊，從沒半分得罪你啊，爲甚麼今日這般出言辱我？」丁敏君道：「好，倘若你不是心向魔教，那你便一劍把這和尚的左眼刺瞎了。」

紀曉芙柔聲道：「師姊，望你念在同門之情，勿再逼我。」

丁敏君道：「我又不是要你去做甚麼爲難的事。師父命咱們打聽金毛獅王的下落，眼前這和尚正是惟一線索。他不肯吐露眞相，又殺傷咱們這許多同伴，我刺瞎他右眼，你刺瞎他左眼，天公地道，你幹麼不動手？」紀曉芙低聲道：「他先前對咱二人手下留情，咱們可不能回過來趕盡殺絕。小妹心軟，下不了手。」說著將長劍插入劍鞘。

丁敏君冷笑道：「你心軟？師父常讚你劍法狠辣，性格剛毅，最像師父，一直有意將衣缽傳你，你怎會心軟？」

她同門姊妹吵嘴，旁人起初都聽得沒頭沒腦，這時才隱約聽出來，似乎峨嵋派掌門滅絕師太對紀曉芙甚爲看重，頗有相授衣缽之意，丁敏君心懷嫉妒，不知抓到了她甚麼把柄，便存心要她當衆出醜。張無忌一直感念紀曉芙當日對待自己的一番親切關懷之情，這時見她受逼，恨不得跳出去打丁敏君幾個耳光。

只聽丁敏君道：「紀師妹，我來問你，那年師父在峨嵋金頂召聚本門徒衆，傳授她老人家手創的『滅劍』和『絕劍』兩套劍法，你卻爲甚麼不到？爲甚麼惹得師父她老人家大發雷霆？」紀曉芙道：「小妹在甘州忽患急病，動彈不得。此事早已稟明師父，師姊何以忽又動問？」丁敏君冷笑道：「此事你瞞得師父，須瞞不過我。下面我還有一句話問你，你只須將這和尚的眼睛刺瞎了，我便不問。」

紀曉芙低頭不語，好生爲難，輕聲道：「師姊，你全不念咱們同門學藝的情誼？」

丁敏君道：「你刺不刺？」紀曉芙道：「師姊，你放心，師父便要傳我衣缽，我也決計不敢承受。」丁敏君怒道：「好啊！這麼說來，倒是我在喝你的醋啦。我甚麼地方不如你了，要來領你的情，要你推讓？你到底刺是不刺？」

紀曉芙道：「小妹便做了甚麼錯事，師姊如要責罰，小妹難道還敢不服麼？這兒有別門別派的朋友們在此，你如此逼迫於我……」說到這裏，不禁流下淚來。

丁敏君冷笑道：「嘿，你裝著這副可憐巴巴的樣兒，心裏卻不知在怎樣咒我呢。那一年你在甘州，是七年之前呢還是八年之前，我可記不清楚了，你自己當然是明明白白的，那時當眞是生病麼？『生』倒是有個『生』字，只怕是生娃娃罷？」

紀曉芙聽到這裏，轉身拔足便奔。丁敏君早料到她要逃走，飛步上前，長劍一抖，攔在她面前，說道：「我勸你乖乖把彭和尚左眼刺瞎了，否則我便要問你那娃娃的父親是誰？問你爲甚麼以名門正派的弟子，卻去維護魔教妖僧？」

紀曉芙氣急敗壞的道：「你……你……我要去了！」

丁敏君長劍指在她胸前，大聲道：「我問你，你把娃娃養在那裏？你是武當派殷梨亭殷六俠的未婚妻子，怎地去跟旁人生了孩子？」

這幾句石破天驚的話問了出來，聽在耳中的人都禁不住心頭一震。張無忌心中一片迷惘：「這位紀姑姑是好人啊，怎能對殷六叔不住？」他對這些男女之事自是不大了然，但即是常遇春、彭和尚、崑崙派長鬚道人這些人，聽了也均大爲詫異。

紀曉芙臉色慘白，向前疾衝。丁敏君突下殺手，唰的一劍，已在她右臂上深深劃了一劍，直削至骨。紀曉芙受傷不輕，再也忍耐不住，左手拔出佩劍，說道：「師姊，你再要苦苦相逼，我可要對不住啦。」丁敏君知道今日既已破臉，自己又揭破了她隱秘，她勢必要殺己滅口，自己武功不及她，當眞性命相搏，那可凶險之極，是以一上來乘機先傷了她右臂，聽她這麼說，一招「月落西山」，直刺她小腹。紀曉芙右臂劇痛，見師姊第二劍又是毫不容情，當即左手使劍還招。

她師姊妹二人互相熟知對方劍法，攻守之際，分外緊湊，也分外激烈。旁觀衆人個個身受重傷，旣無法勸解，亦不能相助那一個，只有眼睜睜瞧著，心中均暗自佩服：「峨嵋派爲當今武學四大宗派之一，劍術果然高明，名不虛傳。」

紀曉芙右臂傷口中流血不止，越鬥血越流得厲害，她連使殺著，想將丁敏君逼開，以便奪路而走，但她左手使劍不慣，再加受傷之後，原有武功已餘不下三成。總算丁敏君對這師妹向來忌憚，不敢過份進逼，只纏住了她，要她流血過多，自然衰竭。眼見紀曉芙腳步蹣跚，劍法漸漸散亂，已然支持不住，丁敏君唰唰兩招，紀曉芙右肩又接連中劍，半邊衣衫全染滿了鮮血。

彭和尚忽然大聲叫道：「紀姑娘，你來將我左眼刺瞎了罷，彭和尚對你已感激不盡。」他想紀曉芙甘冒生死大險，迴護敵人，已極爲難能，何況丁敏君用以威脅她的，更是一個女子瞧得比性命還重的淸白名聲。

但這時紀曉芙便去刺瞎了彭和尚左眼，丁敏君也已饒她不過，她知今日若不乘機下手除去這個師妹，日後禍患無窮。彭和尚見丁敏君劍招狠辣，大聲叫罵：「丁敏君，你好不要臉！無怪江湖上叫你『毒手無鹽丁敏君』，果然是心如蛇蝎，貌勝無鹽。倘若世上女子個個都似你一般醜陋，令人一見便即作嘔，天下男子人人都要去做和尚了。你這『毒手無鹽』老是站在我跟前，彭和尚做了和尚，仍嫌不夠，還是瞎了雙眼來得快活。」

其實丁敏君雖非美女，卻也頗有姿容，面目俊俏，頗有楚楚之致。彭和尚深通世情，知道普天下女子心意，不論她是醜是美，你若罵她容貌難看，她非恨你切骨不可。他見情勢危急，便隨口胡謅，給她取了個『毒手無鹽』的諢號，盼她大怒之下，轉來對付自己，紀曉芙便可乘機脫身，至少也能設法包紮傷口。但丁敏君暗想待我殺了紀曉芙，還怕你這臭和尚逃到那裏去？對他的辱罵竟充耳不聞。

彭和尚又朗聲道：「紀女俠冰清玉潔，江湖上誰不知聞？可是『毒手無鹽丁敏君』卻偏偏自作多情，妄想去勾搭人家武當派殷梨亭。殷梨亭不來睬你，你自然想加害紀女俠啦。哈哈，你顴骨這麼高，嘴巴大得像隻血盆，焦黃的臉皮，身子卻又像根竹竿，連我彭和尚見了也要作嘔，人家英俊瀟洒的殷六俠怎會瞧得上眼？你也不自己照照鏡子，便三番四次的向人家亂拋媚眼……」

丁敏君只聽得惱怒欲狂，一個箭步縱到彭和尚身前，挺劍便往他嘴中刺去。

丁敏君顴骨確是微高，嘴非櫻桃小口，皮色不夠白皙，又生就一副長挑身材，這些微嫌美中不足之處，她自己雖常感不快，可是旁人若非細看，本不易發覺。彭和尚目光銳敏，非但看了出來，更加油添醬、張大其辭的胡說一通，卻教她如何不怒？何況殷梨亭其人她從未見過，「三番四次亂拋媚眼」云云，眞是從何說起？

她一劍將要刺到，樹林中突然搶出一人，大喝一聲，擋在彭和尚身前。這人來得快極，丁敏君不及收招，長劍已然刺出，那人比彭和尚矮了半個頭，這一劍正好透額而入。便在這電光石火之間，那人揮掌拍出，擊中了丁敏君胸口，砰然一聲，將她震得飛出數步，一交摔倒，口噴鮮血，一柄長劍卻揷在那人額頭，眼見他也活不成了。

崑崙派的長鬚道人勉力走近幾步，驚呼：「白龜壽，白龜壽！」跟著雙膝一軟，坐倒在地。原來爲彭和尚擋了這一劍的，正是天鷹敎玄武壇壇主白龜壽。他身受重傷之後，得知彭和尚爲了掩護自己，受到少林、崑崙、峨嵋、海沙四派好手圍攻，便力疾趕來，正好爲彭和尚代受了這一劍。他雖功力大減，臨死時這一掌卻也擊得丁敏君肋骨斷折數根。

紀曉芙驚魂稍定，撕下衣襟包紮好了臂上傷口，伸手解開了彭和尚腰脅間受封穴道，轉身便走。彭和尚道：「且慢，紀姑娘，請受我彭和尚一拜。」說著行下禮去。紀曉芙閃在一旁，不受他這一拜。

彭和尚拾起長鬚道人遺在地下的長劍，道：「這丁敏君胡言亂語，毀謗姑娘清譽令名，不能再留活口。」說著挺劍便向丁敏君咽喉刺下。

紀曉芙左手揮劍格開，道：「她是我同門師姊，她雖對我無情，我可不能對她無義。」彭和尚道：「事已如此，若不殺她，這女子日後定要對姑娘大大不利。」紀曉芙垂淚道：「我是天下最不祥、最不幸的女子，一切認命罷啦！彭大師，你別傷我師姊。」彭和尚道：「紀女俠所命，焉敢不遵？」

紀曉芙低聲向丁敏君道：「師姊，你自己保重。」說著還劍入鞘，出林而去。

彭和尚對身受重傷、躺在地下的五人說道：「我彭和尚跟你們並無深仇大怨，本來不是非殺你們不可，但今晚這姓丁的女子誣衊紀女俠之言，你們都已聽在耳中，傳到江湖之上，卻叫紀女俠如何做人？我不能留下活口，情非得已，你們可別怪我。」說著一劍一個，將崑崙派的兩名道人、一名少林僧、兩名海沙派的好手盡數刺死，跟著又在丁敏君的肩頭劃了一劍。

丁敏君只嚇得心膽俱裂，但重傷之下，卻又抗拒不得，罵道：「賊禿，你別零碎折磨人，一劍將我殺了罷。」

彭和尚笑道：「似你這般皮黃口闊的醜女，我是不敢殺的。只怕你一入地獄，將陰世裏千千萬萬的惡鬼都嚇得逃到人間來，又怕你嚇得閻王判官上吐下瀉，豈不地獄大亂？」說著大笑三聲，擲下長劍，抱起白龜壽的屍身，又大哭三聲，揚長而去。

丁敏君喘息良久，才以劍鞘拄地，一跛一拐的出林。

這一幕驚心動魄的林中夜鬥，常遇春和張無忌清清楚楚的瞧在眼裏、聽在耳中，直到丁敏君離去，兩人方鬆了口氣。

張無忌道：「常大哥，紀姑姑是我殷六叔未過門的妻子，那姓丁的女子說她……說她跟人生了娃娃，你說是眞是假？」常遇春道：「這姓丁的女子胡說八道，別信她的。」張無忌道：「對，下次我跟殷六叔說，叫他好好的教訓教訓這丁敏君，也好代紀姑姑出一口氣。」常遇春忙道：「不，不！千萬不能跟你殷六叔提這件事，知道麼？你一提那可糟了。」張無忌奇道：「爲甚麼？」常遇春道：「這種不好聽的話，你跟誰也別說。」

張無忌「嗯」了一聲，過了一會，問道：「常大哥，你怕那是眞的，是不是？」常遇春嘆道：「我不是自己怕是眞，是怕別人聽了信以爲眞。」

到得天明，常遇春站起身來，將張無忌負在背上，放開腳步又走。他休息了大半夜，精神已復，步履之際也輕捷得多了。走了數里，轉到一條大路上。常遇春心想：「胡師伯在蝴蝶谷中隱居，住處荒僻，怎地上了大路，莫非走錯了？」

正想找個鄉人打聽，忽聽得馬蹄聲響，四名蒙古兵手舞長刀，縱馬而來，大呼：

「快走，快走！」奔到常遇春身後，舉刀虛劈作勢，驅趕向前。常遇春暗暗叫苦：「想不到今日終於又入虎口，卻陪上了張兄弟一條性命。」

這時他武功全失，連一個尋常的元兵也鬥不過，只得一步步挨將前去。但見大路上百姓絡繹不斷，都讓元兵趕畜牲般驅來，常遇春心想：「看來這些韃子正在虐待百姓，未必定要捉我。」

他隨著一眾百姓行去，到了一處三岔路口，只見一個蒙古軍官騎在馬上，領著六七十名兵卒，元兵手中各執大刀。眾百姓行過那軍官馬前，便一一跪下磕頭。一名漢人通譯喝問：「姓甚麼？」那人答了，旁邊一名元兵便在他屁股上踢上一腳，或是一記耳光，那百姓匆匆走過。問到一個百姓答稱姓張，那元兵當即一把抓過，命他站在一旁。又有一個百姓手挽的籃子中有一柄新買的菜刀，那元兵也將他抓在一旁。

張無忌眼見情勢不對，在常遇春耳邊悄聲道：「常大哥，你快假裝摔一交，摔在草叢之中，解下腰間佩刀。」常遇春登時省悟，雙膝一彎，撲在長草叢中，除下了佩刀，假裝哼哼唧唧的爬起身來，一步步挨到那軍官身前。

那漢人通譯罵道：「賊蠻子，不懂規矩，見了大人還不趕快磕頭？」

常遇春想起故主周子旺全家慘死於蒙古韃子刀下，這時寧死也不肯向韃子磕頭。一名元兵見他倔強，伸腳在他膝彎裏橫腿一掃。常遇春站立不穩，撲地跪下。那漢人通譯喝道：「姓甚麼？」常遇春還未回答，張無忌搶著道：「姓謝，他是我大哥。」那元兵在常遇春屁股上踢了一腳，喝道：「滾罷！」

常遇春滿腔怒火，爬起身來，暗暗立下重誓：「此生若不將韃子逐回漠北，我常遇春誓不為人。」負著張無忌，急急向北行去，只走出數十步，忽聽身後慘呼哭喊之聲大作。兩人回過頭來，但見給元兵拉在一旁的十多名百姓已個個身首異處，屍橫就地。

原來當時朝政暴虐，百姓反叛者眾多，蒙古大臣有心要殺盡漢人，卻又殺不勝殺，當朝太師巴延便頒下一條虐令，殺盡天下張、王、劉、李、趙五姓漢人。因漢人中以張、王、劉、李四姓最多，而趙姓則是宋朝皇族，這五姓之人一除，漢人自必元氣大傷。後來因這五姓人降元為官的為數亦不少，有蒙古大臣向皇帝勸告，才除去了這條暴虐之極的屠殺令，但五姓黎民因之而喪生的，已不計其數了。

常遇春加快腳步，落荒而走，知道胡青牛隱居處便在左近，耐心緩緩尋找。其時已是深秋，但蝴蝶谷一帶地氣溫暖，遍山遍野都是鮮花，兩人想起適才慘狀，那有心情賞玩風景？轉了幾個彎，卻見迎面一塊山壁，路途已盡。

正沒作理會處，只見幾隻蝴蝶從一排花叢中鑽了進去。張無忌道：「那地方既叫蝴蝶谷，咱們且跟著蝴蝶過去瞧瞧。」常遇春道：「好！」也從花叢中鑽了進去。過了花叢，眼前是條小徑。常遇春行了一程，見蝴蝶越來越多，或花或白、或黑或紫，翩翩起舞。蝴蝶也不畏人，飛近時便在二人頭上、肩上、手上停留。二人知道已進入蝴蝶谷，都感振奮。張無忌道：「讓我自己慢慢走罷！」常遇春放他下地。

行到過午，只見一條清溪旁結著七八間茅屋，茅屋前後左右都是花圃，種滿了諸般花草。常遇春道：「到了，這是胡師伯種藥材的藥圃。」

他走到屋前，恭恭敬敬的朗聲說道：「弟子常遇春叩見胡師伯。」

過了一會，屋中走出一名僮兒，說道：「請進。」常遇春攜著張無忌的手，走進茅屋，只見廳側站著一個神清骨秀的中年人，正瞧著一名僮兒煽火煮藥，滿廳都是藥草之氣。常遇春跪下磕頭，說道：「胡師伯好。」張無忌心想，這人定是「蝶谷醫仙」胡青牛了，便跟著行禮，叫了聲：「胡先生。」

胡青牛向常遇春點了點頭，道：「周子旺的事，我都知道了。那也是命數使然，想是韃子氣運未盡，本教未至光大之期。」他伸手在常遇春腕脈上一搭，解開他胸口衣衫瞧了瞧，說道：「你是中了番僧的『截心掌』，本來算不了甚麼，不過你中掌後使力太多，寒毒攻心，治起來多花些功夫。」指著張無忌問道：「這孩子是誰？」

常遇春道：「師伯，他叫張無忌，是武當派張五俠的孩子。」

胡青牛一怔，臉蘊怒色，道：「他是武當派的？你帶他到這裏來幹甚麼？」常遇春將如何保護周子旺的兒子逃命、如何為蒙古官兵追捕而得張三丰相救等情說了，最後說道：「弟子蒙他太師父救了性命，求懇師伯破例，救他一救。」胡青牛冷冷的道：「你倒慷慨，會作人情。哼，張三丰救的是你，又不是救我。你見我幾時破過例來？」

常遇春跪在地下，連連磕頭，說道：「師伯，這個小兄弟的父親不肯出賣朋友，甘願自刎，是個響噹噹的好漢子。」胡青牛冷笑道：「好漢子？天下好漢子有多少，我治得了這許多？他不是武當派倒也罷了，既是名門正派中的人物，又何必來求我這邪魔外道？」常遇春道：「張兄弟的母親，便是白眉鷹王殷教主的女兒。他有一半也算是本教中人。」

胡青牛聽到這裏，心意稍動，點頭道：「哦，你起來。他是天鷹教殷白眉的外孫，那又不同。」走到張無忌身前，溫言道：「孩子，我向來有個規矩，決不爲自居名門正派的俠義道療傷治病。你母親既是我教中人，給你治傷，也不算破例。你外祖父白眉鷹王本是明教的四大護法之一，後來他自創天鷹教，只不過和教中兄弟不和，卻也不是叛了明教，算是明教的一個支派。你須得答允我，待你傷愈之後，便投奔你外祖父白眉鷹王殷教主去，此後身入天鷹教，不得再算是武當派弟子。」

張無忌尚未回答，常遇春道：「師伯，那不行。張三丰張眞人有話在先，他跟我說：『胡先生決不能勉強無忌入教，倘若當眞治好了，我武當派也不領貴教之情。』」

胡青牛雙眉豎起，怒氣勃發，尖聲道：「哼，張三丰便怎樣了？他如此瞧不起咱們，我幹麼要爲他出力？孩子，你自己心中打的是甚麼主意？」

張無忌心知自己體內陰毒散入五臟六腑，連太師父這等深厚的功力，也束手無策，自己能否活命，全看這位神醫肯不肯施救，但太師父臨行時曾諄諄叮囑，決不可陷身魔教，致淪於萬劫不復境地。雖然魔教到底壞到甚麼田地，爲甚麼太師父及衆師伯叔一提起來便深痛絕惡，他實在不大了然，而爹爹、媽媽、義父也從來沒說過，但他對太師父崇敬無比，深信他所言決計不錯，心道：「寧可他不肯施救，我毒發身死，也不能違背太師父的教誨。」朗聲說道：「胡先生，我媽媽是天鷹教堂主，我想天鷹教也是好的。但太師父曾跟我言道，決計不可身入魔教，我既答允了他，豈可言而無信？你不肯給我治傷，那也無法。倘若我貪生怕死，勉強聽從了你，那麼你治好了我，也不過讓世上多一個不信不義之徒，又有何益？」

胡青牛心下冷笑：「這小鬼大言炎炎，裝出一副英雄好漢模樣，我眞的不給他醫治，瞧他是不是跪地相求？」向常遇春道：「他既決意不入本教，遇春，你叫他出去。我胡青牛門中，怎能有病死之人？」

常遇春素知這位師伯性情執拗異常，自來說一不二，他既不肯答允，再求也屬枉然，向張無忌道：「小兄弟，明教雖和名門正派的俠義人物不是同道，但自大唐以來，我明教世世代代都有英雄好漢。何況你外祖父是天鷹教教主，你媽媽是天鷹教堂主，你答應了我胡師伯，他日張真人跟前，一切由我承擔便是。」

張無忌站起身來，說道：「常大哥，你心意已盡，我太師父也決不會怪你。」說著昂然走了出去。常遇春一驚，忙問：「你去那裏？」張無忌道：「我若死在蝴蝶谷中，豈不壞了『蝶谷醫仙』的名頭？」說著轉身走出茅屋。

胡青牛冷笑道：「『見死不救』胡青牛天下馳名，倒斃在蝴蝶谷『牛棚』之外的，又豈止你這娃娃一人？」

常遇春也不去聽他說些甚麼，忙拔步追出，一把抓住張無忌，將他抱回。

常遇春氣喘吁吁的道：「胡師伯，你定是不肯救他的了，是不是？」胡青牛笑道：「我外號叫作『見死不救』，難道你不知道？卻來問我。」常遇春道：「我身上的傷，你卻肯救的？」胡青牛道：「不錯。」常遇春道：「好！弟子曾答應過張真人，要救活這位兄弟，此事決計不能讓正派中人說一句我明教弟子言而無信。弟子不要你治，你治了這位兄弟罷。咱們一個換一個，你也沒吃虧。」

胡青牛正色道：「你中了這『截心掌』，傷勢著實不輕，倘若我即刻給你醫治，可以全愈。過了七天，只能保命，武功不能保全。十四天後再無良醫著手，那便傷發無救。」常遇春道：「這是師伯你老人家見死不救之功，弟子死而無怨。」

張無忌叫道：「我不要你救，不要你救！」轉頭向常遇春道：「常大哥，你當我張無忌是卑鄙小人麼？你拿自己的性命來換我一命，我便活著，也無味之極！」

常遇春不跟他多辯，解下腰帶，將他牢牢縛在椅上。張無忌急道：「你不放我，我可要罵人啦！」見常遇春不理，便把心一橫，大罵：「見死不救胡青牛，胡裏胡塗的牛也是牛，青色的牛也仍是牛，你是壞牛、惡牛、笨牛、狗牛……」胡青牛聽他亂罵，也不動怒，只冷冷瞧著他。

常遇春道：「胡師伯、張兄弟，告辭了。我這便尋醫生去！」胡青牛冷冷的道：「蝴蝶谷周圍二百里之內沒一個眞正良醫，你七天之內，未必能走得出去。」常遇春哈哈一笑，說道：「有『見死不救』的師伯，便有『豈不該死』的師姪！」說著大踏步出門。

胡青牛冷笑道：「你說一個換一個，我幾時答允了？你不要我治，便兩個都不治。」隨手拿起桌上的半段鹿茸，呼的一聲，擲了出去，正中常遇春膝彎穴道。常遇春咕咚一聲，摔倒在地，再也爬不起來。

胡青牛走過去解開張無忌身上綁縛，抓住了他雙手手腕，要將他摔出門去，由得他和常遇春一起自生自滅。張無忌大叫：「你幹甚麼？」寒毒上衝頭腦，暈了過去。

張無忌毛手毛腳的一番亂攪，常遇春小腹關元穴上登時鮮血湧出。張無忌心下大急，更手足無措起來，忽聽得身後有人發笑，回過頭來，見胡青牛正笑嘻嘻的瞧著他。

十二　鍼其膏兮藥其肓

胡青牛一抓到張無忌手腕，只覺他脈搏跳動甚是奇異，不由得一驚，再凝神搭脈，心道：「這娃娃所中寒毒十分古怪，難道竟是玄冥神掌？這掌法久已失傳，世上不見得有人會使。」又想：「若不是玄冥神掌，卻又是甚麼？如此陰寒狠毒，更無第二門掌力與之近似。他中此寒毒爲時已久，居然沒死，又是一奇。是了，定是張三丰老道以深厚功力爲他續命。現下陰毒已散入五臟六腑，膠纏固結，除非是神仙才救得他活。」又將他放回椅中。

過了半晌，張無忌悠悠醒轉，只見胡青牛坐在對面椅中，望著藥爐中的火光，凝思出神，常遇春卻躺在門外草徑之中。三人各想各的心思，誰也沒說話。

胡青牛畢生潛心醫術，任何疑難絕症，都是手到病除，這才得了「醫仙」兩字的外號，「醫」而稱到「仙」，可見其神乎其技。但「玄冥神掌」所發寒毒，他一生之中從未遇到過，而中此劇毒後居然數年不死而纏入五臟六腑，更屬匪夷所思。他本已決心不給張無忌治傷，然而碰上了這等畢生難逢的怪症，有如酒徒見佳釀、老饕聞肉香，怎肯捨卻？尋思半天，終於想出了一個妙法：「我先將他治好，然後將他弄死。」

可是要將他體內散入五臟六腑的陰毒驅出，當眞談何容易。胡青牛苦苦思索了兩個時辰，取出十二片細小銅片，運內力在張無忌丹田下「中極穴」、頸下「天突穴」、肩頭「肩井穴」等十二處穴道上揷下。那「中極穴」是足三陰、任脈之會；「天突穴」是陰維、任脈之會；「肩井穴」是手足少陽、足陽明、陽維之會，這十二條銅片一揷下，他身上十二經常脈和奇經八脈便即隔斷。人身心、肺、脾、肝、腎，是謂五臟，再加心包，此六者屬陰；胃、大腸、小腸、膽、膀胱、三焦，是謂六腑，六者屬陽。五臟六腑加心包，是爲十二經常脈。任、督、衝、帶、陰維、陽維、陰蹻、陽蹻，這八脈不屬正經陰陽，無表裏配合，別道奇行，是爲奇經八脈。

張無忌身上常脈和奇經隔絕之後，五臟六腑中所中的陰毒相互不能爲用。胡青牛再以陳艾灸他肩頭「雲門」、「中府」兩穴，跟著灸他自手臂至大拇指的天府、俠白、尺澤、孔最、列缺、經渠、大淵、魚際、少商各穴，這十一處穴道，屬於「手太陰肺經」，可稍減他肺中深藏的陰毒。這是以熱攻寒，張無忌所受的苦楚，比之陰毒發作時又是另一番滋味。灸完手太陰肺經後，再灸足陽明胃經、手厥陰心包經……

胡青牛下手時毫不理會張無忌是否疼痛，用陳艾將他周身燒灸得處處焦黑。張無忌不肯有絲毫示弱，心道：「你想要我呼痛呻吟，我偏偏哼也不哼一聲。」竟談笑自若，跟胡青牛講論穴道經脈的部位。他雖不明醫理，但義父謝遜曾傳過他點穴、解穴及轉移穴道之術，各處穴位他倒知之甚詳。和這位當世神醫相較，張無忌對穴道經脈的見識自膚淺之極，但所言既涉及醫理，正投合胡青牛之所好。胡青牛一面灸艾，為他拔除體內陰毒，一面滔滔不絕的講論。

張無忌聽在心中，十九全不明白，但為了顯得「我武當派這些也懂」，常發些謬論，與他辯駁一陣。胡青牛詳加闡述，及至明白「這壞小子其實一竅不通，乃胡說八道」，已然大費了一番唇舌。可是深山僻谷之中，除了幾名煮飯煎藥的僮兒以外，胡青牛無人為伴，今日這小孩兒到來，跟他東拉西扯的講論穴道，倒也頗暢所懷。

待得十二經常脈數百處穴道灸完，天已全黑。僮兒搬出飯菜，開在桌上，另行端了一大盤米飯青菜，拿到門外草地上給常遇春食用。

當晚常遇春便睡在門外。張無忌也不出聲向胡青牛求懇，臨睡時自去躺在常遇春身旁，和他同在草地上睡了一夜，以示有難同當。胡青牛只作視而不見，毫不理會，心中卻暗暗稱奇：「這小子果然和常兒頗不相同。」

次日清晨，胡青牛又以半日功夫，為張無忌燒灸奇經八脈的各處穴道。十二經常脈猶如江河，川流不息，奇經八脈猶如湖海，蓄藏積貯，因之要除去奇經八脈間的陰毒，卻又為難得多。胡青牛潛心擬了一張藥方，卻邪扶正，補虛瀉實，用的是「以寒治寒」的反治法。張無忌服了之後，劇烈寒戰，大瀉了一場，半日後精神竟健旺了許多。

午後胡青牛又為張無忌針灸。張無忌以言語相激，想迫得他沉不住氣，便為常遇春施治，那知胡青牛理也不理，只冷冷的道：「我胡青牛那『蝶谷醫仙』的外號，說來有點名不副實，『仙』之一字，何敢妄稱？旁人叫我『見死不救』，我才喜歡。」

其時他正在針刺張無忌腰腿之間的「五樞穴」，這一穴乃足少陽和帶脈之會，在同水道旁一寸五分。張無忌道：「人身上這個帶脈，可算得最為古怪了。胡先生，你知不知道，有些人是沒帶脈的？」胡青牛一怔，道：「瞎說！怎能沒帶脈？」張無忌原是信口胡吹，說道：「天下之大，無奇不有。何況這帶脈我看也沒多大用處。」

胡青牛道：「帶脈比較奇妙，那是不錯的，但豈可說它無用？世上庸醫不明其中精奧，針藥往往誤用。我著有一本《帶脈論》，你拿去一觀便知。」說著走入內室，取了一本薄薄的黃紙手抄本出來，交給了他。

張無忌翻開第一頁來，只見上面寫道：「十二經及奇經七脈，皆上下周流。惟帶脈起小腹之間，季脅之下，環身一周，絡腰而過，如束帶之狀。衝、任、督三脈，同起而異行，一源而三歧，皆絡帶脈……」跟著評述古來醫書中的錯誤之處，《十四經發揮》一書中說帶脈只四穴，《針灸大成》一書中說帶脈凡六穴，其實共有十穴，其中兩穴忽隱忽顯，若有若無，最爲難辨。張無忌一路翻閱下去，雖不明其中奧義，卻也知此書識見不凡，於是就他指摘前人錯誤之處，提出來請教。

胡青牛甚是歡喜，一路用針，一路解釋，待得爲他帶脈上的十個穴道都刺過了金針，讓他休息了片刻，說道：「我另有一部《子午針灸經》，尤爲我心血之所寄。」從室內取了一部厚達十二卷的手書醫經出來。

胡青牛明知這小孩不明醫理，然他長年荒谷隱居，終究寂寞。前來求醫之人雖絡繹不絕，但人人只讚他醫術如神，這些奉承話他於二十年前便早聽得厭了。其實他畢生眞正自負的大學問，還不在「醫術」之精，而是於「醫學」大有發明創見，道前賢之所未道。他自知這些成就非同小可，卻只能孤芳自賞，未免寂寞。此時見這少年樂於讀他著作，隱隱有知己之感，便將自己的得意之作取出以示。

張無忌翻將開來，見每一頁上都密密麻麻的寫滿了蠅頭小楷，穴道部位，藥材份量，下針的時刻深淺，無不詳爲注明。他心念一動：「我查閱一下，且看有無醫治常大哥身上傷勢的法門？」於是翻到第九卷「武學篇」中的「掌傷治法」，但見紅沙掌、綿掌、毒沙掌、鐵沙掌、開山掌、破碑掌……各種各樣掌力傷人的徵狀、急救、治法，無不備載，待看到一百八十餘種掌力之後，赫然出現了「截心掌」。

張無忌大喜，當下細細閱讀，文中對「截心掌」的掌力論述甚詳，但治法卻說得極爲簡略，只說「當從『紫宮』、『中庭』、『關元』、『天池』四穴著手，御陰陽五行之變，視寒、暑、燥、濕、風五候，應傷者喜、怒、憂、思、恐五情下藥。」

中國醫道變化多端，並無定規，同一病症，醫者常視寒暑、晝夜、剝復、盈虛、終始、動靜、男女、大小、內外……諸般牽連而定醫療之法，變化往往存乎一心，少有定規，因之良醫與庸醫判若雲泥。其間奧妙，張無忌自然不懂，當下將治法看了幾遍，牢牢記住。那「掌傷治法」的最後一項，乃是「玄冥神掌」，述了傷者徵狀後，在「治法」二字之下，註著一字：「無」。

張無忌將醫經合上，恭恭敬敬放在桌上，說道：「胡先生這部《子午針灸經》博大精深，晚輩十九不懂，還請指點。甚麼叫做『御陰陽五行之變』？」

胡青牛解釋了幾句，突然省悟，說道：「你要問如何醫治常遇春嗎？嘿嘿，別的可說，這一節卻不說了。」

張無忌無可奈何，只得自行去醫書中查考，胡青牛任他自看，也不加禁止。張無忌日以繼夜，廢寢忘食的鑽研，不但將胡青牛的十餘種著作都翻閱一過，其餘《黃帝內經》、《華陀內昭圖》、《王叔和脈經》、《孫思邈千金方》、《千金翼》、《王燾外台秘要》等等醫學經典，都一頁頁的翻閱，只要與醫治截心掌有關的，便細讀沉思。每日辰申兩時，胡青牛則給他施針灸艾，以除陰毒。

如此過了數日，張無忌沒頭沒腦的亂讀一通，雖記了一肚皮醫理藥方，但醫道何等精奧，他年少學淺，豈能數天之內便即明白？屈指一算，到蝴蝶谷來已是第六日。胡青牛曾說常遇春之傷，若在七天之內由他醫治，可以全愈，否則縱然治好，也必武功全失。常遇春在門外草地上已躺了六天六晚，到了這日，卻又下起雨來。胡青牛眼見他處身泥潭積水之中，仍毫不理會。張無忌大怒，暗想：「我所看的醫書之中，除了你自己的著作之外，每一部書中都道，醫者須有濟世惠民的仁人之心，你空具一身醫術，卻見死不救，那又算得是甚麼良醫了？」

到得晚上，雨下得更加大了，電光閃閃，一個霹靂跟著一個霹靂。張無忌一咬牙，心道：「便是將常大哥醫壞了，那也無法可想。」從胡青牛的藥櫃中取了八根金針，走到常遇春身畔，說道：「常大哥，這幾日中小弟竭盡心力，研讀胡先生的醫書，雖不能通曉，但時日緊迫，不能再延。小弟只有冒險給常大哥下針，咱二人同生共死，若不幸出了岔子，小弟也決不獨活便是。」

常遇春哈哈大笑，說道：「小兄弟說那裏話來？你快快給我下針施治。倘若天幸得救，正好羞我胡師伯一羞。倘若兩三針將我扎死了，也好過在這污泥坑中活受罪。」

張無忌雙手顫抖，細細摸準常遇春的穴道，戰戰兢兢的將一枚金針在他「關元穴」刺了下去。他未練過針灸之術，施針的手段極爲拙劣，只不過照著胡青牛每日給他施針之法，依樣葫蘆而已。胡青牛的金針乃軟金所製，非有深湛內力，不能使用。張無忌用力稍大，那針登時彎了，再也刺不進去，只得拔出來又刺。自來針刺穴道，決無出血之理，但他這麼毛手毛腳的一番亂攪，常遇春「關元穴」上登時鮮血湧出。「關元穴」位處小腹，連及人身要害，這一出血不止，張無忌心下大急，登時手足無措。

忽聽得身後一陣哈哈大笑，張無忌回過頭來，見胡青牛雙手負在背後，悠閒自得，笑嘻嘻的瞧著他弄得兩手都染滿了鮮血。張無忌急道：「胡先生，常大哥『關元穴』流血不止，那怎麼辦啊？」胡青牛道：「我自然知道怎麼辦，可是何必跟你說？」張無忌昂然道：「現下咱們也一命換一命，請你快救常大哥，我立刻死在你面前便是。」

胡青牛冷冷的道：「我說過不治，總之是不治的了。胡青牛不過見死不救，又不是催命的無常，你死了於我有甚麼好處？便是死十個張無忌，我也不會救一個常遇春。」

張無忌知道再跟他多說徒然白費時光，入內找了些蜜糖，塗在常遇春「關元穴」上出血處，止住了血。心想金針太軟，我是用不來的，這時候也沒處去尋找別樣金針，便銅針鐵針也尋不到一枚，略一沉吟，去折了一根竹枝，用小刀削成幾根光滑的竹籤，在常遇春「紫宮」、「中庭」、「關元」、「天池」四處穴道中扎下。竹籤硬中帶有韌力，刺入穴道後居然並不流血。過了半晌，常遇春嘔出了幾大口黑血。

張無忌不知自己亂刺一通之後是令他傷上加傷，還是竹針見效，逼出了他體內瘀血，回頭看胡青牛時，見他雖一臉譏嘲之色，卻也隱然帶著幾分讚許。張無忌知道這幾下竹針刺穴並沒全錯，進屋去亂翻醫書，窮思苦想，擬了一張藥方。他雖從醫書上得知某藥可治某病，但到底生地、柴胡是甚麼模樣，牛膝、熊膽是甚麼東西，卻一件也不識得，硬著頭皮，將藥方交給煎藥的僮兒，說道：「請你照方煎一服藥。」

那僮兒將藥方拿去呈給胡青牛看，問他是否照煎。胡青牛鼻中一哼，道：「可笑，可笑！」冷笑三聲，說道：「你照煎便是。他服下倘若不死，世上便沒死人了。」張無忌搶過藥方，將幾味藥的份量都減少一半。那僮兒便依方煎藥，煎成了濃濃一碗。

張無忌將藥碗端到常遇春口邊，含淚道：「常大哥，這服藥喝下去是吉是凶，小弟委實不知……」常遇春笑道：「妙極，妙極，這叫作盲醫治瞎馬！」閉了眼睛，仰脖子將一大碗藥喝得涓滴不存。

這一晚常遇春腹痛如刀割，不住嘔血。張無忌在雷電交作的大雨中服侍著他，直折騰了一夜。到得次日清晨，大雨止歇，常遇春嘔血漸少，血色也自黑變紫，自紫變紅。

常遇春喜道：「小兄弟，你的藥居然吃不死人，我的傷竟減輕了好多。」張無忌大喜，道：「小弟的藥還使得麼？」常遇春笑道：「先父早料到有今日之事，因此給我取了個名字叫作『常遇春』，那是說常常會遇到你這妙手回春的大國手啊。只是你用的藥似乎稍嫌霸道，喝在肚中，便如幾十把小刀子亂削亂剜一般。」

張無忌道：「是，是。看來份量確是稍重了些。」

其實他下的藥量豈止「稍重」，直是重了好幾倍，又沒別般中和調理之藥爲佐，一味的急衝猛攻。他雖從胡青牛的醫書中找到了對症藥物，但用藥的「君臣佐使」之道，卻全不通曉，若非常遇春體質強壯，雄健過人，早已抵受不住而一命嗚呼了。

胡青牛盥洗已畢，慢慢踱將出來，見常遇春臉色紅潤，精神健旺，不禁一驚，暗道：「一個聰明大膽，一個體魄壯健，這截心掌的掌傷，倒給他治好了。」

張無忌於是又開了一張調理補養的方子，甚麼人參、鹿茸、首烏、茯苓，諸般大補的藥物都開在上面。胡青牛家中所藏藥材，無一而非珍品，藥力特別渾厚。如此調補了十來日，常遇春竟神采奕奕，武功盡復舊觀。他對張無忌道：「小兄弟，我身上傷勢已經好了，你每日陪我露宿，也不是道理。咱們就此別過。」

這一個多月之中，張無忌與他共當患難，相互捨命全交，已結成了生死好友，一旦分別，自是戀戀不捨，但想常遇春終不能長此相伴，只得含淚答應。

常遇春道：「小兄弟，你也不須難過，三個月後，我再來探望，其時如你身上寒毒已然去盡，便送你去武當山和你太師父相會。」

他走進茅舍，向胡青牛拜別，說道：「弟子傷勢痊可，雖是張兄弟動手醫治，但全憑師伯醫書指引，又服食了師伯不少珍貴藥物。多謝師伯！」胡青牛點點頭，道：「那算不了甚麼。你傷勢已愈，所減者也不過是四十年的壽算而已。」常遇春問道：「甚麼？」胡青牛道：「依你體魄，本來至少可活過八十歲。但那小子用藥有誤，下針時手勁不對，以後每逢陰雨雷電，你便會週身疼痛，大概在四十歲上，便要見閻王去了。」

常遇春哈哈一笑，慨然道：「大丈夫濟世報國，若能建立功業，便三十歲亦已足夠，何必四十？要是碌碌一生，縱然年過百歲，亦只徒然多耗糧食而已。」胡青牛點了點頭，便不再言語了。（按：《明史·常遇春傳》：「（常遇春）暴疾卒，年僅四十。」）

張無忌直送到蝴蝶谷口，常遇春一再催他回去，兩人才揮淚而別。張無忌心下暗暗立志：「我胡裏胡塗的醫錯了常大哥，害得他要損四十年壽算。他身子在我手中受損，難道日後便不能在我手中受益？我總要設法醫得他和以前一般無異。」

自此胡青牛每日為張無忌施針用藥，消散他體內寒毒。張無忌卻孜孜不倦的閱讀醫書，記憶藥典，遇有疑難不明，便向胡青牛請教。這一著大投胡青牛之所好，便即詳加指點。有時張無忌提些奇問怪想，也頗能觸發胡青牛以前從未想到過的某些靈思。他初時打算將張無忌治愈之後，便即下手將他害死，但這時覺得這少年一死，谷中便少了惟一可以談得來的良伴，倒不想他就此早愈早死。

如此過了數月，有一日胡青牛忽然發覺，張無忌無名指外側的「關衝穴」、彎臂上二寸的「清冷淵」、眉後陷中的「絲竹空」等穴道，下針後竟半點消息也沒有。這些穴道均屬「手少陽三焦經」。三焦分上焦、中焦、下焦，爲五臟六腑的六腑之一，自來醫書之中，說得玄妙秘奧，難以捉摸。（按：中國醫學的三焦，據醫家言，當即指人體的各種內分泌而言。今日醫學昌明，然西醫對內分泌與荷爾蒙之功能和調治仍所知不多，自來即爲醫學中一項極爲困難的部門。）胡青牛潛心苦思，使了許多巧妙方法，始終不能將張無忌體內散入三焦的陰毒逼出。十多日中，累得他頭髮也白了十餘根。

張無忌見他勞神焦思，十分苦惱，心下深爲感激，又是不安，說道：「胡先生，你已盡心竭力爲我驅毒。世上人人都要死的，我這散入三焦的陰毒驅除不去，那是命數使然，你也不必太過費心，爲了救我一命而有損身子。」

胡青牛哼了一聲，淡淡的道：「你瞧不起我們明教、天鷹教，我幾時要救你性命了？只是我治不好你，未免顯得我『蝶谷醫仙』無能。我要治好你之後，再殺了你。」

張無忌打了個寒噤，聽他說來輕描淡寫，似乎渾不當一回事，但知他既說出了口，決計不再變更，嘆了口氣，說道：「我看我身上的陰毒終是驅除不掉，你不用下手，我自己也會死的。世人似乎只盼別人都死光了，他才快活。大家學武練功，不都是爲了打死別人麼？」

胡青牛望著庭外天空，出神半晌，幽幽的道：「我少年之時潛心學醫，立志濟世救人，可是救到後來卻不對了。我救活了的人，竟反過面來狠狠的害我。有一個少年，在貴州苗疆中了金蠶蠱毒，那是無比的劇毒，中者固然非死不可，而且臨死之前身歷天下諸般最難當的苦楚。我三日三晚不睡，耗盡心血救治了他，和他義結金蘭，情同手足，又把我的親妹子許配給他爲妻。那知後來他卻害死了我親妹子。你道此人是誰？他今日正是名門正派中鼎鼎大名的首腦人物啊。」

張無忌見他臉上肌肉扭曲，神情極是苦痛，心中油然而生憐憫，暗想：「原來他生平經歷過如此慘事，這才養成了『見死不救』的性子。」問道：「這個忘恩負義、狼心狗肺的人是誰？」胡青牛咬牙切齒的道：「他……他便是華山派的掌門人鮮于通。」張無忌道：「你怎不去找他算帳？」

胡青牛嘆道：「我前後找過他三次，都遭慘敗，最後一次還險些命喪他手。此人武功了得，更兼機智絕倫，他的外號便叫作『神機子』，我實在遠不是他對手。何況他身爲華山派掌門，人多勢眾。我明教這些年來四分五裂，教內高手自相殘殺，人人自顧不暇，沒人能夠相助。再說，我也恥於求人。這場怨仇，只怕難報了。唉，我苦命的妹子，我自幼父母見背，兄妹倆相依爲命……」說到這裏，眼中淚光瑩然。

張無忌心想：「他其實並非冷酷無情之人。」胡青牛突然厲聲喝道：「今日我說過的話，從此不得跟我再提，如洩漏給旁人知曉，我治得你求生不得，求死不能。」張無忌本想挺撞他幾句，但忽地心軟，覺得此人遭際之慘，亦不下於己，便道：「你請放心，我決計不說便是。」胡青牛摸了摸他頭髮，嘆道：「可憐，可憐！」轉身進了內堂。

胡青牛自和張無忌這日一場深談，又察覺他散入三焦的寒毒終究難除，即使以精深醫術爲他調理，亦不過多延數年之命，竟對他變了一番心情。雖自此再不向他吐露自己的身世和心事，但見他善解人意，山居寂寞，大是良伴，便日日指點他醫理中的陰陽五行之變、方脈針灸之術。張無忌潛心鑽研，學得甚爲用心。胡青牛見他悟心甚高，對《黃帝蝦蟆經》、《西方子明堂灸經》、《太平聖惠方》、《鍼灸甲乙經》、《孫思邈千金方》等醫書尤有心得，不禁嘆道：「以你的聰明才智，又得遇我這個百世難逢的明師，不到二十歲，該當便能和華陀、扁鵲比肩，只是……唉，可惜，可惜！」

言下之意自是說等你醫術學好，壽命也終了，這般苦學，又有何用？張無忌心中卻另有一番主意，他決意要學成高明醫術，待見到常遇春時，將他大受虧損的身子治得一如原狀，又盼能令俞岱巖不必靠人扶持，能自己行走。這是他的兩大心願，若能如願以償，此後自己壽元再盡，也無所憾了。

谷中安靜無事，歲月易逝，如此過了兩年有餘，張無忌已一十四歲。這兩年中，常遇春曾來看過他幾次，說張三丰知他病況頗有起色，甚爲欣喜，命他便在蝴蝶谷多住些日子，以求全愈。張三丰和六名弟子各有衣物用品相贈，都說對他甚是想念記掛，由於門派有別，不便前來探視。七人並有禮物送給胡青牛，感謝他醫治無忌。張無忌對太師父和六位師伯叔也思念殊深，恨不得立時便回武當山去相見。常遇春又說起谷外消息，近年來蒙古人對漢人欺壓日甚，衆百姓衣食不周，羣盜並起，眼見天下大亂；同時江湖上自居名門正派者和給目爲魔教邪派之間的爭鬥，也愈趨激烈，雙方死傷均重，怨仇越結越深。常遇春每次來到蝴蝶谷，均稍住數日即去，似乎教中事務頗爲忙碌。

一日晚間，張無忌讀了一會王好古所著醫書《此事難知》，覺得昏昏沉沉的甚是困倦，當即上床安睡。次日起身，更覺頭痛得厲害，想去找些發散風寒的藥物來服食，走到廳上，見日影西斜，原來已是午後。他吃了一驚：「這一覺睡得好長，看來是生了病啦。」一搭自己脈搏，卻無異狀，更是暗驚：「莫非我陰毒發作，陽壽已盡？」

走到胡青牛房外，只見房門緊閉，輕輕咳嗽了一聲。只聽胡青牛道：「無忌，今兒我身子有些不適，咽喉疼痛，你自個兒讀書罷。」張無忌應道：「是。」他關心胡青牛病勢，說道：「先生，讓我瞧瞧你喉頭好不好？」胡青牛低沉著嗓子道：「不用了。我已對鏡照過，並沒大礙，已服了牛黃犀角散。」

當天晚上，僮兒送飯進房，張無忌跟著進去，見胡青牛臉色憔悴，躺在床上。胡青牛揮手道：「快出去。你知我生的是甚麼病？那是天花啊。」張無忌看他臉上手上，果有點點紅斑，心想天花之疾發作時極爲厲害，調理不善，重則致命，輕則滿臉痲皮，胡青牛醫道精湛，雖染惡疾，自無後患，但終究不禁躭心。

胡青牛道：「你不可再進我房，我用過的碗筷杯碟，均須用沸水煮過，你和僮兒不可混用。」沉吟片刻，又道：「無忌，你還是出谷去，到外面借宿半個月，免得我將天花傳給了你。」張無忌忙道：「不必。先生有病，我若避開，誰來服侍你？我好歹比這兩個僮兒多懂些醫理。」胡青牛道：「你還是避開的好。」但說了良久，張無忌總是不肯。這幾年來兩人朝夕與共，胡青牛雖性子怪僻，師生間自然而然已頗有情誼，何況臨難趨避，實大違張無忌的本性。胡青牛道：「好罷，那你決不能進我房來。」

如此過了三日，張無忌晨夕在房外問安，聽胡青牛雖話聲嘶啞，精神倒還健旺，飯量反較平時爲多，料想無礙。胡青牛每日報出藥名份量，那僮兒便煎了藥給他遞進去。

到第四日下午，張無忌坐在草堂之中，誦讀《黃帝內經》中一篇〈四氣調神大論〉，讀到「是故聖人不治已病治未病，不治已亂治未亂，此之謂也。大病已成而後藥之，亂已成而後治之，譬猶渴而穿井，鬥而鑄錐，不亦晚乎？」不禁暗暗點頭，心道：「這幾句話說得眞不錯，口渴時再去掘井，要跟人動手時再去打造兵刃，確實來不及了。國家擾亂後再去平變，雖復歸安定，也已元氣大傷。治病也當在疾病尙未發作之時著手。但胡先生的天花是外感，卻不能未病先治。」又想到內經〈陰陽應象大論〉中那幾句話：「善治者治皮毛，其次治肌膚，其次治筋脈，其次治六腑，其次治五臟。治五臟者，半死半生也。」心道：「良醫見人疾病初萌，即當治理。病入五臟後再加醫治，已只一半把握了。似我這般陰毒散入五臟六腑，何止半生半死，簡直便是九死一生。」

正讚嘆前賢卓識、行復自傷之際，忽聽得隱隱蹄聲，自谷外直響進來，不多時已到了茅舍之外，只聽一人朗聲說道：「武林同道，求見醫仙胡先生，求他老人家治病。」

張無忌走到門口，見門外站著一名面目黝黑的漢子，手中牽著三匹馬，兩匹馬上各伏著一人，衣上血跡模糊，顯見身受重傷。那漢子頭上綁著一塊白布，布上也染滿鮮血，一隻右手用繃帶吊在脖子上，看來受傷也屬不輕。

張無忌道：「各位來得不巧，胡先生自己有病，臥床不起，沒法爲各位效勞。還是另請高明罷！」那漢子道：「我們奔馳數百里，命在旦夕，全仗醫仙救命。」

張無忌道：「胡先生身染天花，病勢甚惡，此是實情，決不敢相欺。」那漢子道：「我三人此番身受重傷，若不得蝶谷醫仙施救，必死無疑。相煩小兄弟稟報一聲，且聽胡先生如何吩咐。」張無忌道：「既是如此，請問尊姓大名。」那漢子道：「我三人賤名不足道，便請說是華山派鮮于掌門的弟子。」說到這裏，身子搖搖欲墜，已支持不住，突然間嘴一張，噴出一大口鮮血。

張無忌一凜，心想華山派鮮于通是胡先生的大仇人，不知他對此如何處置，走到胡青牛房外，說道：「先生，門外有三人身受重傷，前來求醫，說是華山派鮮于掌門的弟子。」胡青牛輕輕「咦」的一聲，怒道：「不治，不治，快趕出門去！」

張無忌道：「是。」回到草堂，向那漢子道：「胡先生病體沉重，難以見客，還請原諒。」那漢子皺起眉頭，正待繼續求懇，伏在馬背上的一個瘦小漢子忽地抬起頭來，伸手彈出，只見金光閃動，啪的一響，一件小小暗器擊在草堂正中桌上。那瘦漢子說道：「你拿這朵金花去給『見死不救』，說我三人都是給這金花的主兒打傷的。那人眼下便來尋他晦氣，『見死不救』倘若治好了我們的傷，我們三人便留在這裏，助他禦敵。我三人武功便算不濟，也總是多了三個幫手。」

張無忌聽他說話大剌剌的，遠不及第一個漢子有禮，走近桌邊，見那暗器是一朵黃金鑄成的梅花，和眞梅花一般大小，白金絲作的花蕊，打造得十分精巧。他伸手去拿，不料那瘦子這一彈手勁甚強，金花嵌入桌面，竟取不出來，只得拿過一把藥鑷，挑了幾下，方才取出，心想：「這瘦子的武功不弱，但在這金花的主兒手下卻傷得這般厲害，他說那人要來尋仇，倒須跟先生說知。」於是手托金花，走到胡青牛房外，轉述了那瘦小漢子的話。

胡青牛道：「拿進來我瞧。」張無忌輕輕推開房門，揭開門帘，見房內黑沉沉的宛似夜晚，他知天花病人怕風畏光，窗戶都用氈子遮住。胡青牛臉上蒙著一塊青布，只露出一對眼睛。張無忌暗自心驚：「不知青布之下，他臉上的痘瘡生得如何？病好之後，會不會成爲痲皮？」胡青牛道：「將金花放在桌上，快退出房去。」

張無忌依言放下金花，揭開門帘出房，還沒掩上房門，聽胡青牛道：「他三人的死活，跟我姓胡的絕不相干。胡青牛是死是活，也不勞他三個操心。」波的一聲，那朵金花穿破門帘，飛擲出來，噹的一響，掉在地下。張無忌和他相處兩年有餘，從未見他練過武功，原來這位文質彬彬的神醫卻也是武學好手，雖在病中，武功未失。

張無忌拾起金花，走出去還給了那瘦漢，搖了搖頭，道：「胡先生實是病重……」猛聽得蹄聲答答，車聲轔轔，有一輛馬車向谷中馳來。

張無忌走到門外，見馬車馳得甚快，轉眼間來到門外，倏然而止。車座上走下一個淡黃面皮的青年漢子，從車中抱出一個禿頭老者，問道：「蝶谷醫仙胡先生在家麼？崆峒門下聖手伽藍簡捷遠道求醫……」第三句話沒出口，身子晃了幾下，連著手中的禿頭老者一齊摔倒。說也湊巧，拉車的兩匹健馬也乏得脫了力，口吐白沫，同時跪倒。

瞧了二人這般神情，不問可知是遠道急馳而來，途中毫沒休息，以致累得如此狼狽。張無忌聽到「崆峒門下」四字，心想在武當山上逼死父母的諸人之中，有崆峒派的長老在內，這禿頭老者當日雖沒來到武當，但料想也非好人，正想回絕，忽見山道上影影綽綽，又有四五人走來，有的一跛一拐，有的互相攙扶，都身上有傷。

張無忌皺起眉頭，不等這干人走近，朗聲說道：「胡先生染上天花，自身難保，不能為各位治傷。請大家及早另尋名醫，以免躭誤了傷勢。」

待那干人等走近，看清楚共有五人，個個臉如白紙，竟無半點血色，身上卻沒傷痕血跡，看來都是受了內傷。為首一人又高又胖，向禿頭老者簡捷和投擲金花的瘦小漢子點了點頭，三人相對苦笑，原來三批人互相認識。張無忌好奇心起，問道：「你們都是給那金花的主人所傷麼？」那胖子道：「不錯。」那最先到達、口噴鮮血的漢子問道：「小兄弟貴姓？跟胡先生怎生稱呼？」張無忌道：「我是來求胡先生治病的，但他並不肯治。我知胡先生說過不治，便決計不治，你們賴在這裏也沒用。」

說話之間，又有四個人先後到來，有的乘車，有的騎馬，一齊求懇要見胡青牛。

張無忌大感奇怪：「蝴蝶谷地處偏僻，除了魔教中人，江湖上知者甚少，這些人或屬崆峒、或隸華山，均非魔教，怎地不約而同受傷，又不約而同的趕來求醫？」又想：「那金花的主人既如此了得，要取這些人的性命也非難事，何以只將各人打得重傷？」

那十四人有的善言求懇，有的一聲不響，但都磨著不走，眼見天色將晚，十四個人擠滿了一間草堂。煮飯的僮兒將張無忌所吃的飯菜端了出來。張無忌也不跟他們客氣，自顧自的吃了，翻開醫書，點了油燈閱讀，對這十四人竟如視而不見，心想：「我既學了胡先生的醫人之術，也得學一學他的不醫人之術。」

夜闌人靜，茅舍中除了張無忌翻讀書本、傷者粗重喘氣之外，再無別的聲息。突然之間，屋外山路上傳來了兩個人輕輕的腳步聲音，足步緩慢，走向茅舍。過了片刻，一個清脆的女孩聲音說道：「媽，屋子裏有燈火，這就到了。」從聲音聽來，女孩年紀甚幼。一個女子聲音道：「孩子，你累不累？」那女孩道：「我不累。媽，醫生給你治病，你就不痛了。」那女子道：「嗯，就不知醫生肯不肯給我治。」

張無忌心中一震：「這女子的聲音好熟！似乎是紀曉芙姑姑。」只聽那女孩道：「醫生定會給你治的。媽，你別怕，你痛得好些了麼？」那女子道：「好些了，唉，苦命的孩子。」張無忌聽到這裏，再無懷疑，縱身搶到門口，叫道：「紀姑姑，是你麼？你也受了傷麼？」月光之下，只見一個青衫女子攜著一個十歲左右的小女孩，正是峨嵋女俠紀曉芙。

她在武當山上見到張無忌時，他未滿十歲，這時相隔將近五年，張無忌已自孩童成為少年，黑夜中突然相逢，那裏認得出來，愕然道：「你……你……」張無忌道：「紀姑姑，你不認得我了罷？我是張無忌。在武當山上，我爹爹媽媽去世那天，曾見過你一面。」

紀曉芙「啊」的一聲驚呼，萬料不到竟會在此處見到他，想起自己以未嫁之身，卻攜了一個女兒，張無忌是自己未婚夫殷梨亭的師姪，雖然年少，終究難以交代，不由得又羞又窘，滿臉脹得通紅。她受傷本是不輕，一驚之下，身子搖晃，便要摔倒。

她小女兒見母親要倒，忙雙手拉住她手臂，可是人小力微，濟得甚事？眼見兩人都要摔跌，張無忌搶上扶住紀曉芙肩頭，道：「紀姑姑，請進去休息一會。」扶著她走進草堂。燈火下只見她左肩和左臂都受了極厲害的刀劍之傷，包紮的布片上還在不斷滲出鮮血，又聽她輕聲咳嗽不停，無法自止。

張無忌此時的醫術，早已勝過尋常的所謂「名醫」，聽得她咳聲有異，知是肺葉受到了重大震盪，便道：「紀姑姑，你右手和人對掌，傷了太陰肺脈。」

他取出七枚金針，隔著衣服，便在她肩頭「雲門」、胸口「華蓋」、肘中「尺澤」等七處穴道上刺下去。其時他的針灸之術，與當年醫治常遇春時自已有天壤之別。這兩年多來，他跟著胡青牛潛心苦學，於診斷病情、用藥變化諸道，限於見聞閱歷，和胡青牛自是相去尚遠，但針灸一門，卻已學到了這位「醫仙」的七八成本領。

紀曉芙初時見他取出金針，還不知他用意，那知他手法極快，一轉眼間，七枚金針便分別刺入了自己穴道，她這七處要穴全屬手太陰肺經，金針一到，胸口閉塞之苦立時大減。她又驚又喜，說道：「好孩子，想不到你在這裏，又學會了這樣好本領。」

那日在武當山上，紀曉芙見張翠山、殷素素自殺身亡，憐憫無忌孤苦，曾柔聲安慰，又除下自己頸中黃金項圈，想要給他。但張無忌當時心中憤激悲痛，將所有上山來的人，都當作是迫死他父母的仇人，因此對紀曉芙出言頂撞，令她難以下台。後來張無忌年紀大後，得知當日父親和諸師伯叔曾擬和峨嵋諸俠聯手，共抗強敵，才知峨嵋派其實是友非敵。

兩年之前，他和常遇春深夜在樹林中見到紀曉芙力救彭和尙，更覺這位紀姑姑爲人極好，至於她何以未嫁生子、是否對不起殷六叔等情由，他年紀尙小，於這些男女之情全不了然，聽過之後便如春風過耳，絕不縈懷。紀曉芙自己心虛，斗然間遇到和殷梨亭相識之人時便窘迫異常，深感無地自容，其實這件事張無忌在兩年前便已從丁敏君口中聽到，他認定丁敏君是個壞女人，那麼她口中所說的壞事，也就未必是壞。

他這時見紀曉芙的女兒站在母親身旁，眉目如畫，黑漆般的大眼珠骨碌碌地轉動，好奇的望著自己。那女孩將口俯在母親耳邊，低聲道：「媽，這個小孩便是醫生嗎？你痛得好些了麼？」紀曉芙聽她叫自己爲「媽」，又是臉上一紅，事已至此，也無法隱瞞，臉上神色甚是尷尬，道：「這位是張家哥哥，他爹爹是媽的朋友。」向張無忌低聲道：「她……她叫『不悔』。」頓了頓，又道：「姓楊，叫楊不悔！」張無忌笑道：「好啊，小妹妹，你的名字倒跟我有些相像，我叫張無忌，你叫楊不悔。」

紀曉芙見張無忌神色如常，並無責難之意，心下稍寬，向女兒道：「無忌哥哥的本領很好，媽已不大痛啦。」

楊不悔靈活的大眼睛轉了幾轉，突然走上前去，抱住張無忌，在他面頰上吻了一下。她除了母親之外，從來不見外人，這次母親身受重傷，急難之中，竟蒙張無忌為她減輕痛苦，心中大為感激。她對母親表示歡喜和感謝，向來是撲在她懷裏，在她臉上親吻，這時對張無忌便也如此。

紀曉芙含笑斥道：「不兒，別這樣，無忌哥哥不喜歡的。」楊不悔睜著大大的眼睛，不明其理，問張無忌道：「你不喜歡麼？為甚麼不要我對你好？」張無忌笑道：「我喜歡的，我也對你好。」俯身在她柔嫩的面頰上也輕輕吻了一下。楊不悔拍手道：「小醫生，你快給媽媽的傷全都治好了，我就再親你一下。」

張無忌見這個小妹妹天真活潑，甚是可愛。他十多年來，相識的都是年紀大過他很多的伯伯叔叔，常遇春雖和他兄弟相稱，也大了他八歲。那日舟中和周芷若匆匆一面，相聚不到一天，便即分手，此外從未交過一個小朋友，這時不禁心道：「要是我真有這樣一個有趣的親妹子，便可常常帶著她玩耍了。」他還只十四歲，童心仍盛，只因幼歷坎坷，實無多少玩耍嬉戲的機會。

紀曉芙見聖手伽藍簡捷等一干人傷勢狼藉，顯然未經醫理，她不願佔這個便宜，說道：「這幾位比我先來，你先瞧瞧他們罷。這會兒我已好得多了。」

張無忌道：「他們是來向胡先生求醫的。胡先生自己身染重病，不能醫人。這幾位卻不肯走。紀姑姑，你並非向胡先生求醫。小姪在這兒躭得久了，略通一點粗淺醫道，你如信得過，小姪便瞧瞧你的傷勢。」

紀曉芙受傷後得人指點，來到蝴蝶谷，原和簡捷等人一般，也是要向胡青牛求醫，這時聽了張無忌這幾句話，又見到簡捷等一干人的情狀，顯是那「見死不救」胡青牛不肯施治。適才張無忌替她針治要穴，立時見效，看來他年紀雖小，醫道卻著實高明，便道：「這可多謝你啦。大國手不肯治，請小國手治療也一樣。」

張無忌請她進入廂房，剪破她創口衣服，見她肩臂上共受三處刀傷，臂骨亦已折斷，上臂骨有一處裂成碎片。這等骨碎，在外科中本來極難接續，但在「蝶谷醫仙」的弟子看來，卻也尋常，於是為她接骨療傷，敷上生肌活血的藥物，再開了一張藥方，命僮兒按方煎藥。他初次為人接骨，手法未免不夠敏捷，忙了個把時辰，終於包紮妥善，說道：「紀姑姑，請你安睡一會，待會麻藥藥性退了，傷口會痛得很厲害。」紀曉芙道：「多謝你啦！」張無忌到儲藥室中找了些棗子杏脯，拿去給楊不悔吃，那知她昨晚一夜不睡，這時已偎倚在母親懷中沉沉睡熟。張無忌將棗杏放入她衣袋，回到草堂。

華山派那口吐鮮血的弟子站起身來，向張無忌深深一揖，說道：「小先生，胡先生既然染病，只好煩勞小先生給我們治一治，大夥兒盡感大德。」

張無忌學會醫術之後，除了為常遇春、紀曉芙治療之外，從未用過，見這十四人或內臟震傷，或四肢斷折，傷處各各不同，常言道學以致用，確有躍躍欲試之意，但想起胡青牛的言語，答道：「此處是胡先生家中，小可也是他的病人，如何敢擅自作主？」

那漢子鑒貌辨色，見他推辭得並不決絕，便再捧他一捧，奉上一頂高帽，說道：「自來名醫都是五六十歲的老先生，那知小名醫年紀輕輕，竟有這等高明本領，眞乃世上少見，還盼顯一顯身手。」

那富商模樣的梁姓胖子道：「我們十四人在江湖上都小有名頭，得蒙小先生救治，大家出去一宣揚，江湖上都知小先生醫道如神，旦夕之間，小先生便名聞天下了。」

張無忌畢竟年紀尚幼，不明世情，給他兩人這麼一吹一捧，不免有些歡喜，說道：「名聞天下有甚麼好？胡先生既不肯動手，我也沒法。但你們受傷都不輕，這樣罷，我給你們稍減痛楚便了。」取出金創藥來，要為各人止血減痛。

待得詳察每人傷勢，不由得越看越驚奇，原來每人的傷處固各各不同，而且傷法奇特，都是胡青牛所授傷科症狀中從未提到過的。有一人被逼吞服了數十枚鋼針，針上餵毒。有人肝臟為內力震傷，但醫治肝傷的「行間」、「中封」、「陰包」、「五里」諸要穴卻都給人用尖刀戳爛，顯然下手之人也精通醫理，要令人無從著手醫治。有一人兩塊肺葉上給釘上兩枚長長的鐵釘，不斷咳嗽咯血。有一人左右兩排肋骨全斷，可又沒傷到心肺。有一人雙手割去，卻將左手接在右臂上，右手接在左臂上，血肉相連，不倫不類。更有一人全身青腫，說是給蜈蚣、蝎子、黃蜂等二十餘種毒蟲同時螫傷。

張無忌只看了六七個人，已大皺眉頭，心想：「這些人的傷勢如此古怪，我是一樣都治不來的。這下手之人，爲何挖空心思，這般折磨人家？」

忽地心念一動：「紀姑姑的肩傷和臂傷卻都平常，莫非她另受奇特內傷，否則何以她一人卻是例外？」忙走進廂房，一搭紀曉芙的脈搏，登時吃了一驚，但覺她脈搏跳動忽強忽弱、時澀時滑，顯是內臟受損，但爲甚麼會變得這樣，委實難明其理。

那十四人傷勢甚奇，他也不放在心上，暗想其中崆峒派那些人還和逼死他父母有關，此時受這些怪罪，也算活該，可是紀曉芙的傷卻非救不可，於是走到胡青牛房外，低聲道：「先生，你睡著了麼？」只聽胡青牛道：「甚麼事？不管他是誰，我都不治。」張無忌道：「是。不過這些人所受之傷，當眞奇怪得緊。」將各人的怪傷一一說了。

胡青牛隔著布帘，聽得甚是仔細，有不明白之處，叫張無忌出去看過回來再說。張無忌花了大半個時辰，才將十五人的傷勢細細說完。胡青牛口中不斷「嗯，嗯」答應，顯是在用心思索，過了良久，說道：「哼，這些怪傷，卻也難我不倒……」

張無忌身後忽有人接口道：「胡先生，那金花的主人叫我跟你說：『你枉稱醫仙，可是這一十五種奇傷怪毒，料你一種也醫不了。』哈哈，果然你只有躲起來，假裝生病。」

張無忌回過頭來，見說話之人是崆峒派的禿頭老者聖手伽藍簡捷。他頭上一根毛髮也沒有，張無忌初時還道他是天生的光頭，後來才知是給人塗了烈性毒藥，頭髮齊根爛掉，毒藥還在向內侵蝕，只怕數日之內毒性入腦，非大發癲狂不可。這時他雙手給同伴用鐵鍊縛住，才不能伸手去抓頭皮，否則如此奇癢難當，早已自己抓得露出頭骨了。

胡青牛淡淡的道：「我治得了也罷，治不了也罷，總之我不會給你治。你尚有七八日之命，趕快回家，還可和家人兒女見上一面，在這裏囉裏囉唆，又有何益？」

簡捷頭上癢得委實難忍，熬不住將腦袋在牆上亂擦亂撞，手上的鐵鍊叮噹急響，氣喘吁吁的道：「胡先生，那金花的主兒早晚便來找你，你也難以活命。大家聯手，共抗強敵，不是勝於你躲在房中束手待斃麼？」胡青牛道：「你們如打得過他，早已殺了他啦！我多你們這十五個膿包幫手，有甚麼用？」

簡捷哀求了一陣，胡青牛不再理睬。簡捷暴跳如雷，喝道：「好，左右是個死，我一把火燒了你的狗窩。咱們白刀子進，紅刀子出，做翻你這賊大夫，大夥兒一起送命！」

這時外邊又走進一人，正是先前嘔血那人，他伸手入懷，掏出一柄蛾眉鋼刺，點在簡捷胸口，冷冷的道：「你得罪胡前輩，我姓薛的先跟你過不去。你要白刀子進，紅刀子出，好啊，我就先給你這麼一下。」簡捷的武功本在這姓薛的之上，但他雙手為鐵鍊綁住，沒法招架，只有瞪著圓鼓鼓的一雙大眼，不住喘氣。

那姓薛的朗聲道：「胡前輩，晚輩薛公遠，是華山鮮于先生門下弟子，這裏給你老人家磕頭啦！」說著跪了下去，磕了幾個響頭。簡捷心中登時生出一絲指望，那胡青牛硬的不吃，這小子磕頭軟求，或者能成。薛公遠行過大禮，又道：「胡前輩身有貴恙，那是我們沒福。這裏有一位小兄弟醫道高明，還請胡前輩允可，讓他給我們治一治。我們身上所帶的歹毒怪傷，除了蝶谷醫仙的弟子，普天下再也沒旁人治得好了。」

胡青牛冷冷的道：「這孩子名叫張無忌，他是武當派弟子，乃『銀鉤鐵劃』張翠山張五俠的兒子，張三丰的再傳弟子。我胡青牛是明教中人，是你們名門正派所不齒的敗類，跟他這種高人子弟有甚麼干係？他身中陰毒，求我醫治，可是我立過重誓，除非是明教中人，決不爲人治傷療毒。這姓張的小孩不肯入我明教，我怎能救他性命？」

薛公遠心中涼了半截，先曾聽張無忌自稱也是個求醫被拒的病人，還不甚信，這時聽胡青牛這麼說，果然不假。只聽胡青牛又道：「你們賴在我家裏不走，哼哼，以爲我便肯發善心麼？你們問問這小孩，他賴在我家裏多久啦。」薛公遠和簡捷一齊望著張無忌，只見他伸出兩根手指比了一比，又比了一比。薛公遠道：「二十天？」張無忌道：「整整兩年另兩個月。」簡薛二人面面相覷，都呼了一口長氣。

胡青牛道：「他便再賴十年，我也不能救他性命。一年之內，纏結在他五臟六腑中的陰毒定要大舉發作，無論如何活不過明年此日。我胡青牛當年曾對明尊立下重誓，便是生我的父母，我自己的親生兒女，只要他不是明教弟子，我便不能用醫道救他們性命。」

簡捷和薛公遠垂頭喪氣，正要走出，胡青牛忽道：「這武當派的少年也懂一點醫理，他武當派的醫理雖遠遠不及我明教，但還不致於整死人。他武當派肯救也好，見死不救也好，跟明教和我胡青牛可沒牽連。」

薛公遠一怔，聽他話中之意，似是要張無忌動手，忙道：「胡前輩，這位張小俠若肯出手相救，我們便有活命之望了。」胡青牛道：「他救與不救，關我屁事？無忌，你聽著，在我胡青牛屋中，你不可妄使醫術，除非出我家門，我才管不著。」薛公遠和簡捷本覺有望，一聽此言，又是呆了，不明他到底是何用意。

張無忌卻當即明白，說道：「胡先生有病在身，你們不可多打擾先生，請跟我出來。」三人來到草堂。張無忌道：「各位，小可年幼識淺，各位的傷勢又十分怪異，是否醫治得好，殊無把握。各位倘若信得過的，便容小可盡力一試，生死各憑天命。」

這當兒眾人身上的傷處或癢或痛、或酸或痲，無不難過得死去活來，便是有砒霜毒藥要他們喝下去，只要解得一時之苦，那也甘之如飴，聽了張無忌的話，人人大喜應諾。

張無忌道：「胡先生不許小可在他家裏動手，以免治死了人，累及『醫仙』的令譽，請大家到門外罷。」眾人卻又躊躇起來，眼見他不過十四五歲，本領究屬有限，在「醫仙」家中，多少有些倚仗，這出門去治，別給他亂攪一陣，傷上加傷，多受無謂痛苦。

簡捷卻大聲道：「我頭皮癢死了，小兄弟，請你先替我治治。」說罷便叮叮噹噹的拖著鐵鍊，走出門去。

張無忌沉吟半晌，到儲藥室中揀了南星、防風、白芷、天麻、羌活、白附子、花蕊石等十餘味藥物，命僮兒在藥臼中搗爛，和以熱酒，調成藥膏，拿出去敷在簡捷的光頭之上。藥膏著頭，簡捷痛得慘叫一聲，跳了起來，跟著不住口的大叫：「好痛，痛得命也沒了。嘿，還是痛的好，比那痲癢可舒服多了。」他牙齒咬得格格直響，在草地上來回狂奔，連叫：「痛得好，他媽的，這小子真有點兒本事！不，張小俠，我姓簡的得多謝你才成。」

眾人見簡捷的頭癢立時見功，紛紛向張無忌求治。這時有一人抱著肚子，在地下不住打滾，大聲呼號，原來他是受逼吞服了三十餘條活水蛭。那水蛭入胃不死，附在胃壁和腸壁之上吸血。張無忌想起醫書上載道：水蛭遇蜜，化而為水。蝴蝶谷中有的是花蜜，命僮兒取過一大碗蜜來，命那人服了下去。

如此一直忙到天明，紀曉芙和女兒楊不悔醒了出房，見張無忌忙得滿頭大汗，正為各人治傷。紀曉芙便幫著包紮傷口，傳遞藥物。只楊不悔無憂無慮，口中吃著杏脯蜜棗，追撲蝴蝶為戲。

直忙到午後，張無忌才將各人的外傷初步整治完竣，出血者止血，疼痛者止痛。但每人的傷勢均十分古怪複雜，單理外傷，僅爲治標。張無忌回房睡了幾個時辰，睡夢中聽得門外呻吟之聲大作，跳起身來，見有幾人固然略見痊可，但大半卻反見惡化。他束手無策，只得去說給胡青牛聽。

胡青牛冷冷的道：「這些人又不是我明教中人，死也好，活也好，我才不理呢。」張無忌靈機一動，說道：「假如有一位明教弟子，體外無傷，但腹內瘀血脹壅，臉色紅腫，昏悶欲死，先生便如何治法？」胡青牛道：「若是明教弟子，我便用山甲、歸尾、紅花、生地、靈仙、血竭、桃仙、大黃、乳香、沒藥，以水酒煎好，再加童便，服後便瀉出瘀血。」

張無忌又道：「假若有一明教弟子，給人左耳灌入鉛水，右耳灌入水銀，眼中塗了生漆，疼痛難當，不能視物，那便如何？」胡青牛勃然怒道：「誰敢如此加害我明教弟子？」張無忌道：「那人果是歹毒，但我想總要先治好那明教弟子耳目之傷，再慢慢問他仇人的姓名蹤跡。」胡青牛思索片刻，說道：「倘若那人是明教弟子，我便用水銀灌入他左耳，鉛塊溶入水銀，便隨之流出。再以金針深入右耳，水銀可附於金針之上，慢慢取出。至於生漆入眼，試以螃蟹搗汁敷治，或能化解。」

如此這般，張無忌將一件件疑難醫案，都假託爲明教弟子受傷，向胡青牛請教。胡青牛自然明白他用意，卻也教以治法。但那些人的傷勢實在太也古怪，張無忌依法施爲之後，有些法子不能見效，胡青牛便潛心思考，另擬別法。

如此過了五六日，各人的傷勢均日漸痊愈。紀曉芙所受的內傷原來乃是中毒。張無忌診斷明白後，以生龍骨、蘇木、土狗、五靈脂、千金子、蛤粉等藥給她服下，解毒化瘀，再搭她脈搏，便覺脈細而緩，傷勢漸輕。

這時衆人已在茅舍外搭了一個涼棚，地下鋪了稻草，席地而臥。紀曉芙在相隔數丈外另有一個小小茅舍，和女兒共住，那是張無忌請各人合力所建。那十四人本是縱橫湖海的豪客，這時命懸張無忌之手，對這少年的吩咐誰都不敢稍有違拗。張無忌這番忙碌雖然辛苦，但從胡青牛處學到了不少奇妙的藥方和手法，同時明白了奇病須以奇法醫治的道理，不能拘泥成法，也可說大有所獲。

這天早晨起來，察看紀曉芙的臉色，見她眉心間隱隱有層黑氣，似乎傷勢又有反覆，消解了的毒氣再發作出來，忙搭她脈搏，叫她吐些口涎，調在「百合散」中一看，果是體內毒性轉盛。張無忌苦思不解，走進內堂去向胡青牛請教。胡青牛嘆了口氣，說了治法。張無忌依法施爲，果有靈效。可是簡捷的光頭卻又潰爛起來，腐臭難當。數日之間，十五人的傷勢都變幻多端，明明已痊愈了八九成，但一晚之間，忽又轉惡。

張無忌不明其理，去問胡青牛時，胡青牛總道：「這些人所受之傷大非尋常，倘若一治便愈，又何必到蝴蝶谷來苦苦求我？」

這天晚上，張無忌睡在床上，潛心思索：「傷勢反覆，雖是常事，但不致於十五人個個如此，又何況一變再變，當眞奇怪得緊。」直到三更過後，他想著這件事，仍無法入睡。忽聽得窗外傳來腳踏樹葉的細碎之聲，有人放輕了腳步走過。

張無忌好奇心起，伸舌舐破窗紙，向外張望，只見一個人的背影一閃，隱沒在槐樹之後，瞧這人的衣著，宛然便是胡青牛。張無忌大奇：「胡先生起來作甚？他的天花好了麼？」但胡青牛這般行走，顯是不願爲人瞧見，過了一會，見他向紀曉芙母女所住的茅舍走去。張無忌心中怦怦亂跳，暗道：「他是去欺侮紀姑姑麼？我雖非他的敵手，這件事可不能不管。」縱身從窗中跳出，躡足跟隨在胡青牛後面，見他悄悄進了茅舍。那茅舍於倉卒之間胡亂搭成，無牆無門，只求聊蔽風雨而已，旁人自是進出自如。

張無忌大急，快步走到茅舍背後，伏地向內張望，見紀曉芙母女偎倚著在稻草墊上睡得正沉，胡青牛從懷中取出一枚藥丸，投入紀曉芙的藥碗，當即轉身出外。張無忌一瞥之下，見他臉上仍蒙了青布，不知天花是否已愈，一刹那間，恍然大悟，背上卻出了一陣冷汗：「原來胡先生半夜裏偷偷前來下毒，是以這些人的傷病始終不愈。」

但見胡青牛又走入了簡捷、薛公遠等人所住的茅棚，顯然也是去偷投毒藥，等了好一會不見出來，想是對那十四人所下毒物各不相同，不免多費時光。張無忌輕步走進紀曉芙的茅舍，拿起藥碗一聞，那碗中本來盛的是一劑「八仙湯」，要她清晨醒後立即服食，這時卻多了一股刺鼻的氣味。便在此時，聽得外面極輕的腳步聲掠過，知是胡青牛回入臥室。

張無忌放下藥碗，輕聲叫道：「紀姑姑，紀姑姑！」紀曉芙武功不弱，本來耳目甚靈，雖在沉睡之中，只要稍有響動便即驚覺，但張無忌叫了數聲，她終是不醒。張無忌只得伸手輕搖她肩頭，搖了七八下，紀曉芙這才醒轉，驚問：「是誰？」張無忌低聲道：「紀姑姑，是我無忌。你那碗藥給人下了毒，不能再喝，你拿去倒入溪中，要全然不動聲色，明日跟你細談。」紀曉芙點了點頭。張無忌生怕給胡青牛發覺，回到自己臥室外，仍從窗中爬進。

次日各人用過早餐，張無忌和楊不悔追逐谷中蝴蝶，越追越遠。紀曉芙知他用意，隨後跟來。這幾天張無忌帶著楊不悔玩耍，別人見他三人走遠，誰也沒在意。走出里許，到了一處山坡，張無忌便在草地上坐下。紀曉芙對女兒道：「不兒，別追蝴蝶啦，你去找些野花來編三個花冠，咱們每人戴一個。」楊不悔很高興，自去採花摘草。

張無忌道：「紀姑姑，那胡青牛跟你有何仇怨，爲甚麼要下毒害你？」

紀曉芙一怔，道：「我和胡先生素不相識，直到今日，也沒見過他一面，那裏談得上『仇怨』兩字?」微一沉吟,又道:「爹爹和師父說起胡先生時,只稱他醫術如神,乃當世醫道第一高手,只可惜身在明教,走了邪路。我爹爹和師父跟他也不相識。他……他為甚麼要下毒害我?」

張無忌說了昨晚見到胡青牛偷入她茅舍下毒的事,又道:「我聞到你那碗『八仙湯』中,有鐵線草和透骨菌的刺鼻氣味。這兩味藥本來也有治傷之效,但毒性甚烈,下的份量決不能重,尤其和八仙湯中的八味傷藥均有衝撞,於你身子大有損害。雖不致命,可就纏綿難愈了。」紀曉芙道:「你說餘外的十四人也是這樣,這事更加奇怪。就算我爹爹或是峨嵋派無意中得罪了胡先生,但不能那一十四人也都如此。」

張無忌答道:「紀姑姑,這蝴蝶谷甚是隱僻,你怎地會找到這裏?那打傷你的金花主人卻又是誰?這些事跟我無關,原不該多問,但眼前之事甚有蹊蹺,請你莫怪。」

紀曉芙臉上一紅,明白了張無忌話中之意,他是生怕這件事和她未嫁生女一事有關,說起來令她尷尬,便道:「你救了我性命,我還能瞞你甚麼?何況你待我和不兒都很好,你年紀雖小,我滿腔的苦處,除了對你說之外,這世上也沒可以吐露之人了。」說到這裏,不禁流下淚來。

她取出手帕,拭了拭眼淚,道:「自從兩年多前,我和一位師姊因事失和之後,我便不敢去見師父,也不敢回家……」張無忌道:「哼,『毒手無鹽丁敏君』壞死啦!姑姑，你不用怕她。」紀曉芙奇道：「咦，你怎知道？」張無忌便述說那晚他和常遇春如何躲在樹林之中、如何見到她相救彭和尙。紀曉芙幽幽嘆了口氣，說道：「若要人不知，除非己莫爲！天下人的耳目，又怎能瞞過？」張無忌道：「姑姑，殷六叔雖爲人很好，但你要是不喜歡他，不嫁給他又有甚麼打緊？下次我見到殷六叔時，請他不要逼你。你愛嫁誰，便嫁誰好啦！」

紀曉芙聽他說得天眞，將天下事瞧得忒煞輕易，不禁苦笑，緩緩說道：「孩子，也不是我有意對不起你殷六叔，當時我是事出無奈，可是……可是我也沒後悔……」瞧著張無忌天眞純潔的臉孔，心想：「這孩子的心地有如一張白紙，這些男女情愛之事，還是別跟他說的好，何況眼前之事，也不見得與此有關。」說道：「我和丁師姊鬧翻後，從此不回峨嵋，帶著不兒，在此以西三百餘里的舜耕山中隱居。兩年多來，每日只和樵子鄉農爲伴，倒也逍遙安樂。半個月前，我帶了不兒到鎭上去買布，想給不兒縫幾件新衣，卻在牆角上看到白粉筆畫著一圈佛光和一把小劍，粉筆的印痕甚新。這是我峨嵋派呼召同門的訊號，我看到後自是大爲驚慌，沉吟良久，自忖我雖和丁師姊失和，但曲不在我，我也沒做任何欺師叛門之事，今日說不定同門遇難，不能不加援手。於是依據訊號所示，一直跟到了鳳陽。

「在鳳陽城中，又看到了訊號，我攜同不兒，到了臨淮閣酒樓，見酒樓上已有七八個武林人士等著，崆峒派的聖手伽藍簡捷、華山派薛公遠他們三個師兄弟都在其內，可是並無峨嵋同門。我和簡捷、薛公遠他們以前見過的，問起來時，原來他們也是看到同門相招的訊號，各自趕到這兒赴約，到底為了甚麼事，卻誰也不知。

「直等到向晚，不見我峨嵋派同門到來，後來卻又陸續到了幾人，有神拳門的，有丐幫的，都說是接到同門邀約，到臨淮閣酒樓聚會，但個個是受人之約，沒一個是出面邀約的。大家商量，都起了疑心：莫非是受了敵人愚弄？

「聚在臨淮閣酒樓上的一十五人，包括了九個門派。每個門派傳訊的記號自然各不相同，而且均嚴守秘密，若非本門中人，見到了決不知其中含意。倘若真有敵人暗中布下陰謀，難道他竟能盡知這九個門派的暗號？我一來帶著不兒，生怕遇上凶險；二來我也確不願和同門相見，既見並非同門求援，便起身下樓。

「忽聽得樓梯上篤篤聲響，似是有人用棍棒在梯級上敲打，跟著一陣咳嗽之聲，一個弓腰曲背、白髮如銀的老婆婆走了上來。她走幾步，咳嗽幾聲，顯得極是辛苦，旁邊一個十一二歲的小姑娘扶著她左臂。我見那婆婆年老，又身有重病，便閃在一旁，讓她先走上來。那小姑娘神清骨秀，相貌美麗。那婆婆右手撐著一根白木拐杖，身穿布衣，似是個貧家老婦，可是左手拿著的一串念珠卻金光燦爛，閃閃生光。我凝神看去，只見每顆念珠都是黃金鑄成的一朵梅花……」

張無忌聽到這裏，忍不住插口道：「那老婆婆便是金花的主人？」紀曉芙點頭道：「不錯！可是當時卻有誰想得到？」她從懷中取出一朵小小的金鑄梅花，正和張無忌曾拿去給胡青牛看的那朵無異。張無忌大奇，他這幾天來一直想著那「金花的主人」，料想他不知是個多麼猙獰可怖、兇惡厲害的人物，但聽紀曉芙如此說，卻是個身患重病的老婆婆，實大出他意料之外。

紀曉芙又道：「那老婆婆上得樓來，又大咳了一陣。那小姑娘道：『婆婆，你服顆藥罷？』那老婆婆點頭，小姑娘取出一個瓷瓶，從瓶中倒出一顆藥丸，老婆婆慢慢咀嚼了嚥下，接連說了幾句：『阿彌陀佛，阿彌陀佛。』她一雙老眼半閉半開，喃喃的道：『只有十五個，嗯，你問問他們，武當派和崑崙派的人來了沒有？』

「她走上酒樓之時，誰也沒加留神，但忽然聽到她說了那兩句話，幾個耳朵靈的江湖朋友一齊轉過頭來，待得見到是這麼一個老態龍鍾的貧婦，都道是聽錯了話。那小姑娘朗聲道：『喂，我婆婆問你們，武當派和崑崙派有人來了沒有？』衆人都一呆，誰也沒回答。過了片刻，崆峒派的簡捷才道：『小姑娘，你說甚麼？』那小姑娘道：『我婆婆問：爲甚麼不見武當派和崑崙派的弟子？』簡捷喝問：『你們是誰？』那老婆婆彎著腰又咳嗽起來。

「突然之間，一股勁風襲向我胸口。這股勁風不知從何處而來，卻迅捷無比，我忙伸掌擋格，登時胸口閉塞，氣血翻湧，站立不定，便即坐倒在樓板上，吐出了幾口鮮血。我茫無所措，但見那老婆婆身形飄動，東按一掌，西擊一拳，中間還夾著一聲聲咳嗽，頃刻間將酒樓上其餘一十四人盡數擊倒。她出手突如其來，身法既快，力道又勁，我們一十五人竟沒一個能還得一招半式，每人不是穴道遭點，便是為內力震傷臟腑。那老婆婆左手連揚，金花一朵朵從她念珠串上飛出，一朵朵的分別打在十五人身上。她轉過身來，扶著那小姑娘，唸聲：『阿彌陀佛！』便顫巍巍的走下樓去。只聽得她拐杖著地，發出緩慢的篤篤之聲，一步步遠去，偶而還有一兩聲咳嗽從樓下傳來。」

紀曉芙說到這裏，楊不悔已編好了一個花冠，笑嘻嘻的走來，道：「媽，這個花冠給你戴。」說著給母親戴在頭上。

紀曉芙笑了笑，繼續說道：「當時酒樓之中，一十五人個個軟癱在樓板上，有的還能呻吟幾聲，有的卻已上氣不接下氣……」楊不悔驚道：「媽，你在說那個惡婆婆麼？別說，別說，我怕得很。」紀曉芙道：「乖孩子，你再去採花兒編個花冠，給無忌哥哥戴。」楊不悔望著張無忌，問道：「你喜歡甚麼顏色的？」張無忌道：「要紅色的，嗯，還要些白色的，越大越好。」楊不悔張開雙手道：「這樣大麼？」張無忌道：「好，就是這麼大。」楊不悔笑著拍手走開。

紀曉芙續道：「我在昏昏沉沉之中，見十多人走過來，都是酒樓中的酒保、掌櫃、廚子等等，將我們抬入廚房。不兒這時早已嚇得大哭，跟在我身旁。那掌櫃的手中拿著一張單子，指著簡捷道：『在他頭上塗這藥膏。』便有個酒保將事先預備定當的藥膏塗在簡捷頭上。那掌櫃看看單子，指著一人道：『砍下他的右手，接在他左臂上。』兩名廚師取過利刃，依言施行。那掌櫃說到我的時候，命人在我左肩、左臂砍了三刀，敲碎我臂骨，又強餵我服了一碗甜甜的藥水。我明知其中必有劇毒，但當時只有受人擺布的份兒，又如何能反抗？

「我們一十五人給他們希奇古怪的施了一番酷刑之後，那掌櫃的道：『你們每人都已身受不治之傷，沒一個能活得過十天半月。金花的主人說：她老人家跟你們原本無怨無仇，瞧你們可憐見兒的，便大發慈悲，指點一條生路，你們趕快到女山湖畔蝴蝶谷去，懇求一個號稱「蝶谷醫仙」的胡青牛施醫。要是他肯出手，那麼每人還有活命之望，否則當世沒一人能救你們性命。這胡青牛又有個外號，叫作「見死不救」，你們若不是死磨爛纏，他決計不肯動手。你們跟胡青牛說，金花的主人不久就去找他，叫他及早預備後事罷！』他說完之後，更詳細指明路徑，大夥兒便到了這裏。」

張無忌越聽越奇，道：「紀姑姑，如此說來，那臨淮閣酒樓中的掌櫃、廚師、酒保等一干人，都是那惡婆婆一夥？」

紀曉芙道：「看來那些人都是她的手下，那掌櫃的按照惡婆婆單子上寫明的法子，對我們施這些酷刑。直到今天，我仍半點也不明白，那惡婆婆爲甚麼要幹這樁怪事？她若跟我們有仇，要取我們性命原只舉手之勞。若存心要我們多吃些苦頭，以這些惡毒的法兒來痛加折磨，爲甚麼又指點我們來向胡先生求醫？又說她不久後便來找胡先生尋仇，難道用這些千奇百怪的法兒將我們整治一頓，是爲了試一試胡先生的醫道？」

張無忌沉吟半晌，說道：「這金花婆婆既要來跟胡先生爲難，按理說，胡先生原該將你們治好，齊心合力，共禦大敵。否則他口說不肯施治，爲甚麼又教了我各種解救的方術，施用起來，確具靈效，那是他明裏不救，暗中假手於我來救人。可是他教我治好了你們，半夜裏卻又偷偷前來下毒，令你們死不死、活不活的。眞奇怪之極了。」

兩人商量良久，想不出半點緣由。楊不悔已編了一個大花冠，給張無忌戴在頭上。

張無忌道：「紀姑姑，以後除非是我親手給你端來的湯藥，否則千萬不可服用。晚上手邊要放好兵刃，防人加害。眼前你還不能便去，等我再配幾劑藥給你服了，內傷無礙之後，乘早帶了不悔妹妹逃走罷。」

紀曉芙點點頭，又道：「孩子，這姓胡的居心如此叵測，你跟他同住，也非善策，不如咱們一起走罷。」張無忌道：「嗯，他一向對我倒是挺好的。他本來說，要治好我身上陰毒之後，再將我害死，但他既治不好，自也不會出手害我了。本來咱們這時便走，最是穩妥，但如何醫治姑姑內傷，我還有幾處不明，須得再請教胡先生。」紀曉芙道：「他既暗中下毒害我，那麼教你的方術只怕也故意說錯。」

張無忌道：「那又不然。胡先生教我的法子，無不效驗如神。這中間的是非，我是分辨得出的。奇就奇在這裏。我本來想，那金花的主人要來爲難胡先生，他身在病中，我可不能在他有難之時離他而去。但胡先生似乎是假裝有病。」

當天晚上，張無忌睜眼不睡，到得三更時分，果然又聽到胡青牛悄悄從房中出來，到紀曉芙的茅棚中去下毒。這般過了三日，紀曉芙因不服毒藥，痊愈得甚快。簡捷、薛公遠他們卻好了又發，反反覆覆，有幾個脾氣暴躁的已大出怨言，說張無忌的醫道太過低劣。張無忌也不理會，準擬過了今晚，便和紀曉芙母女脫身遠走，自己陰毒難除，也不回到武當山去了，免得太師父和諸師伯叔傷心，找個荒僻的所在，靜悄悄的一死便了。

這晚臨睡之時，張無忌想明天一早便要離去，胡青牛雖然古怪，待自己畢竟不錯，若非得他醫治，焉能活到今日？這兩年多來，又蒙他傳授不少醫術，相處一場，臨別也頗感黯然，於是走到他房外，問候了幾句，又想起那金花婆婆早晚要來尋事，不知他何以抵禦，不禁爲他躭心，說道：「胡先生，你在蝴蝶谷中住了這麼久，難道不厭煩麼？幹麼不到別的地方玩玩？」

胡青牛一怔，道：「我有病在身，怎能行走？」張無忌道：「套一輛騾車，就可走了。只要用布蒙住車門車窗，密不通風，也就是了。你若願意出門，我陪你去便是。」胡青牛嘆道：「孩子，你倒好心。天下雖大，只可惜到處都是一樣。你這幾天胸口覺得怎樣？丹田中寒氣翻湧麼？」張無忌道：「寒氣日甚一日，反正無藥可治，就任其自然罷。」

胡青牛頓了一頓，道：「我開張救命的藥方給你，用當歸、遠志、生地、獨活、防風五味藥，二更時以穿山甲為引，急服。」張無忌吃了一驚，心想這五味藥和自己的病情絕無關連，而且藥性頗有衝突之處，以穿山甲作藥引，更是不通，問道：「先生，這些藥份量如何？」胡青牛怒道：「份量越重越好。我已跟你說了，還不快快滾出去？」

這些年來，胡青牛跟張無忌談論醫理藥性，當他是半徒半友，雖年歲相差甚遠，待他向來頗有禮貌，這時竟忽然如此不留情面的呼叱，張無忌一聽之下，不由得怒氣沖沖的回到臥房，心道：「我好意勸你遠行避禍，沒來由卻遭這番折辱，又胡亂開這張藥方給我，難道我會上當麼？」躺在床上，想著適才胡青牛的無禮言語，只覺太過不近人情，正要矇矓入睡，忽地想起：「當歸、遠志……那有份量越重越好之理？莫非……莫非他說當歸，乃是『該當歸去』之意？」

一想到「當歸」或許是「該當歸去」之意，跟著便想：「『遠志』是叫我『志在遠方』、『高飛遠走』，『生地』和『獨活』的意思明白不過，自是說如此方有生路，方能獨活，那『防風』呢？嗯，是說『須防走漏風聲』；又說『二更時以穿山甲為引，急服」，「穿山甲」，那是叫我穿山逃走，不可經由谷中大路而行，而且須二更時急走。

這麼一想，對胡青牛這張藥不對症、莫名其妙的方子，登時豁然盡解，跳起身來，轉念又想：「胡先生必知眼前大禍臨頭，是以好意叫我急速逃走，可是此刻敵人未至，他爲甚麼不明明白白跟我說，卻要打這個啞謎？倘若我揣摩不出，豈不誤事？此刻二更已過，須得快走。」暗想胡先生必有難言之隱，因此這些日子始終不走，說不定暗中已安排了對付大敵的巧妙機關，他雖叫我「防風」、「獨活」，但紀姑姑母女卻不能不救。

他悄悄出房，走到紀曉芙的茅棚中。這一晚是月半，月光從茅棚的空隙中照射進來，只見紀曉芙躺在稻草上，卻另有一人彎著腰，俯在紀曉芙身前。張無忌見那人方巾藍衫、青布蒙臉，正是胡青牛，瞬息間千百個疑團湧向心間。

只見胡青牛左手揑住紀曉芙臉頰，逼得她張開嘴來，右手取出一顆藥丸，便要餵入她口中。張無忌見情勢危急，急忙躍出，叫道：「胡先生，不可害人……」

那人一驚回頭，便鬆開了手，砰的一響，背上已給紀曉芙一掌重重擊中。他身子軟倒，蒙在臉上的青布也掀開了半邊。

張無忌一看之下，不禁驚呼，原來這人不是胡青牛，秀眉粉臉，卻是個中年婦人。

胡夫人苗氏之墓

金花婆婆伸手抓住他手腕搭了搭脈搏，奇道：「玄冥神掌？世上果眞還有這門功夫？是誰打你的？」張無忌道：「那人扮作一個蒙古兵的軍官，卻不知究竟是誰。」

十三　不悔仲子踰我牆

張無忌見是個女子，驚奇無比，問道：「你……你是誰？」那婦人背心中了峨嵋派的重手，疼得臉色慘白，說不出話來。紀曉芙也問：「你是誰？為甚麼三番兩次的來害我？」那婦人仍不答。紀曉芙拔出長劍，指住她胸口。

張無忌道：「我瞧瞧胡先生去。」他生怕胡青牛已遭了這婦人毒手，又想這婦人自是金花惡婆婆一黨。快步奔到胡青牛臥室之外，砰的一聲，推開房門，叫道：「先生，先生！你好麼？」卻不聞應聲。張無忌大急，在桌上摸索到火石火鐮，點亮了蠟燭，只見床上被褥揭開，卻不見胡青牛的人影。

張無忌本來擔心會見到胡青牛屍橫就地，已遭那婦人毒手，這時見室中無人，反而稍為安心，暗想：「先生既為對頭擄去，此刻或許尚無性命之憂。」正要追出，忽聽得床底有粗重的呼吸之聲，他彎腰舉燭火照去，見胡青牛手腳受綁，赫然躺在床底。張無忌大喜，忙將他拉出，見他口中給塞了一個大胡桃，是以不會說話。

張無忌取出他口中胡桃，便去解綁住他手足的繩索。胡青牛忙問：「你怎麼來啦？」張無忌道：「有個陌生女子前來下毒，她已給紀姑姑制住。先生，你沒受傷罷？」胡青牛道：「你先別解我綁縛，快帶那女子來見我，快快，遲了就怕來不及。」張無忌奇道：「為甚麼？」胡青牛道：「快帶她來，不，你先取三顆『牛黃血竭丹』給她服下，在第三個抽屜中，快快。」他不住口催促，神色甚為惶急。

張無忌知道「牛黃血竭丹」是解毒靈藥，胡青牛配製時和入不少珍奇藥物，只須一顆，已足以化解劇毒，這時卻叫他去給那女子服上三顆，難道她是中了份量極重之毒？他見胡青牛神色大異，焦急之極，不敢多問，取了牛黃血竭丹，奔進紀曉芙的茅棚，對那女子道：「快服下了！」那女子罵道：「滾開，誰要你這小賊好心。」原來她一聞到牛黃血竭丹的氣息，已知是解毒藥物。張無忌道：「是胡先生給你服的！」那女子道：「走開，走開！」但她給紀曉芙擊傷了，說話聲音甚是微弱。

張無忌不明胡青牛用意，猜想這女賊在綁縛胡青牛之時，中了他的餵毒暗器，但胡青牛要留下活口，詢問敵情，當下硬生生將三顆丹藥餵入她口中，對紀曉芙道：「咱們去將她交給胡先生，聽他發落。」紀曉芙點了那女子穴道，和張無忌兩人分攜那女子一臂，將她架入胡青牛臥室。

胡青牛兀自躺在地下，見那女子進來，忙問：「服下藥了麼？」張無忌道：「服了。」胡青牛道：「很好，很好！」頗爲喜慰。張無忌於是割斷綁著他的繩索。

胡青牛手足一得自由，立即過去翻開那女子眼皮，察看眼瞼內的血色，又搭了搭她脈搏，驚道：「你……你怎地又受了外傷？誰打傷你的？」語氣中又驚惶，又憐惜。那女子扁了扁嘴，哼了一聲，道：「問你的好徒弟啊。」

胡青牛轉過身來，問張無忌道：「是你打傷她的麼？」張無忌道：「她正要……」第四個字還沒出口，胡青牛啪啪兩下，重重打了他兩個耳光。

這兩掌沉重之極，來得又大出張無忌意料之外，他絲毫未加防備，竟沒閃避，只給打得眼前金星亂舞，幾欲昏暈。紀曉芙長劍挺出，喝道：「你幹甚麼？」

胡青牛對眼前這青光閃閃的利器全不理會，問那女子道：「你胸口覺得怎樣？有沒肚痛？」神態殷勤之極，與他平時「見死不救」的情狀大異其趣。那女子卻冷冷的愛理不理。胡青牛給那女子解開穴道，按摩手足，取過幾味藥物，全神貫注的餵在她口中，然後抱著她放在床上，輕輕爲她蓋上棉被，將頭頸間空隙處細心塞好。這般溫柔熨貼，那裏是對付敵人的模樣？張無忌撫著高高腫起的雙頰，越看越胡塗。

胡青牛臉上愛憐橫溢，向那女子凝視半晌，輕聲道：「這番你毒上加傷，如我能給你治好，咱倆永遠不再比試了罷？」那女子笑道：「這點輕傷算不了甚麼。可是我服的是甚麼毒藥，你怎知道？你要是當眞治得好我，我便服你。就只怕醫仙的本事，未必及得上毒仙罷？」說著微微一笑，臉上神色甚是嬌媚。

張無忌雖於男女之情不大明白，但也瞧得出兩人相互間實是恩愛纏綿。

胡青牛道：「十年之前，我便說醫仙萬萬及不上毒仙，你偏不信。唉，甚麼都好比試，怎能作踐自己身子。這一次我卻眞心盼望醫仙勝過毒仙了。否則的話，我也不能一個兒獨活。」那女子輕輕笑道：「我如去毒了別人，你仍會讓我，假裝不及我的本事。嘻嘻，我毒了自己，你非得出盡法寶不可了罷。」

胡青牛給她掠了掠頭髮，嘆道：「我可實在躭心得緊。快別多說話，閉上眼睛養神。你如暗自運氣糟蹋自己，可就不是公平比試了。」那女子微笑道：「勝敗之分，自當光明磊落。我才不會這樣下作。」說著便閉了雙眼，嘴角邊仍帶甜笑。

兩人這番對話，只把紀曉芙和張無忌聽得呆了。胡青牛轉過身來，向張無忌深深一揖，說道：「小兄弟，是我一時情急，多有得罪，還請原諒。」張無忌憤憤的道：「我可半點也不明白，不知你到底在幹甚麼。」胡青牛提起手掌，啪啪兩響，用力打了自己兩個耳光，說道：「小兄弟，你於我有救命大恩，只因我關懷拙荊的身子，適才冒犯於你，眞正對不住之至。」

張無忌奇道：「她……她是你夫人？」胡青牛點頭道：「正是拙荊。你如氣不過，請你再打我兩記耳光，否則我給你磕頭謝罪。你救了我性命，也沒甚麼。拙荊的性命卻也是你救的。」他平素端嚴莊重，張無忌對他頗爲敬畏，這時見他居然自打耳光，可見確是誠心致歉，又聽得這女子竟是他妻子，滿腔怒火登時化爲烏有，說道：「磕頭謝罪可不敢當，我是你徒弟，先生打我兩下，也沒甚麼。不過我實在不明所以。」

胡青牛請紀曉芙和張無忌坐下，說道：「今日之事，既已如此，也不便相瞞。拙荊姓王，閨名叫做難姑，和我是同門師兄妹。當我二人在師門習藝之時，除了修習武功，我專攻醫道，她學的是毒術。她說一人所以學武，是爲了殺人，毒術也用於殺人，武術和毒術相輔相成。只要精通毒術，武功便強了一倍也還不止。但醫道卻用來治病救人，跟武術背道而馳。我衷心佩服拙荊之言，她見識比我高明十倍，只是我素心所好，卻勉強不來。都因我愚蠢頑固，不聽她良言勸導，有負她愛護我的一片苦心。

「我二人所學雖然不同，情感卻好，師父給我二人作主，結成夫婦，後來漸漸在江湖上各自闖出了名頭。有人叫我『醫仙』，叫拙荊爲『毒仙』。她使毒之術，神妙無方，不但舉世無匹，且青出於藍，已遠勝於我師父，研毒下毒而稱到一個『仙』字，可見她本領之超凡絕俗。也是我做事太欠思量，有幾次她向人下了慢性毒藥，中毒的人向我求醫，我胡裏胡塗的便將他治好了。當時我還自鳴得意，卻不知這種舉動對我愛妻委實不忠不義，確然負心薄倖，就說是『狼心狗肺』也不爲過。其實『狼心狗肺』，也還是有血有肉、有性有情的東西，我簡直『畜生不如』、『禽獸不若』，對我愛妻以怨報德，恩將仇報，是天下壞人之最。『毒仙』手下所傷之人，『醫仙』居然將他治好，不但有違我愛妻本意，而且豈不是自以爲『醫仙』強過『毒仙』麼？最該死的是，我內心之中，確實自以爲『醫仙』強過『毒仙』！」說著連聲嘆氣，顯得自悔無地。

紀曉芙和張無忌只聽得暗暗搖頭，都大不以爲然。

只聽胡青牛又道：「她向來待我溫柔和順，情深義重，普天下女子之中，再也尋不出第二個來。可是我這等對不起愛妻的逞強好勝之舉，卻接二連三的做了出來。內人便是泥人，也該有點土性兒啊。最後我知道自己太過不對，便立下重誓，凡是由她下了毒之人，我決計不再逞技醫治。日積月累，我那『見死不救』的外號便傳了開來。

「拙荊見我知過能改，倘有救藥，也就原宥了我。可是我改過自新沒幾年，便遇上了一件十分古怪的中毒病案，匪夷所思，神奇之極。我一見之下，料想除拙荊之外，無人有此高明才智，能下此毒，佩服之餘，決意袖手不理。可是那人的病情實在奇特之至，我苦忍了幾天，終於失了自制之力，將他治好了。

「拙荊卻也不跟我吵鬧，只說：『好！蝶谷醫仙胡青牛果然醫道通神，可是我毒仙王難姑偏生不服，咱們再來好好比試一下，瞧到底是醫仙的醫技高明呢，還是毒仙的毒術厲害？』我忙竭誠道歉，自上酷刑、自打自撞，那自然沒用了。我刀割錐刺，以表懺悔，但她這口氣怎能下得了？原來她這次下毒，倒也不是跟那人有仇，只是新近鑽研出一項奇妙的施毒巧技，該當無藥可治，便在那人身上一試，豈知我一時僥倖，誤打誤撞的竟給治好了。我對愛妻全無半分體貼之心，那還算是人嗎？

「此後數年之中，她潛心鑽研毒術，在旁人身上下了毒，讓我來治。兩人不斷比劃較量。一來她毒術神妙，我醫術有時而窮；二來我也不願再讓她生氣，因此醫了幾下醫不好，便此罷手。可是拙荊反而更加惱了，說我瞧她不起，故意相讓，不跟她出全力比試，一怒之下，便此離開蝴蝶谷，說甚麼也不肯回來。

「此後我雖不再輕舉妄動，但治病是我天性所好，這癮頭是說甚麼也戒不掉的，遇上奇病怪毒，也只有出手。那想到所治愈的人中，有些竟仍為拙荊所傷，只是她手段巧妙，不露出是她手筆，我查察不出，胡裏胡塗的便將來人治好了。這麼一來，自不免大傷夫妻之情。唉，我胡青牛該當改名為『胡蠢牛』才對。像難姑這般女子，肯委身下嫁，不知是我幾生修來的福份，我偏不會服侍她、愛惜她，常常惹她生氣，終於逼得她離家出走，浪跡天涯，受那風霜之苦。何況江湖上人心險詐，陰毒之輩，在所多有，她孤身一個弱女子，怎叫我放心得下？」說到這裏，自怨自艾之情見於顏色。

紀曉芙向臥在榻上的王難姑望了一眼，心想：「這位胡夫人號稱『毒仙』，天下還有誰更毒得過她的？她能少害幾個人，已然上上大吉，大家都要謝天謝地了，又有誰敢來害她？這胡先生畏妻如虎，也真令人好笑。」

只聽胡青牛道：「於是我立下重誓，凡非明教中人，一概不治，以免無意中壞了難姑的精心傑作。要知我夫婦都是明教中人，本教的兄弟姊妹，難姑是無論如何不會對他們下手的。」

紀曉芙與張無忌對望了一眼，均想：「他非明教中人不治，原來為此。」

胡青牛又道：「七年之前，有一對老夫婦身中劇毒，到蝴蝶谷求醫，那是東海靈蛇島主人金花婆婆和銀葉先生。他夫婦倆來到蝴蝶谷，禮數甚為周到，但金花婆婆有意無意間露了一手武功，我一見之下，不由得心驚膽戰。我雖不敢直率拒醫，但你們想，我既已迷途知返，痛改前非，豈能再犯？當下替兩人搭脈，說道：『憑兩位的脈理，老島主與老夫人年歲雖高，脈象卻與壯年人一般無異，當是內力卓超之功。老年人而具如此壯年脈象，晚生實生平第一次遇到。』金花婆婆道：『先生高明之極。』我道：『兩位中毒的情形不同。老島主無藥可治，但尚有數年之命；老夫人卻中毒不深，可憑本身內力自療。』

「我問起下毒之人，知是蒙古人手下一個西域老番僧所為，和拙荊原無干係，但我既說過除了明教的子弟之外，外人一概不治，自也不能為他們二人破例。金花婆婆許下我極重報酬，只求我相救老島主一命。但我顧念夫妻之情，還是袖手不顧。這對老夫婦居然並不向我用強，便即黯然而去。金花婆婆臨去時只說了一句：『嘿嘿，明教，明教，原來還是為了明教！』我知只因我不肯為人療毒治傷，已結下了不少樑子，惹下了無數對頭。但我夫妻情深，終不能為了不相干的外人而損我伉儷之情，你們說是不是啊？」

紀曉芙和張無忌默然不語，頗不以他這種「見死不救」的主張為然。

胡青牛又道：「最近拙荊在外得到訊息，銀葉先生毒發身亡，金花婆婆就要來尋我的晦氣。這事非同小可，拙荊夫妻情重，趕回家來和我共禦強敵。她見家中多了一個外人，便先用藥將無忌迷倒了一晚。」張無忌恍然大悟，又心下暗驚：「那一晚我直睡到次日下午方醒，原來是中了胡夫人的迷藥，自己卻還道生病。這位毒仙傷人於不知不覺之間，全無朕兆，果然厲害無比。」

胡青牛續道：「我見拙荊突然回來，自歡喜得緊。她要我假裝染上天花，不見外人，兩人守在房中，潛心思索抵禦金花婆婆的法子。這位前輩異人本事太高，要逃是萬萬逃不了的。沒過幾天，薛公遠、簡捷以及紀姑娘你們一十五人陸續來了。

「我一聽你們受傷的情形，便知金花婆婆是有意試我，瞧我是否眞的信守諾言，除了明教子弟之外，決計不為外人治療傷病。一十五人身上帶了一十五種奇傷怪病，我姓胡的嗜醫如命，只要見到這般一種怪傷，也忍不住要試試自己的手段，又何況共有一十五種？但我也明白金花婆婆心意，只要我治好了一人，她加在我身上的慘酷報復，就會厲害百倍，因此我雖心癢難搔，還是袖手不顧。直到無忌來問我醫療之法，我才說了出來。但我特加說明，無忌是武當派弟子，跟我胡青牛絕無干係。

「難姑見無忌依著我的指點，施治頗見靈效，心中又不高興了，每晚便悄悄在各人的飲食藥物之中，加上毒藥，那自是和我繼續比賽之意。再者，她也是一番愛護我的好意，免得無忌治好了這一十五人的怪病，金花婆婆勢必怪在我頭上。這一十五人個個是武林好手，她到各人身旁下毒，衆人如何不會驚覺？原來她先將各人迷倒，然後從容自若，分別施用奇妙毒術。這等高明手段，非但空前，只怕也是絕後了。」

紀曉芙和張無忌對望了一眼，這才明白，爲何張無忌走到紀曉芙的茅棚之中，要用力推她肩頭，方得使她醒覺。

胡青牛續道：「這幾日來，紀姑娘的病勢痊愈得甚快，顯見難姑所下之毒不生效用。她一加查察，才知是無忌發覺了她的秘密，於是要對無忌也下毒手。唉，常言道江山易改，本性難移，我胡青牛對愛妻到底也不是忠心到底。我本來決意袖手不理了，但今晚無忌來勸我出遊，以避大禍，態度甚爲誠摯，確是當我親人一般，我心腸一軟，還是開了一張藥方，說了甚麼當歸、生地、遠志、防風、獨活幾味藥，只因其時難姑便在我身旁，我不便明言。

「可是難姑聰明絕頂，又懂藥性，耳聽得那張藥方開得不合常理，稍加琢磨，便識破了其中機關。她將我綁縛起來，自己取出幾味劇毒的藥物服了，說道：『師哥，我和你做了二十多年夫妻，海枯石爛，此情不渝。可是你總瞧不起我的毒術，不論我下甚麼毒，你必定救得活。這一次我自己服了劇毒，你再救得活我，我才眞服了你。』我只嚇得魂飛天外，連聲服輸，不斷哀求，她卻在我口中塞了一個大胡桃，教我說不出話來。此後的事，你們都知道了。」說著連連搖頭。

紀曉芙和張無忌面面相覷，不禁又好氣，又好笑，這對夫婦如此古怪，當眞天下少有。胡青牛對妻子由愛生畏，那也罷了，王難姑卻說甚麼也要壓倒丈夫，到最後竟不惜以身試毒。

胡青牛又道：「你們想，我有甚麼法子？這一次我如用心將她治好，那還是表明我的本事勝過了她，她勢必一生鬱鬱不樂。倘若治她不好，她可是一命歸西了。唉！只盼金花婆婆早日駕臨，將我一拐杖打死，也免得難姑煩惱了。何況近幾年來她下毒的本領大進，我壓根兒便瞧不出她服下了甚麼毒藥，如何解救，更無從說起。」他說話聲音甚響，似乎每一句都故意要讓睡在床上的妻子聽得清清楚楚。

張無忌問道：「先生，你醫術通神，難道師母服了甚麼毒也診視不出？」

胡青牛道：「你師母近年來使毒的本事出神入化，這一次我是無論如何治她不好的了。我猜想她或許是服了三蟲三草的劇毒，但六種毒物如何配合，我說甚麼也瞧不出來。」一面說，一面伸出右手食指，蘸了茶水，在桌上寫了一張藥方。這時王難姑側身而臥，臉孔向內，見不到他以手指寫字。胡青牛隨即抹去桌上所書的水漬，揮手道：「你們出去罷，倘若難姑死了，我也決計不能獨生。」

紀曉芙和張無忌齊聲道：「還請保重，多勸勸師母。」胡青牛道：「勸她甚麼？一切都是我該死！既是我該死，就該快快死了。」說到這裏，聲音已大爲哽咽。紀曉芙和張無忌當即退了出去。

胡青牛反手一指，先點了妻子背心和腰間穴道，說道：「師妹，你丈夫無能，實在治不好你的三蟲三草劇毒，只有相隨於陰曹地府，和你在黃泉做夫妻了。」說著伸手到她懷中，取出幾包藥末，果然不出所料，是三種毒蟲和三種毒草焙乾碾末而成。

王難姑身子不能動彈，嘴裏卻還能言語，叫道：「師哥，你不可服毒！」胡青牛不加理會，將這幾包五色斑爛的毒粉倒入口中，和津液嚥入肚裏。

王難姑大驚失色，叫道：「你怎能服這麼多？這許多毒粉，三頭牛也毒死了。」

胡青牛淡淡一笑，坐在王難姑床頭椅上，片刻之間，只覺肚中猶似千百把刀子在一齊亂扎，他知是斷腸草最先發作。再過片時，其餘五種毒物的毒性便陸續發作了。

王難姑叫道：「師哥，我這六種毒物是有解法的。」胡青牛痛得全身發顫，牙關上下擊打，搖頭道：「我……我不信……我……我就要死了。」王難姑叫道：「快服牛黃血竭丹和玉龍蘇合散，再用針灸散毒。」胡青牛道：「那又有甚麼用？」王難姑急道：「我服的毒藥份量輕，你服的太多了，快快救治，否則便來不及了。」

胡青牛道：「我全心全意的愛你憐你，你卻總跟我爭強鬥勝，我覺得活在人世殊無意味，寧可死了，也就一了百了……哎喲……哎喲……」這幾聲呻吟，倒非假裝，其時蜈蚣和蜘蛛之毒已分攻心肺，胡青牛神智漸漸昏迷，終於人事不知。

王難姑大聲哭叫：「師哥，師哥，都是我不好，你可不能死啊……我再也不跟你比試了。」他夫妻二人數十年來儘管不斷鬥氣，相互間卻情深愛重。王難姑自己不怕尋死，待得丈夫服毒自盡，卻大大的驚惶傷痛起來，苦於她穴道被點，無法出手施救。

張無忌聽得王難姑哭叫，搶到房中，問道：「師母，怎生相救師父？」

王難姑見他進來，正是見到了救星，忙道：「快給他服牛黃血竭丹和玉龍蘇合散，用金針刺他『湧泉穴』、『鳩尾穴』……」

便在此時，門外忽然傳進來幾聲咳嗽，靜夜之中，聽來清晰異常。紀曉芙搶進房中，臉如白紙，說道：「金花婆婆……金花……」下面「婆婆」兩字尚未說出，門帘無風自開，一個弓腰曲背的老婆婆攜著個十一二歲的少女，已站在室中，正是金花婆婆到了。

金花婆婆見胡青牛雙手抱住肚腹，滿臉黑氣，呼吸微弱，轉眼便將斃命，不由得一怔，問道：「他幹甚麼？」

旁人還未答話，胡青牛雙足一挺，已暈死過去。王難姑大哭，叫道：「你爲何這般作踐自己，服毒而死？師哥，師哥，你是我的命根啊……」

金花婆婆這次從靈蛇島重赴中原，除了尋那害死她丈夫的對頭報仇之外，便是要找胡青牛的晦氣，那知她現身之時，正好胡青牛服下劇毒。她也是個使毒的大行家，一看胡青牛和王難姑的臉色，便知他們中毒已深，無藥可救。她只道胡青牛怕了自己，以致服毒自盡，這場大仇便算報了，嘆了口氣，說道：「作孽，作孽！」攜了那小姑娘，出房而去。只聽她剛出茅舍，咳嗽聲已在十餘丈外，身法之快，委實不可思議。

張無忌一摸胡青牛心口，心臟尚在微弱跳動，忙取過牛黃血竭丹和玉龍蘇合散給他服下，又以金針刺他湧泉、鳩尾等穴，散出毒氣，然後依法給王難姑施治。

忙了大半個時辰，胡青牛才悠悠醒轉。王難姑喜極而泣，連叫：「小兄弟，全靠你救了我二人性命。」跟著又開出藥方，命僮兒煎藥，以除二人體內劇毒。

王難姑的解毒方法並不甚精，依她之法，其實不能去淨毒性。張無忌依照胡青牛先前以手指在桌上所書藥方，換過了藥材，王難姑卻也不知。

張無忌道：「那金花婆婆只道胡先生已服毒而死，從此不來生事，倒也去了一個心腹大患。」他見金花婆婆倏然而來，倏然而去，形同鬼魅，這時想起來猶不寒而慄。

王難姑道：「聽人言道：這金花婆婆行事極為謹慎，今日她雖去了，日後必定再來查察。我夫妻須得立即避走。小兄弟，請你起兩個墳墓，碑上書明我夫妻倆的姓名。」張無忌答應了。胡青牛、王難姑服了解毒湯藥之後，稍加收拾。兩名藥僮每人給了十兩銀子，叫他們各自回家。夫婦倆坐在一輛騾車之中，乘黑離去。

張無忌直送到蝴蝶谷口，一老一少兩年多來日日相見，一旦分手，都感依依不捨。胡青牛取出一部手寫醫書，說道：「無忌，這部醫書是我畢生精研的要旨，以往我一直自秘，沒給你看，現下送了給你。你身中玄冥神掌，陰毒難除，我極過意不去，只盼你參研我這部醫書，能想出驅毒的法子，那麼咱們日後尚有相見之時。」張無忌謝過了收下。王難姑道：「你救我夫妻性命，又令我二人和好，我原該也將畢生功夫傳你。但我鑽研的是下毒傷人之法，你學了也無用處。只望你早日痊可，將來我再圖補報了。」

張無忌直到騾車駛得影蹤不見，這才回到茅舍。次日清晨便在屋旁堆了兩個墳墓，出谷去叫了石匠來樹立兩塊墓碑，一塊上書「蝶谷醫仙胡先生青牛之墓」，另一塊書「胡夫人王氏之墓」。簡捷等人見胡青牛夫妻同時斃命，才知他病重之說果非騙人，盡皆嗟嘆。

王難姑既去，不再暗中下毒，各人的傷病在張無忌診治之下便一天好似一天，只隔十天左右，各人陸續道謝辭去。紀曉芙母女反正無處可去，便留著多陪他幾天。

張無忌在這幾日中，全神貫注閱讀胡青牛所著這部醫書，果見內容博大淵深，精微奧妙，不愧為「醫仙」傑構。他只讀了八九天，醫術已然大進，但如何驅除自己體內陰毒，卻尋不到絲毫端倪。他反來覆去的細讀數遍，終於絕了指望，又想：「胡先生若知醫我之術，如何會不醫？他既不知，醫書中又如何會有載錄？」言念及此，不由得萬念俱灰。他掩了書卷，走到屋外，瞧著兩個假墓，心想：「不出一年，我便真的要長眠於地下了。我的墓碑上卻寫甚麼字？」

正想得出神，忽聽得身後咳嗽了幾下，張無忌吃了一驚，轉過頭來，只見金花婆婆扶著那相貌美麗的小姑娘，顫巍巍的站在數丈之外。

金花婆婆問道：「小子，你是胡青牛的甚麼人？為甚麼在這裏嘆氣？」張無忌道：「我身中玄冥神掌的陰毒……」金花婆婆走近身來，抓住他手腕，搭了搭他脈搏，奇道：「玄冥神掌？世上果真還有這門功夫？是誰打你的？」張無忌道：「那人扮作一個蒙古兵的軍官，卻不知究竟是誰。我來向胡先生求醫，他說我不是明教中人，不肯醫治。現下他已服毒而死，我的傷病更好不了啦，因此想起來傷心。」

金花婆婆見他英俊文秀，討人喜歡，卻受了這不治之傷，連說：「可惜，可惜！」

張無忌心頭忽然湧起三句話來：「生死修短，豈能強求？予惡乎知悅生之非惑邪？

予惡乎知惡死之非弱喪而不知歸者邪？予惡乎知夫死者不悔其始之蘄生乎？」

這三句話出自《莊子》。張三丰信奉道教，他的七名弟子雖不是道士，但道家奉為寶典的一部《莊子南華經》卻均讀得滾瓜爛熟。張無忌在冰火島上長到五歲時，張翠山教他識字讀書，因無書籍，只得劃地成字，將《莊子》教了他背熟。這四句話意思是說：「一個人壽命長短，是勉強不來的。我那裏知道，貪生並不是迷誤？我那裏知道，人之怕死，並不是像幼年流落在外而不知回歸故鄉呢？我那裏知道，死了的人不會懊悔他從前求生呢？」莊子的原意在闡明，生未必樂，死未必苦，生死其實沒甚麼分別，一個人活著，不過是「做大夢」，死了，那是「醒大覺」，說不定死了之後，會覺得從前活著的時候多蠢，為甚麼不早點死了？正如做了一個悲傷恐怖的惡夢之後，一覺醒來，懊惱這惡夢實在做得太長了。

張無忌年紀幼小，本不懂得這些生死的大道理，但他這四年來日日都處於生死之交的邊界，自然而然會體悟到莊子這些話的含義。他本來並不信莊子的話，但既然活在世上的日子已屈指可數，自是盼望人死後會別有奇境，會懊悔活著時竭力求生的無聊。

這時他聽金花婆婆連聲「可惜」，便淡淡一笑，隨口將心頭正想到的那三句經文說了出來。金花婆婆問道：「那是甚麼意思？」張無忌解釋了一遍，說道：「這是莊子書裏的話，是爹爹教我的。」金花婆婆登時呆了。

她從這幾句話中想到了逝世的丈夫。他倆數十年夫妻，恩愛無比，一旦陰陽相隔，再無相見之日，假如一個人活著正似流落異鄉，死後卻是回到故土，那麼丈夫遭仇人下毒、胡青牛不肯醫治，都未必是壞事了。「故土？故土？可是回到故土，又當眞好過異鄉麼？」

站在金花婆婆身旁的小姑娘卻全不懂張無忌這幾句話的意思，不懂爲甚麼婆婆一聽，便猶似痴了一般。她一雙美目瞧瞧婆婆，又瞧瞧張無忌，在兩人的臉上轉來轉去。

終於，金花婆婆嘆了口氣，說道：「幽冥之事，究屬渺茫。死雖未必可怕，但凡人莫不有死，到頭這一身，難逃那一日。能多活一天，便多一天罷！」

張無忌自見到紀曉芙等一十五人給金花婆婆傷得這般慘酷，又見胡青牛夫婦這般怕她，甚至連逃走也沒勇氣，想像這金花婆婆定是個兇殘絕倫的人物，但相見之下，卻大謬不然。那日燈下匆匆一面，沒瞧得清楚，此時卻見她明明是個和藹慈祥的老婆婆，雖臉上肌肉僵硬麻木，盡是鷄皮皺紋，全無喜怒之色，但眼神清澈明亮，直如少女一般靈活，而其中溫和親切之意亦甚顯然。

金花婆婆又問：「孩子，你爹爹尊姓大名？」張無忌道：「我爹爹姓張，名諱是上『翠』下『山』，是武當派弟子。」卻不提父親已自刎身死之事。

金花婆婆大爲驚訝，道：「你是武當張五俠的令郎，如此說來，那惡人所以用玄冥神掌傷你，爲的是要迫問金毛獅王謝遜和屠龍刀的下落？」張無忌道：「不錯，他以諸般毒刑加於我身，我卻寧死不說。」金花婆婆道：「你確實知道？」張無忌道：「嗯，金毛獅王是我義父，我決不會吐露他的所在。」

金花婆婆左手一掠，已將他雙手握在掌裏。只聽得骨節格格作響，張無忌痛得幾欲暈去，又覺一股透骨冰涼的寒氣，從雙手傳到胸口，這寒氣和玄冥神掌又有不同，但一樣的難熬難當。金花婆婆柔聲道：「乖孩子，好孩兒，你將謝遜的所在說出來，婆婆會醫好你的寒毒，再傳你一身天下無敵的功夫。」

張無忌只痛得涕淚交流，昂然道：「我父母寧可性命不要，也不肯洩露我義父的行蹤。金花婆婆，你瞧我是出賣父母之人麼？」金花婆婆微笑道：「很好，很好！你爹爹呢？他在不在這裏？」潛運內勁，箍在他手上猶似鐵圈般的手指又收緊幾分。張無忌大聲道：「你爲甚麼不在我耳中灌水銀？爲甚麼不餵我吞鋼針、吞水蛭？四年之前，我還是個小孩子的時候，便不怕那惡人的諸般惡刑，今日長大了，難道反越來越不長進了？」

金花婆婆哈哈大笑，說道：「你自以爲是個大人，不是小孩了，哈哈，哈哈……」她笑了幾聲，放開了張無忌的手，只見他手腕以至手指尖，已全成紫黑之色。

那小姑娘向他使個眼色，說道：「快謝婆婆饒命之恩。」張無忌哼了一聲，道：「她殺了我，說不定我反而快樂些，有甚麼好謝的？」那小姑娘眉頭一皺，嗔道：「你這人不聽話，我不理你啦。」說著轉過了身子，卻又偷偷用眼角覷他動靜。

金花婆婆微笑道：「阿離，你獨個兒在島上，沒小伴兒，寂寞得緊。咱們把這娃娃抓了去，叫他服侍你，好不好？就只他這般驢子脾氣，太過倔強，不大聽話。」那小姑娘長眉一軒，拍手笑道：「好極啦！咱們便抓了他去。他不聽話，婆婆不會想法兒整治他麼？」張無忌聽她二人一問一答，心下大急，金花婆婆當場將他殺死，也就算了，若將自己抓到甚麼島上，死不死、活不活的受她二人折磨，可比甚麼都難受了。

金花婆婆點了點頭，道：「你跟我來，咱們先要去找一個人，辦一件事，然後一起回靈蛇島去。」張無忌怒道：「你們不是好人，我才不跟你們去呢。」金花婆婆微笑道：「我們靈蛇島上甚麼東西全有，吃的玩的，你見都沒見過。乖孩子，跟婆婆來罷！」

張無忌突然轉身，拔足便奔，只跨出一步，金花婆婆已擋在他面前。張無忌側身斜刺裏向左方竄去，仍只跨出一步，金花婆婆又已擋在他面前，柔聲道：「孩子，你逃不了的，乖乖的跟我走罷。」張無忌咬緊牙齒，向她發掌猛擊過去，金花婆婆側身讓過，向他掌上吹了口氣。張無忌的手掌本已給她揑得瘀黑腫脹，這一口氣吹上來，猶似用利刃再在創口上劃了一刀，只痛得他直跳起來。

忽聽得一個女孩的聲音叫道：「無忌哥哥，你在玩甚麼啊？我也來。」正是楊不悔走近身來，跟著紀曉芙也從樹叢後走了出來。她母女倆剛從田野間漫步而歸，陡然間見到金花婆婆，紀曉芙臉色立變慘白，終於鼓起勇氣，顫聲道：「婆婆，你不可難為小孩兒家！」

金花婆婆向紀曉芙瞪視了一眼，冷笑道：「你還沒死啊？我老太婆的事，也用得著你來多嘴多舌？走過來讓我瞧瞧，怎麼到今天還不死？」紀曉芙出身武學世家，名門高弟，本來頗具膽氣，但這時顧念到女兒，已不敢輕易涉險，攜著女兒的手，反倒退了一步，低聲道：「無忌，你過來！」

張無忌拔足欲行。那小姑娘阿離一翻手掌，抓住了他小臂上的「三陽絡」，說道：「給我站著。你叫無忌，姓張，你是張無忌，是不是？」這三陽絡一給扣住，張無忌登時半身麻軟，動彈不得，心中又驚又怒，大叫：「放手！快放開我！」

忽聽得一個清脆的女子聲音說道：「曉芙，怎地如此不爭氣？走過去便走過去！」紀曉芙又驚又喜，回身叫道：「師父！」但背後並無人影，凝神瞧時，才見遠處有個身穿灰色布袍的尼姑緩緩走來，正是師父、峨嵋派掌門滅絕師太。她身後還隨著兩名弟子，一是師姊丁敏君，一是師妹貝錦儀。

金花婆婆見她相隔如此之遠，面目都還瞧不清楚，但說話聲傳到各人耳中便如近在咫尺，足見內力深厚。滅絕師太盛名遠播，武林中無人不知，只是她極少下山，見過她一面的人不多。走近身來，只見她約莫四十四五歲年紀，容貌算得甚美，但兩條眉毛斜斜下垂，一副面相便顯得甚爲詭異，幾乎有點兒戲台上的吊死鬼味道。

紀曉芙迎上去跪下磕頭，低聲道：「師父，你老人家好。」滅絕師太道：「還沒給你氣死，總算還好。」紀曉芙跪著不敢起來。但聽得站在師父身後的丁敏君低聲冷笑，知她在師父跟前已說了自己不少壞話，不由得滿背都是冷汗。滅絕師太冷冷的道：「這位婆婆叫你過去給她瞧瞧，爲甚麼到今天還不死。你就過去給她瞧瞧啊。」

紀曉芙道：「是。」站起身來，大步走到金花婆婆跟前，朗聲道：「金花婆婆，我師父來啦。你的強兇霸道，都給我收了起來罷。」金花婆婆咳嗽兩聲，向滅絕師太瞪視兩眼，點了點頭，說道：「嗯，你是峨嵋派掌門，我打了你的弟子，你待怎樣？」

滅絕師太冷冷的道：「打得很好啊。你愛打，便再打！打死了也不關我事。」

紀曉芙心如刀割，叫道：「師父！」兩行熱淚流了下來。她知師父向來最是護短，弟子們得罪了人，明明理虧，她也要強辭奪理的維護到底，這時卻說出這幾句話來，那顯是不當她弟子看待了。

金花婆婆道：「我跟峨嵋派無冤無仇，打過一次，也就夠啦。阿離，咱們走罷！」說著慢慢轉過身去。

丁敏君不知金花婆婆是何來歷，見她老態龍鍾，病骨支離，居然對師父如此無禮，心下大怒，縱身疾上，攔在她身前，喝道：「你也不向我師父謝罪，便這麼想走麼？」說著右手拔劍，離鞘一半，作威嚇之狀。

金花婆婆突然伸出兩根手指，在她劍鞘外輕輕一揑，隨即放開，笑道：「破銅爛鐵，也拿來嚇人麼？」丁敏君怒火更熾，便要拔劍出鞘。那知一拔之下，這劍竟拔不出來。阿離笑道：「破銅爛鐵，生了鏽啦！」

丁敏君再一使勁，仍拔不出來，才知金花婆婆適才在劍鞘外這麼似乎漫不在意的一揑，已潛運內力，將劍鞘揑得向內凹入，將劍鋒牢牢咬住。丁敏君要拔是拔不出，就此作罷卻又心有不甘，脹紅了臉，神情甚爲狼狽。

滅絕師太緩步上前，三根指頭夾住劍柄，輕輕一抖，劍鞘登時裂爲兩片，劍鋒脫鞘而出，說道：「這把劍算不得是甚麼利器寶刃，卻也還不是破銅爛鐵。金花婆婆，你不在靈蛇島上納福，卻到中原來生甚麼事？」

金花婆婆見到她三根手指抖劍裂鞘的手法，心中一凜，暗道：「這賊尼名聲極大，果然有點眞實功夫。」笑咪咪的道：「我老公死了，獨個兒在島上悶得無聊，出來到處走走，瞧瞧有沒合意的和尚道士，找一個回去作伴。」她特意說「和尚道士」，自是譏刺對方身爲尼姑，卻也四處亂走。

滅絕師太一雙下垂的眉毛更加垂得低了，長劍斜起，低沉嗓門道：「亮兵刃罷！」

丁敏君、紀曉芙等從師以來，從未見過師父和人動手，尤其紀曉芙知道金花婆婆的武功怪異莫測，更加關切。

張無忌的手臂仍給阿離抓著，上身越來越痲，叫道：「快放開我！你拉著我幹麼？」阿離見紀曉芙在旁有揷手干預之勢，如不放開，她必上前動手，那時還是非放了他不可，出力外摔，放鬆了他手臂，冷冷的道：「瞧你逃得掉麼？」

金花婆婆淡淡一笑，說道：「當年峨嵋派郭襄郭女俠劍法名動天下，自然是極高的，但不知傳到徒子徒孫手中，還剩下幾成？」滅絕師太森然道：「就算只剩下一成，也足以掃蕩邪魔外道。」

金花婆婆雙眼凝視對方手中長劍的劍尖，一瞬也不瞬，突然之間，舉起手中拐杖，往劍身上疾點。滅絕師太長劍抖動，往她肩頭刺去。金花婆婆咳嗽聲中，舉杖橫掃。滅絕師太身隨劍走，如電光般遊到了對手身後，腳步未定，劍招先到。金花婆婆卻不回身，倒轉拐杖，反手往她劍刃上砸去。兩人三四招一過，心下均暗讚對方了得。猛聽得噹的一聲響，滅絕師太手中的長劍已斷爲兩截，原來劍杖相交，長劍竟爲拐杖震斷。

旁觀各人除阿離外，都吃了一驚。金花婆婆手中的拐杖灰黃黝黑，毫不起眼，似乎非金非鐵，居然能砸斷利劍，那自是憑藉她深厚充沛的內力了。但金花婆婆和滅絕師太適才兵刃相交，卻知長劍所以斷絕，是靠著拐杖的兵刃之利，並非自己功力上勝了。她這拐杖乃靈蛇島旁海底的特產，叫作「珊瑚金」，是數種特異金屬混和了珊瑚，在深海中歷千萬年而化成，削鐵如切豆腐，打石如敲棉花，不論多麼鋒利的兵刃，遇之立折。

金花婆婆也不進迫，只拄杖於地，撫胸咳嗽。紀曉芙、丁敏君、貝錦儀三名峨嵋弟子生怕師父受傷，一齊搶到滅絕師太身旁照應。

阿離手掌翻轉，又已抓住了張無忌手腕，笑道：「我說你逃不了，是不是？」這一下仍出其不意，張無忌仍沒能避開，脈門遭扣，又半身酸軟。他兩次著了這小姑娘的道兒，又羞又怒，又氣又急，飛右足向她腰間踢去。阿離手指加勁，張無忌的右足只踢出半尺，便抬不起來了。他怒叫：「你放不放手？」阿離笑道：「我不放，你有甚麼法子？」

張無忌猛地一低頭，張口便往她手背上用力咬去。阿離只覺手背一陣劇痛，大叫一聲：「啊唷！」鬆開右手，左手五根指爪卻向張無忌臉上抓到。張無忌忙向後躍，但已然不及，給她中指的指甲刺入肉裏，在右臉劃了一道血痕。阿離右手的手背上血肉模糊，給張無忌這一口咬得著實厲害，痛得險些便要哭了出來。

兩個孩子在一旁打鬥，金花婆婆卻目不旁視，一眼也沒瞧他們。

滅絕師太抛去半截斷劍，說道：「這是我徒兒的兵刃，原不足以當高人的一擊。」說著解開背囊，取出一柄四尺來長的古劍。

金花婆婆一瞥眼間，但見劍鞘上隱隱發出一層青氣，劍未出鞘，已可想見其不凡，只見劍鞘上金絲鑲著兩個字：「倚天」。她大吃一驚，脫口而出：「倚天劍！」

滅絕師太點了點頭，道：「不錯，是倚天劍！」

金花婆婆心頭立時閃過了武林中相傳的那六句話：「武林至尊，寶刀屠龍。號令天下，莫敢不從。倚天不出，誰與爭鋒？」喃喃道：「原來倚天劍落在峨嵋派手中。」

滅絕師太喝道：「接招！」提著劍柄，竟不除下劍鞘，連劍帶鞘，便向金花婆婆胸口點來。金花婆婆拐杖一封。滅絕師太手腕微顫，劍鞘已碰上了拐杖。但聽得「嗤」的一聲輕響，猶如撕裂厚紙，金花婆婆那根海外神物、兵中至寶的「珊瑚金」拐杖，已斷爲兩截。

金花婆婆心頭大震，暗想：「倚天劍刃未出匣，已如此厲害，當眞名不虛傳。」向寶劍凝視半晌，說道：「滅絕師太，請你給我瞧一瞧劍鋒的模樣。」

滅絕師太搖頭不允，冷冷的道：「此劍出匣後不飲人血，不便還鞘。」

兩人凜然相視，良久不語。

金花婆婆此時已知這尼姑的功力實不在自己之下，至於招數之妙，則一時還沒能瞧得出來。但她既是峨嵋掌門，自必非同泛泛，加之手中持了這柄「天下第一寶劍」，自己決計討不了好去，輕輕咳嗽了兩聲，轉過身來，拉住阿離，飄然而去。

阿離回頭叫道：「張無忌，張無忌！」叫聲漸遠漸輕，終於隱沒。

丁敏君、紀曉芙、貝錦儀三人見師父得勝，強敵避走，都歡喜無已。丁敏君道：「師父，這老太婆可不是有眼不識泰山麼？居然敢跟你老人家動手，那才叫自討苦吃。」

滅絕師太正色道：「以後你們在江湖上行走，只要聽到她的咳嗽聲，趕快遠而避之。」她剛才揮劍一擊，雖然削斷了對方拐杖，但出劍時附著她修練三十年的「峨嵋九陽功」，這股神功撞到金花婆婆身上，卻似落入汪洋大海一般，竟然無影無蹤，只帶動了一下她的衣衫，卻沒使她倒退一步。此時思之，猶是心下凜然；又覺她內力修為固深，而膂力健旺，宛若壯年，絕不似一個龍鍾支離的年老婆婆，其中原由，難以索解。

滅絕師太抬頭向天，出神半晌，說道：「曉芙，你來！」眼角也沒向她瞟上一眼，逕自走入茅舍。紀曉芙等三人跟了進去。楊不悔叫道：「媽媽！」也要跟進去。

紀曉芙心知師父這次親自下山，乃是前來清理門戶，自己素日雖蒙她鍾愛，但師父生性嚴峻，實不知要如何處分自己，對女兒道：「你在外邊玩兒，別進來。」

張無忌心想：「那姓丁的女子很壞，定要在她師父跟前說紀姑姑的鬼話。那晚的事情我瞧得明明白白，全是這『毒手無鹽』不好，倘若她胡說八道、顛倒黑白，我便挺身而出，給紀姑姑辯明。」悄悄繞到茅舍之後，縮身窗下，屏息偷聽。

但聽屋中寂靜無聲，誰也沒說話。過了半晌，滅絕師太道：「你臂上的守宮砂怎地沒了？曉芙，你自己的事，自己說罷。」紀曉芙哽咽道：「師父，我……我……」

滅絕師太道：「敏君，你來問她。」丁敏君道：「是。紀師妹，咱們門中，第三戒是甚麼？」紀曉芙道：「戒淫邪放蕩。」丁敏君道：「是了，第六戒是甚麼？」紀曉芙道：「戒心向外人，倒反師門。」丁敏君道：「違戒者如何處分？」紀曉芙卻不答她的話，向滅絕師太道：「師父，這其中弟子實有說不出來的難處，並非就如丁師姊所說這般。」滅絕師太道：「好，這裏沒有外人，你就仔細跟我說罷。」

紀曉芙知道今日面臨重大關頭，決不能稍有隱瞞，便道：「師父，那一年咱們得知了天鷹教王盤山之會的訊息後，師父便命我們師兄妹十六人下山，分頭打探金毛獅王謝遜的下落。弟子向西行到川西大樹堡，在道上遇到一個身穿白衣的中年男子，約莫四十歲年紀。弟子走到那裏，他便跟到那裏。弟子投客店，他也投客店；弟子打尖，他也打尖。弟子初時不去理他，後來實在瞧不過眼，便出言斥責。那人說話瘋瘋顛顛，弟子忍耐不住，便出劍刺他。這人身上也沒兵刃，武功卻是絕高，三招兩式，便將我手中長劍奪了過去。

「我心中驚慌，連忙逃走。那人也不追來。第二天早晨，我在店房中醒來，見我的長劍好端端地放在枕頭邊。我大吃一驚，出得客店時，見那人又跟上我了。我想跟他動武也沒用，只有向他好言理論，說道大家非親非故，素不相識，何況男女有別，你老跟著我有何用意。我又說，我武功雖不及你，但我們峨嵋派可不是好惹的。」

滅絕師太「嗯」了一聲，似乎認爲她說話得體。

紀曉芙續道：「那人笑了笑，說道：『一個人的武功分了派別，已自落了下乘。姑娘若跟著我去，包你一新耳目，教你得知武學中別有天地。』」

滅絕師太性情孤僻，一生潛心武學，於世務殊為膈膜，聽紀曉芙轉述那人之言，說「一個人的武功分了派別，已自落了下乘」，又說「教你得知武學中別有天地」的幾句話，不由得頗為神往，說道：「那你便跟他去瞧瞧，且看他到底有甚麼古怪本事。」

紀曉芙臉上一紅，道：「師父，他是個陌生男子，弟子怎能跟隨他去？」

滅絕師太登時省悟，說道：「啊，不錯！你叫他快滾得遠遠的。」

紀曉芙道：「弟子千方百計，躲避於他，可是始終擺脫不掉，終於為他所擒。唉，弟子不幸，遇上了這個前生的冤孽……」說到這裏，聲音越來越低。

滅絕師太問道：「後來怎樣？」紀曉芙低聲道：「弟子為他強力所迫，無力抗拒，失身於他。他監視我極嚴，教弟子求死不得。如此過了數月，忽有敵人上門找他，弟子便乘機逃出，不久發覺身已懷孕，不敢向師父說知，只得躲著偷偷生了這個孩子。」

滅絕師太道：「這全是實情了？」紀曉芙道：「弟子萬死不敢欺騙師父。」滅絕師太沉吟片刻，道：「可憐的孩子。唉！這事原也不是你的過錯。」

丁敏君聽師父言下之意，對紀師妹竟大為憐惜，不禁狠狠向紀曉芙瞪了一眼。

滅絕師太嘆了口氣，道：「那你自己怎麼打算啊？」紀曉芙垂淚道：「弟子由家嚴作主，本已許配於武當殷六爺為室，既遭此變故，只求師父恩准弟子出家，削髮為尼。」滅絕師太搖頭道：「那也不好。嗯，那個害了你的壞蛋男子叫甚麼名字？」

紀曉芙低頭道：「他……他姓楊，單名一個逍字。」

滅絕師太突然跳起身來，袍袖一拂，喀喇喇一響，一張板桌給她擊坍了半邊。張無忌躲在屋外偷聽，固嚇得大吃一驚，紀曉芙、丁敏君、貝錦儀三人也登時臉色大變。

滅絕師太厲聲道：「你說他叫楊逍？便是魔教的大魔頭，自稱甚麼『光明左使者』的楊逍麼？」紀曉芙道：「他……他……是明教中的，好像在教裏也有些身分。」

滅絕師太滿臉怒容，說道：「甚麼明教？那是傷天害理、無惡不作的魔教。他……他躲在那裏？是在崑崙山的光明頂麼？我這就找他去。」

紀曉芙道：「他說，他們明教……」滅絕師太喝道：「魔教！」紀曉芙道：「是。他說，他們魔教的總壇本來是在光明頂，但近年來他教中內部不和，他不便再住在光明頂，以免給人說他想當教主，因此改在崑崙山的『坐忘峯』中隱居，不過只跟弟子一人說知，江湖上誰也不知。師父既然問起，弟子不敢不答。師父，這人……這人是本派的仇人麼？」

滅絕師太道：「仇深似海！你師伯孤鴻子，便是給這個大魔頭楊逍活活氣死的。」

紀曉芙甚是惶恐，但不自禁的也隱隱感到驕傲，師伯孤鴻子當年是名揚天下的大高手，居然會給「他」活活氣死。她想問其中詳情，卻不敢出口。

滅絕師太抬頭向天，恨恨不已，喃喃自語：「楊逍，楊逍……多年來我始終不知你的下落，今日總教你落在我手中……」突然間轉過身來，說道：「好，你失身於他、迴護彭和尚、得罪丁師姊、瞞騙師父、私養孩兒……這一切我全不計較，我差你去做一件事，大功告成之後，你回來峨嵋，我便將衣鉢和倚天劍都傳了於你，立你為本派掌門的繼承人。」這幾句話只聽得眾人大為驚愕。丁敏君更加妒恨交迸，深怨師父不明是非，倒行逆施。

紀曉芙道：「師父但有所命，弟子自當盡心竭力，遵囑奉行。至於承受恩師衣鉢眞傳，弟子自知德行有虧，武功低微，不敢存此妄想。」

滅絕師太道：「你隨我來。」拉住紀曉芙手腕，翩然出了茅舍，直往谷左的山坡上奔去，到了一處極空曠的所在，這才停下。張無忌遠遠望去，但見滅絕師太站立高處，向四周眺望，然後將紀曉芙拉到身邊，輕輕在她耳旁說話，這才知她要說的話隱秘之極，不但生恐隔牆有耳，給人偷聽了去，而且連丁敏君等兩個徒兒也不許聽到。

張無忌躲在茅屋之後，不敢現身，遠遠望見滅絕師太說了一會話，紀曉芙低頭沉思，終於搖了搖頭，神態極為堅決，顯是不肯遵奉師父之命。只見滅絕師太舉起左掌，便要擊落，但手掌停在半空，卻不擊下，想是盼她最後終於回心轉意。

張無忌一顆心怦怦亂跳，心想這一掌擊在頭上，她是決計不能活命的了。他雙眼一眨也不敢眨，凝視著紀曉芙。

只見她突然雙膝跪地，卻堅決的搖了搖頭。滅絕師太手起掌落，擊中她頂門。紀曉芙身子毫不晃動，一歪便跌倒在地，扭曲了幾下，便即不動。

張無忌又驚駭，又悲痛，伏在屋後長草之中，不敢動彈。

便在此時，楊不悔格格兩聲嬌笑，撲在張無忌背上，笑道：「捉到你啦，捉到你啦！」原來她在田野間亂跑，瞧見張無忌伏在草中，還道是跟她捉迷藏玩耍，撲過來捉他。張無忌反手摟住她身子，一手掩住她嘴巴，在她耳邊低聲道：「別作聲，別給惡人瞧見了。」楊不悔見他面色慘白，滿臉驚駭之色，登時嚇了一跳。

滅絕師太從高坡上急步而下，對丁敏君道：「去將她孽種殺了，別留下禍根。」丁敏君見師父以重手擊斃紀曉芙，雖暗自歡喜，但也忍不住駭怕，聽得師父吩咐，忙借了師妹貝錦儀的長劍，提在手中，來尋楊不悔。

張無忌抱著楊不悔，縮身長草之內，連大氣也不敢喘一口。

丁敏君前前後後找了一遍，不見那小女孩的蹤跡，待要細細搜尋，滅絕師太已罵了起來：「沒用的東西，連個小孩兒也找不到。」

貝錦儀平時和紀曉芙頗為交好，眼見她慘死師父掌底，又要搜殺她遺下的孤女，心中不忍，說道：「我見那孩子似乎逃出谷外去了。」她知師父脾氣急躁，若在谷外找尋不到，決不耐煩回頭再找。雖然這小女孩孤零零的留在世上，也未必能活，但總勝於親眼見她遭丁敏君挺劍刺死。滅絕師太沉聲道：「怎不早說？」狠狠白了她一眼，當先追出谷去。丁敏君和貝錦儀隨後跟去。

楊不悔尚不知母親已遭大禍，圓圓的大眼骨溜溜地轉動，露出詢問的神色。張無忌伏地聽聲，耳聽得那三人越走越遠，跳起身來，拉著楊不悔的手，奔向高坡。楊不悔笑道：「無忌哥哥，惡人去了麼？咱們到山上玩，是不是？」

張無忌不答，拉著他直奔到紀曉芙跟前。楊不悔待到臨近，才見母親倒在地下，大吃一驚，大叫：「媽媽，媽媽！」撲在母親身上。

張無忌一探紀曉芙的呼吸，氣息微弱已極，但見她頭蓋骨已給滅絕師太這一掌震成了碎片，便胡青牛即刻到來，多半也已難救。紀曉芙微微睜眼，見到張無忌和女兒，口唇略動，似要說話，卻說不出半點聲音，眼眶中兩粒大大的眼淚滾了下來。張無忌從懷中取出金針，在她「神庭」、「印堂」、「承泣」等穴上用力刺了幾針，使她暫且感覺不到腦門劇痛。

紀曉芙精神略振，低聲道：「我求……求你……送她到她爹爹那裏……我不肯……不肯害她爹爹……」左手伸到自己胸口，似乎要取甚麼物事，突然頭一偏，氣絕而死。

楊不悔摟住母親的屍身，只是大哭，不住口的叫：「媽媽，媽媽，你很痛麼？你很痛麼？」紀曉芙的身子漸漸冰冷，她卻兀自問個不停。她不懂母親為甚麼一動也不動，為甚麼不回答她的話。

張無忌心中本已悲痛，再想起自己父母慘亡之時，自己也這麼伏屍號哭，忍不住淚如泉湧。兩人哭了一陣，張無忌心想：「紀姑姑臨死之時，求我將不悔妹子送到她爹爹那裏。嗯，她爹爹名叫楊逍，是明教中的光明左使者，住在崑崙山的甚麼坐忘峯中。我務必要將她送去。」他可不知崑崙山在極西萬里之外，他兩個孩子如何去得？見紀曉芙斷氣時曾伸手到胸口去取甚麼物事，於是在她頸中一摸，見掛著一根絲縧，上面懸著一塊黑黝黝的鐵牌，牌上用金絲鑲嵌著一個火焰之形。

張無忌也不知那是甚麼東西，除了下來，便掛在楊不悔頸中。到茅舍中取過一柄鐵鏟，挖了個坑將紀曉芙埋了。這時楊不悔已哭得筋疲力盡，沉沉睡去。待得醒來，張無忌費盡唇舌，才騙得她相信媽媽已飛了上天，要過很久很久，才從天上下來跟她相會。

張無忌胡亂煮些飯菜，和楊不悔兩人吃了，疲倦萬分，橫在榻上便睡。次日醒來，收拾了兩個小小包裹，帶了胡青牛留給他的十幾兩銀子，領著楊不悔到她母親墳前拜了幾拜。兩個孩兒離蝴蝶谷而去。

金銀血蛇相偎相倚，甚爲親熱，爬進靈脂蘭藥糊圍成的圓圈。張無忌將一根竹筒放在圓圈的缺口，筒口向裏，提竹棒輕輕在銀冠血蛇的尾上一撥，那蛇行動如電，立即鑽入了竹筒。

十四　當道時見中山狼

兩人走了大半日，方出蝴蝶谷，楊不悔腳小步短，已走不動了。歇了好一會，才又趕路，行行歇歇，第一晚便找不到客店人家，行到天黑，還是在荒山野嶺中亂闖，四下裏狼嘷梟啼，只嚇得楊不悔不住驚哭。張無忌心裏也甚害怕，見路旁有個山洞，便拉著不悔躲在洞裏，將她摟在懷裏，伸手按住她耳朵，令她聽不見餓獸吼叫之聲。

這一夜兩個孩子又餓又怕，挨了一晚苦，次晨才在山中摘些野果吃了，順著山路走一會，歇一會。行到中午時分，楊不悔突然尖聲大叫，指著路邊一株大樹。張無忌看時，只見樹上飄飄蕩蕩的掛著兩具乾屍，嚇得忙拉著她轉頭狂奔。

兩人七高八低的沒奔出十餘步，腳下石子一絆，一齊摔倒。張無忌大著膽子回頭望去，這一下更加吃驚，脫口叫道：「胡先生！」原來掛在樹上的一具乾屍這時給風吹得回過頭來，卻是胡青牛。另一具乾屍長髮披背，是個女屍，瞧她服色，正是胡青牛的妻子王難姑。山風吹動她身子和長髮，飄盪顫動，更顯得陰氣森森。

張無忌定了好一會神，自己安慰自己：「不怕，不怕！」慢慢爬起，一步步走近，果見臨空懸掛的兩具屍體正是胡青牛夫婦。兩人臉頰上金光燦然，各自嵌著一朵小小金花。張無忌心下恍然：「原來他們還是沒能逃出金花婆婆的毒手。」

只見山澗中一輛騾車摔得破爛不堪，一頭騾子淹死在澗水之中。

張無忌怔怔的流下淚來，解開繩索，將胡青牛夫婦的屍身從大樹上放下，忽然啪的一聲響，王難姑屍身懷中跌出一本書來。拾起看時，是一部手寫的抄本，題簽上寫著「王難姑毒經」五字。翻將開來，書頁上滿是蠅頭小楷，密密麻麻的寫著諸般毒物的毒性、使用和化解之法，除了毒藥、毒草等等，各項活物如毒蛇、蜈蚣、蝎子、毒蛛，以及種種希奇古怪的魚蟲鳥獸、花木土石，無不具載。隨手把書放在懷裏，將胡青牛夫婦的屍體並列了，捧些石頭土塊，草草堆成一墳，跪倒拜了幾拜，攜了楊不悔的手覓路而行。

行出數里後走上了大路，不久到了一個小市鎮，張無忌便想買些飯吃，那知市鎮中家家戶戶都是空屋，竟連一個人影也無，無奈只得繼續趕路，但見沿途稻田盡皆龜裂，田中長滿了荆棘敗草，一片荒涼。張無忌心中慌亂，楊不悔能忍饑不哭，勉力行走，已算得是極乖，還能出甚麼主意？

走了一會，見路邊臥著幾具屍體，肚腹乾癟，雙頰深陷，一見便知是餓死的。越走這類餓殍越多。張無忌心下惶恐：「難道甚麼東西也沒得吃？咱們也要這般餓死不成？」

行到傍晚，到了一處樹林，見林中有白煙嫋嫋升起。張無忌大喜，他自離開蝴蝶谷後，一路未見人煙，便向白煙升起處快步走去。行到鄰近，只見兩個衣衫襤褸的漢子圍著一鍋熱氣騰騰的沸湯，正在鍋底添柴加火。兩個漢子聽到腳步聲，回過頭來，見到張無忌和楊不悔，臉現大喜之色，同時跳起。一人招手道：「小娃娃，好極，過來，快過來。你同來的大人呢？他們到那裏去了？」張無忌道：「就只我們兩人，沒大人相伴。」兩個大漢相顧大笑，同聲道：「運氣，正好運氣！」

張無忌餓得慌了，探頭到鍋中張望，瞧是煮些甚麼，只見鍋中上下翻滾，都是些青草。一名漢子一把揪過楊不悔，獰笑道：「這口小羊又肥又嫩，今晚飽餐一頓，那是舒服得緊了。」另一名漢子道：「不錯，男娃娃留著明兒吃。」

張無忌大吃一驚，喝道：「幹甚麼？快放開我妹子。」

那漢子全不理睬，嗤的一聲，便撕破了楊不悔身上衣衫，伸手從靴子裏拔出一柄牛耳尖刀，笑道：「很久沒吃這麼肥嫩的小羊了。」提著楊不悔走到一旁，似乎便要宰殺。另一名漢子拿了一隻土鉢跟在後面，說道：「羊血丟了可惜，煮一鍋羊血羹，味兒才不壞呢！」

張無忌只嚇得魂飛天外，瞧他們並非說笑，實有宰殺楊不悔之意，大叫：「你們想吃人麼？也不怕傷天害理？」那手持土缽的漢子笑道：「老子三個月沒吃一粒米了，不吃人，還能吃牛吃羊麼？」生怕張無忌逃跑，過來伸手便揪他頭頸。

張無忌側身讓開，左手一帶，右掌帕的一下，正中他後心要害。他得金毛獅王謝遜傳授武功祕訣，又自父親處學得武當長拳，這幾年中雖潛心醫術，沒用功練武，但生平所習所見盡是最上乘的武功。這一掌奮力擊出，便是習武多年的武師也不易抵受，何況一個尋常村漢？那漢子哼了一聲，俯伏在地，一動也不能動了。

張無忌立即縱身躍到楊不悔身旁。那漢子喝道：「先宰了你！」提起尖刀，便往他胸口揷下。張無忌使招武當長拳的「雁翅式」，飛起右腳，正中那人手腕。那人尖刀脫手飛出。張無忌一招鴛鴦連環腿，左右跟著踢出，直中那人下顎。那人正張口呼喝，下顎給踢得急速合上，將自己半截舌頭咬了下來，狂噴鮮血，暈死過去。張無忌忙扶起不悔。

便在此時，只聽得腳步聲響，又有幾人走進林來。楊不悔嚇得怕了，聽見人聲，便撲在張無忌懷裏。張無忌抬頭看時，登時寬心，叫道：「是簡大爺、薛大爺。」進林來的共是五人，一個是崆峒派的簡捷，另外是華山派的薛公遠和他兩個同門，這四人都是張無忌給治好了的。最後是個二十歲上下的青年漢子，貌相威壯，額頭奇闊，張無忌卻未見過。

簡捷哼了一聲，道：「張兄弟，你也在這裏？這兩人怎麼了？」說著手指倒在地下的兩名漢子。張無忌氣憤憤的說了，最後道：「連活人也敢吃，那不是無法無天了麼？」
簡捷橫眼瞧著楊不悔，突然嘴角邊滴下饞涎，伸舌頭在嘴唇上下舐了舐，自言自語：「他媽的，五日五夜沒一粒米下肚，儘啃些樹皮草根……嗯，細皮白肉，肥肥嫩嫩的……」張無忌見他眼中射出饑火，像是頭餓狼一般，裂開了嘴，牙齒閃閃發亮，神情可怖，忙將楊不悔摟在懷裏。
薛公遠道：「這女孩的媽媽呢？」張無忌心想：「我若說紀姑姑死了，他們更會轉壞念頭。」便道：「紀女俠買米去啦，轉眼便來。」楊不悔忽道：「不，我媽媽飛上天去啦！」
簡捷和薛公遠等一聽兩人的話，便知紀曉芙已死。薛公遠冷笑道：「買米？周圍五百里地內，你給我找出一把米來，算你本事。」簡捷向薛公遠打個眼色，兩人霍地躍起。簡捷兩手抓住張無忌雙臂。薛公遠左手掩住楊不悔的嘴，右臂便將她抱起。
張無忌驚道：「你們幹甚麼？」簡捷笑道：「鳳陽府赤地千里，大夥兒餓得熬不住啦。這女孩兒又不是你甚麼人，待會兒也分一份給你吃好了。」張無忌罵道：「你們枉自爲英雄好漢，怎能欺侮她小小孤女？這事傳揚開去，你們還能做人麼？」
簡捷大怒，左手仍抓住了他，右手夾臉打了他兩拳，喝道：「連你這小畜生也一起宰了，我們本來嫌一隻小羊不夠吃。」

張無忌適才舉手投足之間便擊倒兩名村漢，甚是輕易，但聖手伽藍簡捷是崆峒派好手，一雙手上練了數十年的功夫，張無忌給他緊緊抓住了，卻那裏掙扎得脫？薛公遠的兩名師弟取過繩索，將兩個孩子都綁了。張無忌知道今日已然無倖，狂怒之下，好生後悔，當初實不該救了這幾人的性命，那料到人心反覆，到頭來竟會恩將仇報。

簡捷道：「小畜生，你治好了老子頭上的傷，你就算於老子有恩，是不是？你心中一定在痛罵老子，是不是？」張無忌道：「這難道不是恩將仇報？我跟你們無親無故，若非我出手相救，你們四人的奇傷怪病能治得好麼？」

薛公遠笑道：「張少爺，我們受傷之後醜態百出，都讓你瞧在眼裏啦，傳將出去，大夥兒在江湖上也不好做人。今兒我們實在餓得慌了，沒幾口鮮肉下肚，性命也是活不成，你救人救到底，送佛送到西，再救我們一救罷。」

簡捷惡狠狠的猙獰可怕，倒也罷了，這薛公遠笑嘻嘻的陰險狠毒模樣，張無忌瞧著尤其覺得寒心，大聲道：「我是武當子弟，這小妹子是峨嵋派的。你們害了我二人不打緊，武當五俠和滅絕師太能便此罷休嗎？」

簡捷一愕，「哦」了一聲，覺得這話倒也不錯，武當派和峨嵋派的人可眞惹不起。薛公遠笑道：「這裏天知地知，你知我知，等你到了我肚子裏，再去向張三丰老道訴苦罷。」簡捷哈哈大笑，說道：「肚裏餓得冒出火來啦，你便是我的親兄弟、親兒子，我也連皮帶骨的呑了你。」轉頭向薛公遠的兩個師弟喝道：「快生火燒湯啊。還等甚麼？」那二人提起地下的鐵鍋，一個到溪裏去舀水，另一個便生起火來。

張無忌道：「薛大爺，那兩個人反正已死了，你們肚餓要吃人，吃了他不好麼？」

薛公遠笑道：「這兩條死漢子全身皮包骨頭，又老又韌，又臭又硬，天下那有不吃嫩羊吃老羊的道理？」

張無忌自來極有骨氣，倘若殺他打他，決不能討半句饒，但這時身陷歹人之手，竟要給人活生生的煮來吃了，不由得張惶失措，哀求了幾句。薛公遠反而不住嘲笑：「哈哈，武當派、峨嵋派的弟子在江湖上逞強稱霸，今日卻給我們一口一口的咬來吃了，張三丰和滅絕老尼知道了，不氣死才怪。」

張無忌提氣大喝：「薛大爺，你們既然非吃人不可，就將我吃了罷，只求你們放了這個小妹子，我張無忌死而無怨。」薛公遠道：「為甚麼？」張無忌道：「她媽媽去世之時，托我將這個小妹子送去交給她爹爹。你們今日吃我一人，也已夠飽了，明日可以再去買牛羊米飯，就饒了這小姑娘罷。」

簡捷見他臨危不懼，小小年紀，竟大有俠義之風，倒也有點欽佩，不禁心動，躊躇道：「怎樣？」薛公遠道：「饒了小女娃娃不打緊，但洩漏了風聲，日後宋遠橋、俞蓮舟他們找上門來，簡大哥有把握打發便成。」簡捷點頭道：「薛兄弟說得是。我是個胡塗蛋，從不想想往後的日子。」說話之間，那名華山派弟子端了鍋清水回來，放在火上煮湯。

張無忌知道事情緊急，叫道：「不悔妹妹，你向他們發個誓，以後決不說出今日的事來。」楊不悔迷迷糊糊的哭道：「不能吃你啊，不能吃你啊。」她也不懂張無忌說些甚麼，隱隱約約之間，只知道他是在捨身相救自己。

那氣概軒昂的青年漢子默然坐在一旁，一直不言不動。簡捷向他瞪了一眼，道：「徐小舍，想吃羊肉，也得惹一身羊騷氣啊。」濠泗一帶，對年輕漢子稱爲「小舍」。那青年道：「是！」從腰間拔出一柄短刀，說道：「殺豬屠羊，是我的拿手本事。」橫咬短刀在口，一手提了張無忌，一手提了楊不悔，向山溪邊走去。張無忌破口大罵，想張口去咬他手臂，卻咬不到。

那徐小舍走出十餘步。薛公遠叫道：「徐小舍，便在這兒開剝罷。」那徐小舍回頭道：「在溪中開膛破肚的好，洗得乾淨些。」口中咬了刀子，說話模糊不清，腳下並不停步。薛公遠道：「我叫你在這裏，便在這裏。」他瞧出徐小舍神情有些不對，生怕他想獨吞，帶了兩個小孩逃走。

徐小舍低聲道：「快逃！」將兩人往地下一放，伸刀割斷了縛住二人的繩索。張無忌道：「多謝救命大恩。」拉著楊不悔的手，拔步飛奔。

簡捷和薛公遠齊聲怒吼，縱身追去。那徐小舍橫刀攔住，喝道：「站住！」

簡捷和薛公遠見他橫刀當胸，威風凜凜的攔在面前，倒是一怔。簡捷喝道：「幹甚麼？」徐小舍道：「咱們在江湖上行走，欺侮弱小，不叫天下好漢笑話麼？」薛公遠怒道：「餓得急了，娘老子也吃！」揮手向兩個師弟喝道：「快追，快追！」

張無忌見楊不悔跑不快，將她抱起，他本已人小步短，這麼一來，逃得更慢了。

簡捷和薛公遠各挺兵刃，夾攻那姓徐的漢子。鬥了一陣，簡捷唰的一刀，砍中了徐小舍大腿，登時鮮血淋漓。徐小舍抵敵不住，突然提起短刀，向薛公遠擲去。薛公遠側身閃避，徐小舍便衝了出去。簡薛二人也不追趕，逕自來捉張楊二小。徐小舍遠遠叫道：「張兄弟休慌，我去叫幫手來救你。」簡薛二人上前合圍，登時將張無忌和楊不悔又縛住了。

簡捷瞪眼罵道：「這姓徐的吃裏扒外，不是好人，你們怎地跟他做一路？」薛公遠道：「路上撞到的同伴，誰知他是好人壞人？他說姓徐，叫甚麼徐達。你別信他鬼話，天都快黑了，到那兒叫幫手去。」一名華山派的弟子道：「聽他口音，是鳳陽府本地人，便叫些鄉下人來，咱們也不怕。」簡捷笑道：「鳳陽府的人，哈哈，個個餓得爬也爬不動了。咱們快把兩口小羊煮得香香的，飽餐一頓是正經。」

張無忌二次被擒，給打得口鼻青腫，衣衫都扯破了，懷中銀兩物品，都掉在地下。他心想：「原來這位姓徐的大哥叫做徐達，此人實是個好朋友，只可惜我命在頃刻，不能和他結交了。」一低頭，見一本黃紙抄本掉在地下，書頁隨風翻動，正是從王難姑屍身上取來的那部《王難姑毒經》，順眼往書頁上瞧去，只見赫然寫著「毒菌」兩個大字，其後小字詳載各種毒菌的形狀、氣味、顏色、毒性、解法，一種又一種，他心中正亂，那裏看得入腦？一瞥之間，見到書中一行字寫道：「大凡毒菌均顏色鮮明。灰黃色者大都無毒。」

他抬起頭來，呆了半晌，突然瞥見左首四五尺外，一段腐朽的樹幹下生著十餘棵草菌，顏色鮮艷奪目，心中一動：「這不知是甚麼菌？這些草菌若是劇毒之物，不悔妹妹尚有活命之望。」

張無忌這時也已不想自己求生，一意只盼能救得楊不悔。他坐在地下，移動雙腳和臀部，慢慢挨將過去，轉過身子，伸手將那些草菌都摘了下來。這時天色已黑，各人餓火中燒，誰也沒留心他。他眼望徐達逃去之處，忽然跳起，叫道：「徐大哥，你帶了人來啦，救命，救命！」簡捷等信以為眞，四人抓起兵器，都跳了起來。張無忌乘四人凝視東方，倒退兩步，反手將草菌都投入了鐵鍋。

簡捷等不見有人，都罵：「小雜種，你想瘋了也沒人來救你。」薛公遠道：「開刀了，誰來動手？」簡捷道：「我宰女娃子，你宰那男的。」說著一把揪起了楊不悔。

張無忌道：「薛大爺，我口渴得緊，你給我喝碗熱湯，我死了做鬼也不纏你。」薛公遠道：「好，喝碗熱湯打甚麼緊？」便舀碗熱湯給他。

熱湯尚未送到嘴邊，張無忌便大聲讚道：「好香，好香！」那些草菌在熱湯中一熬，確是香氣撲鼻。薛公遠早就餓得急了，聞到菌湯香氣，便不拿去餵張無忌，自己喝了下肚，舐了舐嘴唇，道：「鮮得緊！」又去舀了一碗。簡捷搿手搶過，大口喝了，興猶未盡，又喝了一碗。薛公遠和華山派其餘兩名弟子也都喝了兩碗，久饑之下，兩碗熱騰騰的鮮湯下肚，均感說不出的舒服。簡捷還撈起鍋中草菌，大口咀嚼。誰也沒問草菌從何而來。

簡捷吃完草菌，拍了拍肚子，笑道：「先打個底兒，再吃羊肉。」左手提起楊不悔後領，右手提了刀子。張無忌見眾人喝了菌湯後若無其事，心想原來這些草菌無毒，不禁暗暗叫苦。簡捷走了兩步，忽然叫道：「啊喲！」身子搖晃了幾下，摔跌在地，將楊不悔和刀子都拋在一旁。薛公遠驚道：「簡兄，怎麼啦？」奔過去俯身看時，這一彎腰，便再也站不直了，撲在簡捷身上。那兩名華山派弟子跟著也毒發而斃。

張無忌大叫：「謝天謝地！」滾到刀旁，反手執起，將楊不悔手上的繩索割斷。楊不悔顫著雙手，把張無忌的手掌刺破了兩處，才割斷他手上繩索。兩人死裏逃生，歡喜無限，摟抱在一起。

過了一會，張無忌去看簡薛四人時，只見每人臉色發黑，肌肉扭曲，死狀可怖，心想：「毒物能殺惡人，也就是能救好人。」將那部《王難姑毒經》珍而重之的收在懷內，決意日後好好研讀。

張無忌攜了楊不悔的手，穿出樹林，正要覓路而行，忽見東首火把照耀，有七八人手執兵器，快步奔來。張楊二人忙在草叢中躲起。那干人奔到鄰近，當先一人正是徐達，他左手高舉火把，右手挺著長槍，大聲吆喝：「傷天害理的吃人惡賊，快納下命來！」

眾人奔進樹林，見簡薛等四人死在當地，無不愕然。徐達叫道：「張兄弟，你沒事麼？我們救你來啦！」張無忌叫道：「徐大哥，兄弟在這裏！」從草叢中奔出。

徐達大喜，一把將他抱起，說道：「張兄弟，似你這等俠義之人，別說孩童，大人中也是少見，我生怕你已傷於惡賊之手，天幸善有善報，惡有惡報，眞正報應不爽。」問起簡薛等人如何中毒，張無忌說了毒菌煮湯之事，眾人都讚他聰明。

徐達道：「這幾個都是我的好朋友，他們宰了一條牛，大夥兒正在皇覺寺中煮食，我去一叫便來。但若不是張兄弟機智，我們還是來得遲了。」爲張無忌一一引見。

一個方面大耳的姓湯名和；一個英氣勃勃的姓鄧名愈；一個黑臉長身的姓花名雲；兩個白淨面皮的親兄弟，兄長吳良，兄弟吳禎。最後是個和尙，相貌十分醜陋，下巴向前挑出，猶如一柄鐵鏟相似，臉上凹凹凸凸，甚多瘢痕黑痣，雙目深陷，炯炯有神。徐達道：「這位朱大哥，名叫元璋，眼下在皇覺寺出家。」花雲笑道：「他做的是風流快活和尙，不愛唸經拜佛，整日便喝酒吃肉。」

楊不悔見了朱元璋的醜相，心中害怕，躲在張無忌背後。朱元璋笑道：「和尚雖然吃肉，卻不吃人，小妹妹不用害怕。」湯和道：「咱們煮的那鍋牛肉，這時候也該熟了。」花雲道：「快走！小妹妹，我來揹你。」將楊不悔負在背上，大踏步便走。張無忌見這干人豪爽快活，心中也自歡喜。

走了四五里路，來到一座廟宇。走進大殿，便聞到一陣燒牛肉的香氣。吳良叫道：「熟啦，熟啦！」徐達道：「張兄弟，你在這兒歇歇，我們去端牛肉出來。」

張無忌和楊不悔並肩坐在大殿蒲團上。朱元璋、徐達、湯和、鄧愈等七手八腳，捧出大盆大缽的熟牛肉。吳良、吳禎兄弟提了一罈白酒，大夥兒便在菩薩面前歡呼暢飲。張無忌和楊不悔已餓了數日，此時有牛肉下肚，自是說不出的暢快。

花雲道：「徐大哥，咱們的教規甚麼都好，就是不許吃肉，未免有點兒那個。」

張無忌心中一凜：「原來他們也都是明教的。明教的規矩是食青菜、拜魔王，他們卻在這裏大吃牛肉。」

徐達道：「咱們教規的第一要義是『行善去惡』，吃肉雖然不好，但那是末節。這當兒沒米沒菜，難道便眼睜睜的瞧著熟牛肉，卻活生生的餓死麼？」鄧愈拍手叫道：「徐大哥的話從來最有見地，吃啊，吃啊！」

正吃喝間，忽然門外腳步聲響，跟著有人敲門。湯和跳起身來，叫道：「啊也！張員外家中尋牛來啦！」只聽得廟門給人一把推開，走進來兩個挺胸凸肚的豪僕。一人叫道：「好啊！員外家的大牯牛，果然是你們偷吃了！」說著一把揪住朱元璋。另一人道：「你這賤和尚，今兒賊贓俱在，還逃到那裏去？明兒送你到府裏，一頓板子打死你。」

朱元璋笑道：「當眞胡說八道，你怎敢胡賴我們偷了員外的牯牛？出家人吃素唸佛，你賴我吃肉，這不罪過麼？」那豪僕指著盤缽中的牛肉，喝道：「這還不是牛肉？」朱元璋使個眼色，笑嘻嘻的道：「誰說是牛肉？」吳良、吳禎兄弟走到兩名豪僕身後，一聲吆喝，抓住了兩人手臂。

朱元璋從腰間拔出一柄匕首，笑道：「兩位大哥，實不相瞞，我們吃的不是牛肉，乃是人肉。今日旣給你們見到，只好吃了兩位滅口，以免洩漏。」嗤的一聲，將一名豪僕胸口的衣服劃破，刀尖帶得他胸膛上現出一條血痕。那豪僕大驚，連叫：「饒……饒命……」

朱元璋抓起一把牛肉，分別塞在二人口中，喝道：「吞下去！」兩人嚼也不敢嚼，便吞了下肚。朱元璋走到廚下，抓了一大把牛毛，分別塞在二人口中，喝道：「快吞下！」二人只得苦著臉又吞下了。朱元璋笑道：「你若去跟員外說我偷了他牯牛，咱們便破肚開膛對質，瞧是誰吃了牛肉，連牛毛也沒拔乾淨。」翻轉刀子，用刀背在那人肚腹上一拖。那人只覺冷冰冰的刀子在肚子劃過，嚇得尖聲大叫。

吳氏兄弟哈哈大笑，又去抓了一把牛毛，塞入二人口中，逼令二人立即吞下，抬腳踢得兩人直滾出殿外。衆人放懷大吃，笑罵兩名豪僕自討苦吃，平日仗著張員外的勢頭，欺壓鄉人，這一次害怕剖肚對質，決不敢向員外說衆人偷牛之事。

張無忌又好笑，又佩服，心道：「這姓朱的和尚容貌雖然難看，行事卻乾淨爽快，制得人半點動彈不得，手段好生厲害。」

朱元璋等早聽徐達說了，張無忌甘捨自己性命相救楊不悔，都喜愛他是個俠義少年，不以尋常孩童相待，敬酒讓肉，當他好朋友一般。

飲到酣處，鄧愈嘆道：「咱們漢人受胡奴欺壓，受了一輩子的骯髒氣，今日弄到連苦飯也沒一口吃，這樣的日子，如何再過得下去？」花雲拍腿叫道：「眼見鳳陽府已死了一半百姓，我看天下到處都是一般，與其眼睜睜的餓死，不如跟韃子拚一拚。」徐達朗聲道：「今日人命賤於豬狗，這兩個小兄弟小妹妹，險些便成了旁人肚中之物。普天之下，不知有多少良民百姓成爲牛羊？男子漢大丈夫不能救人於水火之中，活著也是枉然。」湯和也道：「不錯。咱們今日運氣挺好，偷到一條牯牛宰來吃了，明日未必能再偷到。再說，天下的好漢子大多衣食不週，難道叫英雄豪傑都去作賊？」

各人越說越氣憤，破口大罵韃子害人。朱元璋道：「咱們在這兒千賊萬賊的亂罵，又罵得掉韃子一根毛麼？是有骨氣的漢子，便殺韃子去！」湯和、鄧愈、花雲、吳氏兄弟等齊聲叫了起來：「去，去！」

徐達道：「朱大哥，你這勞什子的和尚也不用當啦。你年紀最大，大夥都聽你的話。」朱元璋也不推辭，說道：「今後咱們同生同死，有福同享，有難同當！」眾人一齊拿起酒碗喝乾了，拔刀砍桌，豪氣干雲。

楊不悔瞧著眾人，不懂他們說些甚麼，暗自害怕。張無忌卻想：「太師父一再叮囑，叫我決不可和魔教中人結交。可是常遇春大哥和這位徐大哥都是魔教中人，比之簡捷、薛公遠這些名門正派的弟子，為人卻好上百倍了。」他對張三丰向來敬服之極，然從自身經歷想來，卻覺太師父對魔教中人不免心存偏見。雖然如此，仍想太師父的言語不可違拗。

朱元璋道：「好漢子說做便做，這會兒吃得飽飽的，正好行事。張員外家今日宴請韃子官兵，咱們先去揪來殺了。」花雲道：「妙極！」提刀站起。

徐達道：「且慢！」到廚下拿了一隻籃子，裝了十四五斤熟牛肉，交給張無忌，說道：「張兄弟，你年紀還小，不能跟我們幹這殺官造反的勾當。我們這幾個，人人窮得精打光，身上沒半分銀子，只好送幾斤牛肉給你。倘若我們僥倖不死，日後相見，大夥兒好好再吃一頓牛肉。」

張無忌接過籃子，說道：「但盼各位得勝成功，趕盡韃子，讓天下百姓都有飯吃，有肉吃。」朱元璋、徐達、湯和、鄧愈、花雲、吳氏兄弟等聽了，都拍手讚好，說道：「張兄弟，你說得真對，咱們後會有期。」說著各挺兵刃，出廟而去。

張無忌心想：「他們此去是殺韃子，若不是帶著這小妹子，我也跟他們一起去了。他們只七個人，倘若寡不敵衆，張員外家中的韃子和莊丁定要前來追殺，這廟中是不能住了。」挽了一籃牛肉，和楊不悔出廟而去。

黑暗中行了四五里，猛見北方紅光衝天而起，火勢甚烈，知是朱元璋、徐達等人得手，已燒了張員外的莊子，心中甚喜。當晚兩人在山野間睡了半夜，次晨又向西行。

張無忌自不知坐忘峯在何處，但知崑崙山在西方，便逕自向西。兩個小孩沿途風霜飢寒之苦，說之不盡。幸好楊不悔的父母都是武學名家，先天體質壯健，小小女孩長途跋涉，竟沒生病，便有輕微風寒，張無忌採些草藥，隨手便給她治好了。但兩人每日行行歇歇，最多也不過走上二三十里，行了十五六天，方到河南省境。

河南境內和安徽也無多大分別，處處饑荒，遍地餓殍。張無忌用樹枝做了副弓箭，射禽殺獸，飽一天餓一天的，和楊不悔緩緩西行。幸好途中沒遇上蒙古官兵，也沒逢到江湖人物，至於尋常的無賴奸徒想打歹主意，卻又怎是張無忌的對手？

有一日他跟途中遇到的一個老人閒談，說要到崑崙山坐忘峯去。這老人雙目圓睜，驚得呆了，說道：「小兄弟，崑崙山離這裏何止十萬八千里，聽說當年只有唐僧取經，這才去過。你們兩個娃娃，可不是發瘋了麼？你家住那裏，快快回家去罷！」

張無忌一聽之下，不禁氣沮，暗想：「崑崙山這麼遠，那是去不了的啦，只好到武當山去見太師父再說。」但轉念又想：「我受人重託，雖然路遠，又怎能中途退縮？我壽命無多，若不在身死之前將不悔妹妹送到，便對不起紀姑姑。」不再跟那老人多說，拉著楊不悔的手便行。

又行了二十餘天，兩個孩子早已全身衣衫破爛，面目憔悴。張無忌最爲煩惱的，卻是楊不悔時時吵著要媽媽，見媽媽總不從天上飛下來，往往便哭泣半天。張無忌多方譬喻開導，說這一路西去，便是去尋她媽媽，又說個故事，扮個鬼臉，逗她破涕爲笑。

這一日過了駐馬店，已是夏末秋初，早晚朔風吹來，已頗感涼意，兩個孩子都禁不住發抖。張無忌除下自己破爛的外衫給楊不悔穿上。楊不悔道：「無忌哥哥，你自己不冷麼？」張無忌道：「我不冷，熱得緊。」使力跳了幾下。楊不悔道：「你待我眞好！你自己也冷，卻把衣服給我穿。」這小女孩忽然說起大人話來，張無忌不由得一怔。

便在此時，忽聽得山坡後傳來一陣兵刃相交的叮噹之聲，跟著腳步聲響，一個女子聲音叫道：「惡賊，你中了我的餵毒喪門釘，越跑得快，發作越快！」

張無忌急拉楊不悔在路旁草叢中伏下，只見一個三十來歲的壯漢飛步奔來，數丈後一個女子手持雙刀，追趕而至。那漢子腳步踉蹌，突然間足下一軟，滾倒在地。那女子追到他身前，叫道：「終叫你死在姑娘手裏！」那漢子驀地躍起，右掌拍出，波的一聲，正中那女子胸口。這一下力道剛猛，那女子仰天跌倒，手中雙刀遠遠摔了出去。

那漢子反手從自己背上拔下喪門釘，恨恨的道：「取解藥來。」那女子冷笑道：「這次師父派我們出來捉你，只給餵毒暗器，不給解藥。我既落在你手裏，也就認命啦，可是你也別指望能活命。」那漢子左手以刀尖指住她咽喉，右手到她衣袋中搜尋，果然不見解藥。那漢子怒極，提起那枚餵毒喪門釘用力一擲，釘在那女子肩頭，喝道：「叫你自己也嘗嘗餵毒喪門釘的滋味，你崑崙派……」一句話沒說完，背上毒性發作，軟垂在地。那女子想掙扎爬起，但哇的一聲，吐出一口鮮血，又再坐倒，拔出肩頭的喪門釘，拋在地下。

一男一女兩人臥在道旁草地之中，呼吸粗重，不住喘氣。張無忌自從醫治簡捷、薛公遠而遭反噬之後，對武林中人深具戒心，這時躲在一旁觀看動靜，不敢出來。

過了一會，只聽那漢子長長嘆了口氣，說道：「我蘇習之今日喪命在駐馬店，仍不知如何得罪了你們崑崙派，當眞死不瞑目。你們追趕了我一千多里路，非殺我不可，到底爲了甚麼？詹姑娘，你好心跟我說了罷！」言語之中，已沒甚麼敵意。

那女子詹春知道師門這餵毒喪門釘的厲害，料來勢將和他同歸於盡，已萬念俱灰，幽幽的道：「誰叫你偷看我師父練劍，這路『崑崙兩儀劍』，若不是他老人家親手傳授，便本門弟子偷瞧了，也要遭剜目之刑，何況你是外人？」蘇習之「啊」的一聲，說道：「他媽的，該死，該死！」詹春怒道：「你死到臨頭，還在罵我師父？」

蘇習之道：「我罵了便怎樣？這不是冤枉麼？我路過白牛山，無意中見到你師父使劍，覺得好奇，便瞧了一會。難道我瞧得片刻，便能將這路劍法學去了？我要是眞有這麼好本事，你們幾名崑崙弟子又怎奈何得了我？詹姑娘，我跟你說，你師父鐵琴先生太過小氣，別說我沒學到這『崑崙兩儀劍』的一招半式，就算學了幾招，那也不能說是犯了死罪啊。」詹春默然不語，心中也暗怪師父小題大做，只因發覺蘇習之偷看使劍，便派出六名弟子，千里追殺，終於落到跟此人兩敗俱傷，心想事到如今，這人也已不必說謊，他既說並未偷學武功，自是不假。

蘇習之又道：「他給了你們餵毒暗器，卻不給解藥，武林中有這規矩麼？他媽的……」詹春柔聲道：「蘇大哥，小妹害了你，此刻心中好生後悔，好在我也陪你送命，這叫做命該如此。只是累了你家中大嫂和公子小姐，實在過意不去。」蘇習之嘆道：「我女人已在兩年前身故，留下一男一女兩個孩子，一個六歲，一個四歲，明日他們便是無父無母的孤兒了。」詹春道：「你府上還有誰啊？有人照料孩子麼？」蘇習之道：「此刻由我嫂子在照看著。我嫂子脾氣暴躁，爲人刁蠻，就只對我還忌著幾分。唉！今後這兩個娃娃，可有得苦頭吃了。」詹春低聲道：「都是我作的孽。」

蘇習之搖頭道：「那也怪你不得。你奉了師門嚴令，不得不遵，又不是自己跟我有甚麼怨仇。其實，我中了你的餵毒暗器，死了也就算了，何必再打你一掌，又用暗器傷你？否則我以實情相告，你良心好，必能設法照看我那兩個苦命的孩兒。」詹春苦笑道：「我是害死你的兇手，怎說得上良心好？」蘇習之道：「我沒怪你，眞的，並沒怪你。」適才兩人拚命惡鬥，這時均自知命不久長，留戀人世，心中便俱有仁善意。

張無忌聽到這裏，心想：「這一男一女似乎心地不惡，何況那姓蘇的家中尚有兩個孩兒。」想起自己和楊不悔身爲孤兒之苦，便從草叢中走了出來，說道：「詹姑娘，你喪門釘上餵的是甚麼毒藥？」

蘇習之和詹春突然見草叢中鑽出一個少年、一個女孩，已覺奇怪，聽張無忌如此詢問，更是驚訝。張無忌道：「我粗通醫理，兩位所受的傷毒，未必無救。」詹春道：「是甚麼毒藥，我可不知道，不過傷口中奇癢難當。我師父說道，中了這喪門釘後，只有四個時辰的性命。」張無忌道：「讓我瞧瞧傷勢。」

蘇詹二人見他年紀既小，又衣衫破爛，全身污穢，活脫是個小叫化子，那裏信他能治傷毒？蘇習之粗聲道：「我二人命在頃刻，小孩兒快別在這兒囉唣，給我走得遠遠的罷。」他自知命不久長，性子便即十分暴躁。

張無忌不去睬他，從地下拾起喪門釘，拿到鼻邊一聞，嗅到一陣淡淡的蘭花淸香。這些日來，他途中有暇，便翻讀王難姑所遺的那部《毒經》，於天下千奇百怪的毒物毒藥，已多數了然於胸，一聞到這陣香氣，即知喪門釘上餵的是「青陀羅花」的毒汁。《毒經》上言道，這花汁原有腥臭之氣，本身並無毒性，便喝上一碗，也絲毫無害，但一經和鮮血混和，卻生劇毒，同時腥臭轉爲清香，說道：「這是餵了青陀羅花之毒。」

詹春並不知喪門釘上餵的是何毒藥，但師父的花圃中種有這種奇花，她卻是知道的，奇道：「咦，你怎知道？」青陀羅花是極爲罕見的毒花，源出西域，中土向來所無。張無忌點了點頭，說道：「我知道。」攜了楊不悔的手，道：「咱們走罷。」

詹春忙道：「小兄弟，你若知治法，請你好心救我二人一命。」張無忌原本有心相救，但突然想到簡捷和薛公遠要吃人肉時那獰惡的形貌，又見蘇習之言語無禮，不由得躊躇。蘇習之道：「小相公，在下有眼不識高人，請你莫怪。」

張無忌道：「好罷！我試一試看。」取出金針，在詹春胸口「膻中穴」及肩旁左右「缺盆穴」刺了幾下，先止住她胸口掌傷的疼痛，說道：「這青陀羅花見血生毒，入腹卻是無礙。兩位先用口相互吮吸傷口，至血中絕無凝結的細微血塊爲止。」

蘇習之和詹春都頗覺不好意思，但這時性命要緊，傷口又在自己吮吸不到的肩背之處，只得輪流爲對方吸出傷口中毒血。張無忌在山邊採了三種草藥，嚼爛了給二人敷上傷口，說道：「這三味草藥能使毒氣暫不上攻，療毒卻是無效。咱們到前面市鎮去，尋到藥店，我再給你們配藥療毒。」蘇詹二人的傷口本來癢得難過之極，敷上草藥，登覺清涼，同時四肢也不再痲軟，當下不住口的稱謝。二人各折一根樹枝作爲拐杖，撐著緩步而行。詹春問起張無忌的師承來歷，張無忌不願細說，只說自幼便懂醫理。

行了一個多時辰，到了沙河店，四人投店歇宿。張無忌開了藥方，蘇習之便命店伴去抓藥。這一年豫西一帶未受天災，雖蒙古官吏橫暴殘虐，和別地無甚分別，但老百姓總算還有口飯吃，沙河店鎮上店鋪開設如常。店伴抓了藥來，張無忌把藥煮好了，餵著蘇習之和詹春服下。

四人在客店中住了三日。張無忌每日變換藥方，外敷內服，到了第四日上，蘇詹二人身上所中劇毒已全部驅除。二人自然大爲感激，問起張無忌和楊不悔要到何處。張無忌說了崑崙山坐忘峯的地名。

詹春道：「蘇大哥，咱兩人的性命，蒙這位小兄弟救了，可是我那五個師兄卻仍在到處尋你，這件事情還沒了結。你便隨我上崑崙山走一遭，好不好？」蘇習之吃了一驚，道：「上崑崙山？」詹春道：「不錯。我同你去拜見家師，說明你確實並未學到『崑崙兩儀劍』的一招半式。此事若不得他老人家原宥，你日後總不免禍患無窮。」

蘇習之心下著惱，說道：「你崑崙派忒也欺人，我只不過多看了一眼，累得險些進入鬼門關，也該放手了罷？」詹春柔聲道：「蘇大哥，你替小妹想想這中間的難處。我去跟師父說，你確實沒學到劍法，那也沒甚麼，但我那五個師兄倘再出手傷你，小妹心中如何過意得去？」

他二人出生入死的共處數日，相互已微生情意，蘇習之聽了她這軟語溫存的說話，胸中氣惱登時消了，又想：「崑崙派人多勢衆，給他們陰魂不散的纏上了，免不了還是將性命送在他們手裏爲止。」詹春見他沉吟，又道：「你先陪我走一遭。你有甚麼要緊事，咱們去了崑崙山之後，小妹再陪你一道去辦如何？」蘇習之喜道：「好，便是這麼罷。只不知尊師肯不肯信？」詹春道：「師父素來喜歡我，我苦苦相求，諒來不會對你爲難。這件事一了結，小妹還想去瞧瞧你的少爺小姐，免得他兩個小孩兒受你嫂子欺侮。」

蘇習之聽她這般說，顯有以身相許之意，心中大喜，對張無忌道：「小兄弟，咱們都上崑崙山去，大夥兒一起走，路上也有個伴兒。」詹春道：「崑崙山脈綿延千里，不知有多少山峯，那坐忘峯不知坐落何處。但我們崑崙派要在崑崙山中找一座山峯，總能找到。」

次日蘇習之僱了一輛大車，讓張無忌和楊不悔乘坐，自己和詹春乘馬而行。到了前面大鎮上，詹春又給張無忌和楊不悔買了幾套衣衫，把兩人穿著得煥然一新。蘇詹二人見這對孩兒洗沐換衣之後，男的英俊，女的秀美，都大聲喝采。

兩個孩子直到此時，始免長途步行之苦，吃得好了，身子也漸漸豐腴起來。

漸行漸西，天氣一天冷似一天，沿途有蘇習之和詹春兩人照看，一路平安無事。到得西域後，崑崙派勢力雄強，更無絲毫阻礙，只黃沙撲面，寒風透骨，卻也著實難熬。

不一日來到崑崙山三聖坳，但見遍地綠草如錦，到處果樹香花。蘇習之和張無忌萬想不到在這荒寒之處竟有這般好地方，都甚歡喜。那三聖坳四周高山插天，擋住了寒氣。崑崙派自「崑崙三聖」何足道的師兄靈寶道人以來，歷代掌門人於數十年中花了極大力氣整頓這個山坳，派遣弟子東至江南，西至天竺，搬移奇花異樹前來種植。

詹春帶著三人，來到鐵琴先生何太沖所居的鐵琴居。一進門，只見一眾師兄弟姊妹均深有憂色，只和她微一點頭，便不再說話。詹春心中嘀咕，不知發生了甚麼事，拉住一個師妹問道：「師父在家罷？」

那女弟子尚未回答，只聽何太沖暴怒咆哮的聲音從後堂傳了出來：「都是飯桶，飯桶！有甚麼事叫你們去辦，從來沒一件辦得妥當。要你們這些膿包弟子何用？」跟著拍桌之聲震天價響。

詹春向蘇習之低聲道：「師父在發脾氣，咱們別去找釘子碰，明兒再來。」何太沖突然叫道：「是春兒麼？鬼鬼祟祟的在說甚麼？那姓蘇小賊的首級呢？」

詹春臉上變色，搶步進了內廳，跪下磕頭，說道：「弟子拜見師父。」

何太沖道：「差你去辦的事怎麼啦？那姓蘇的小賊呢？」

詹春道：「那姓蘇的便在外面，來向師父磕頭請罪。他說他不懂規矩，確是不該觀看師父試演劍法，但本派劍法精微奧妙，他看過之後，只知道這是天下無雙的高明劍術，但到底好在那裏，卻莫名其妙，半點也領會不到。」她跟隨師父日久，知他在武功上極爲自負，因此說蘇習之極力稱譽本門功夫，師父一高興，便可饒了他。

若在平時，這頂高帽何太沖勢必輕輕受落，但今日他心境大爲煩躁，哼了一聲，說道：「這件事你辦得好！去把那姓蘇的關在後山石室中，慢慢發落。」

詹春見他正在氣頭上，不敢出口相求，應道：「是！」又問道：「師母們都好？我到後面磕頭去。」何太沖共有妻妾五人，最寵愛的是第五小妾，詹春爲求師父饒恕蘇習之，便想去請這位五師母代下說辭。

何太沖臉上忽現淒惻之色，長嘆了一聲，道：「你去瞧瞧五姑也好，她病得很重，你總算趕回來還能見到她一面。」詹春吃了一驚，道：「五師娘不舒服麼？不知是甚麼病？」

何太沖嘆道：「知道是甚麼病就好了。已叫了七八個算是有名的大夫來看過，連甚麼病也說不上來，全身浮腫，一個如花似玉的人兒，腫得……唉，不消提了……」說著連連搖頭，又道：「收了這許多徒弟，沒一個管用。叫他們到長白山去找千年老山人參，去了快兩個月啦，沒一個死回來，要他們去找雪蓮、首烏等救命之物，個個空手而歸。」

詹春心想：「從這裏到長白山萬里之遙，那能去了即回？到了長白山，也未必就能找到千年人參啊。至於雪蓮、首烏等起死回生的珍異藥物，找一世也不見得會找到，一時三刻，那能要有便有？」知師父對五姑愛如性命，眼見她病重難治，自不免遷怒於人。

何太沖又道：「我以內力試她經脈，卻一點異狀也沒有。哼哼，五姑若性命不保，我殺盡天下的庸醫。」詹春道：「弟子去望望她。」何太沖道：「好，我陪你去。」

師徒倆一起到了五姑的臥房。詹春一進門，撲鼻便是一股藥氣，揭開帳子，只見五姑一張臉腫得猶如豬八戒一般，臉肌繃得緊緊的，晶光泛亮，便如隨時可裂開出血，雙眼深陷肉裏，幾乎睜不開來，喘氣甚急，像是扯著風箱。這五姑本是個美女，否則何太沖也不致爲她如此著迷，這時一病之下，變成如此醜陋，詹春也不禁大爲歎息。

何太沖道：「叫那些庸醫再來瞧瞧。」在房中服侍的老媽子答應著出去。

過了不久，只聽得鐵鍊聲響，進來七個醫生。七人腳上繫了鐵鍊，給鎖在一起，形容憔悴，神色苦惱。這七人是四川、雲南、甘肅一帶最有名的醫生，還有一名藏醫，都給何太沖派弟子半請半拿的捉了來。七位名醫見解各不相同，有的說是水腫，有的說是中邪，所開的藥方試服之後，沒一張管用，五姑的身子仍日腫一日。何太沖一怒之下，將七位名醫都鎖了，宣稱五姑倘若不治，七個庸醫（這時「名醫」已改稱「庸醫」）一齊推入墳中殉葬。

七名醫生出盡了全身本事，卻治得五姑身子越來越腫，自知性命不保，每次會診，總是大聲爭論不休，指摘其餘六名醫生，說五姑所以病重，全是他們所害，與自己無涉。這一次七人進來，診脈之後，三言兩語，便又爭執起來。何太沖憂急惱怒，大聲喝罵，才將七個不知是名醫還是庸醫的聲音壓了下來。

詹春心念一動，說道：「師父，我從河南帶來了一個醫生，年紀雖然還小，本領卻比他們都高些。」何太沖大喜，叫道：「你何不早說，快請，快請！」每一位名醫初到，他對之都十分恭敬，但「名醫」一變成「庸醫」，他可一點也不客氣了。

詹春回到廳上，將張無忌帶了進去。張無忌一見何太沖，認得當年在武當山逼死父母的諸人之中，便有他在內，不禁暗暗惱恨。但張無忌隔了這四五年，相貌身裁均已大變，何太沖卻認他不出，見是個十四五歲的少年，見了自己竟不磕頭行禮，側目斜視，神色間甚是冷峻，也不暇理會，問詹春道：「你說的那位醫生呢？」

詹春道：「這位小兄弟便是了。他的醫道精湛得很，只怕還勝過許多名醫。」

何太沖那裏肯信，只說：「胡鬧！胡鬧！」詹春道：「弟子中了青陀羅花之毒，便是得他治好的。」何太沖一驚，心想：「青陀羅花的花毒不得我獨門解藥，中後必死，這小子居然能治，倒有些邪門。」向張無忌打量了一會，問道：「少年，你眞會治病麼？」

張無忌想起父母慘死的情景，本來對何太沖心下暗恨，可是他天性不易記仇，否則也不會肯給簡捷等人治病，也不會給崑崙派的詹春療毒了。這時聽何太沖如此不客氣的詢問，雖感不快，仍點了點頭，說道：「稍懂一點兒，可惜不精。」何太沖哼了一聲，瞪他一眼，帶他與詹春進房。

張無忌一進房，便聞到一股古怪氣息，過了片刻，覺這氣息忽濃忽淡，甚是奇特，走到五姑床前瞧她臉色，按了按她雙手脈息，突然取出一根金針，從她腫得如南瓜般的臉上刺了下去。何太沖大吃一驚，喝道：「幹甚麼？」待要伸手抓張無忌時，見他已拔出金針，五姑臉上卻無血液膿水滲出。何太沖五根手指離張無忌背心不及半尺，硬生生停住，見他將金針湊近鼻端一嗅，點了點頭。何太沖心中生出一絲指望，道：「小……小兄弟，這病有救麼？」以他一派之尊，居然叫張無忌一聲「小兄弟」，可算得客氣之極了。

張無忌不答，突然爬到五姑床底瞧了一會，又打開窗子，察看窗外的花圃，忽地從窗中跳出，走近去觀賞花卉。何太沖寵愛五姑，她窗外的花圃中所種均是珍奇花卉，這時見張無忌行動怪異，自己心如油煎，盼他立即開方用藥，治好五姑的怪病，他卻自得其樂的賞起花來，教他如何不怒？但於束手無策之中忽露一線光明，終於強忍怒火，卻已滿臉黑氣，不住呼呼喘氣。

張無忌看了一會花草，點點頭，若有所悟，回進房來，說道：「病是能治的，可是我不想治。詹姑娘，我要去了。」詹春道：「張兄弟，若你治好了五師娘的怪病，我們崑崙派上下齊感你的大德。定要請你治一治。」張無忌指著何太沖道：「逼死我爹爹媽媽的人中，這位鐵琴先生也有份，我爲甚麼要救他親人的性命？」

何太沖一驚，問道：「小兄弟，你貴姓，令尊令堂是誰？」張無忌道：「我姓張，先父是武當派第五弟子。」何太沖一凜：「原來他是張翠山的兒子。武當派著實了得，他家學淵源，料來必有些本事。」慘然長嘆，說道：「張兄弟，令尊在世之時，在下和他甚是交好，他自刎身亡，我痛惜不止……」他爲了救愛妾性命，便信口胡吹。

詹春也幫著師父圓謊，說道：「令尊令堂死後，家師痛哭了幾場，常跟我們衆弟子說，令尊是他生平最交好的良友。張兄弟，你何不早說？早知你是張五俠的令郎，我對你更要加倍相敬了。」

張無忌半信半疑，但他天生心軟，便道：「這位夫人不是生了怪病，是中了金銀血蛇的蛇毒。」何太沖和詹春齊聲道：「金銀血蛇？」張無忌道：「不錯，這種毒蛇我也從來沒見過，但夫人臉頰腫脹，金針探後針上卻有檀香之氣。何先生，請你瞧瞧夫人的脚，十根足趾的趾尖上可有細小齒痕？」

何太沖忙掀開五姑身上的棉被，凝目看她足趾時，果見每根足趾的尖端都有幾個紫黑色齒痕，但細如米粒，若非有意找尋，決看不出來。

何太沖一見之下，對張無忌的信心陡增十倍，說道：「不錯，不錯，當眞每個足趾上都有齒痕，小兄弟實在高明，實在高明。小兄弟既知病源，必能療治。小妾病愈之後，我必當重重酬謝。」轉頭對七個醫生喝道：「甚麼風寒中邪，陽虛陰虧，都是胡說八道！她足趾上的齒痕，你們這七隻大飯桶怎瞧不出來？」雖是罵人，語調卻喜氣洋洋。

張無忌道：「夫人此病本甚奇特，他們不知病源，那也難怪，放了他們回去罷。」何太沖笑道：「很好，很好！小兄弟大駕光臨，再留這些庸醫在此，不惹人厭麼？春兒，每人送一百兩銀子，叫他們各自回去。」

那七個醫生死裏逃生，無不大喜過望，急急離去，生怕張無忌的醫法不靈，何太沖又把這個「小庸醫」跟自己鎖在一起，要八名大小「庸醫」齊為他愛妾殉葬。

張無忌道：「請叫僕婦搬開夫人臥床，床底有個小洞，便是金銀血蛇出入的洞穴。」何太沖不等僕婦動手，右手抓起一隻床腳，單手便連人帶床一齊提開，果見床底有個小洞，不禁又喜又怒，叫道：「快取硫磺煙火來，薰出毒蛇，斬牠個千刀萬劍！」

張無忌搖手道：「使不得，使不得！夫人所中的蛇毒，全仗這兩條毒蛇醫治，你殺了毒蛇，夫人的病便治不來了。」何太沖道：「原來如此。這中間的原委，倒要請教。」這「請教」兩字，自他業師逝世，除了對他夫人班淑嫻以外，從未對人說過。

張無忌指著窗外的花圃道：「何先生，尊夫人的疾病，全由花圃中那八株『靈脂蘭』而起。」何太沖道：「這叫做『靈脂蘭』麼？我也不知其名，有一位朋友知我性愛花草，從西域帶來了這八盆蘭花送我。這花開放時有檀香之氣，花朵的顏色又極嬌艷，想不到竟是禍胎。」張無忌道：「據書上所載，這『靈脂蘭』其莖如球，顏色火紅，球莖中含有劇毒。咱們去掘起來瞧瞧，不知是也不是。」

這時衆弟子均已得知有個小大夫在治五師母的怪病。男弟子不便進房，詹春等六個女弟子都在旁邊。聽得張無忌這般說，便有兩個女弟子拿了鐵鏟，將一株靈脂蘭掘了起來，果見土下的球莖色赤如火。兩名女弟子聽說莖中含有劇毒，那敢用手去碰？

張無忌道：「請各位將八枚球莖都掘出來，放入土缽，再加上鷄蛋八枚、鷄血一碗，搗爛成糊。那是劇毒之物，搗藥時務請小心，不可濺上肌膚。」詹春答應了，自和兩名師妹同去辦理。張無忌剪下了靈脂蘭的一些葉子，命人到門外用火烤乾，又要了兩根尺許長短的竹筒、一枝竹棒，放在一旁。

過不多時，靈脂蘭的球莖已搗爛成糊。張無忌將藥糊倒在地下，以竹棒撥成一個圓圈，空出一個兩寸來長的缺口，說道：「待會見到異狀，各位千萬不可出聲，以免毒蛇受到了驚嚇，逃得無影無蹤。各位去取些甘草、棉花，塞住鼻孔。」衆人依言而爲。張無忌也塞住了鼻孔，然後取出火種，將靈脂蘭的乾葉放在蛇洞前焚燒。

不到一盞茶時分，只見小洞中探出一個小小蛇頭，蛇身血紅，頭頂卻有個金色肉冠。那蛇緩緩爬出，竟生有四足，身長約莫八寸；跟著洞中又爬出一蛇，身子略短，形相一般，但頭頂肉冠則作銀色。

何太沖等見了這兩條怪蛇，都屏息不敢作聲。這等異相毒蛇必有劇毒，自不必說，衆人武功高強，倒也不懼，但若將之驚走了，只怕夫人的惡疾難治。

只見兩條怪蛇伸出蛇舌，互舐肩背，十分親熱，相偎相倚，從靈脂蘭藥糊圍成的圓圈缺口中慢慢爬進圓圈。張無忌忙將一根竹筒放在圓圈的缺口外，筒口向裏，提起竹棒，輕輕在銀冠血蛇的尾上一撥。那蛇行動快如電閃，衆人只見銀光一閃，那蛇已鑽入了竹筒。金冠血蛇跟著也要鑽入，但竹筒甚小，只容得一蛇，金冠血蛇無法再進，只急得胡胡而叫。張無忌用竹棒將另一根竹筒撥到金冠血蛇身前，那蛇便也鑽了進去。張無忌忙取過木塞，塞住了兩根竹筒口子。

自那對金銀血蛇從洞中出來，衆人一直戰戰兢兢，提心吊膽，直到張無忌用木塞塞住竹筒，各人才不約而同的吁了口長氣。張無忌道：「請拿幾桶熱水進來，將地下洗刷乾淨，不可留下靈脂蘭的毒性。」六名女弟子忙奔到廚下燒水，先刮去靈脂蘭的藥糊，再清洗地面，不多時便將地下洗得片塵不染。

張無忌吩咐緊閉門窗，又命衆人取來雄黃、明礬、大黃、甘草等幾味藥材，搗爛成末，拌以生石灰粉，捏成一根手指大的藥條，塞入銀冠血蛇的竹筒中，那蛇登時胡胡的叫了起來。另一筒中的金蛇也呼叫相應。張無忌拔去金蛇竹筒上的木塞，那蛇從竹筒中出來，繞著銀蛇所處的竹筒遊走數匝，狀甚焦急，突然間急竄上床，從五姑的棉被中鑽了進去。

何太沖大驚，「啊」的一聲叫了出來。張無忌搖搖手，輕輕揭開棉被，只見那金冠血蛇正張口咬住了五姑左足的中趾。張無忌臉露喜色，低聲道：「夫人身中這金銀血蛇之毒，現下便是要這對蛇兒吸出她體內毒質。」過了半炷香時分，只見那蛇身子腫脹，粗了幾有一倍，頭上金色肉冠更燦然生光。張無忌拔下銀蛇所居竹筒的木塞，金蛇即從床上躍下，遊近竹筒，口中吐出毒血餵那銀蛇。

張無忌道：「好了，每日這般吸毒兩次，我再開一張消腫補虛的方子，十天之內，便可全愈。」何太沖大喜，將張無忌讓到書房，說道：「小兄弟神乎其技，這中間的緣故，還要請教。」張無忌道：「據書上所載，這金冠銀冠的一對血蛇，在天下毒物中名列第四十七，並不算是十分厲害的毒物，但有一個特點，性喜食毒。甚麼砒霜、鶴頂紅、孔雀膽、鴆酒等等，無不喜愛。夫人窗外的花圃之中種了靈脂蘭，這靈脂蘭的毒性可著實厲害，竟將這對金銀血蛇給引了來。」何太沖點頭道：「原來如此。」

張無忌道：「金銀血蛇必定雌雄共居，適才我用雄黃等藥焙炙那銀冠雌蛇，金冠雄蛇爲了救牠伴侶，便到夫人腳趾上吸取毒血相餵。此後我再用藥物整治雄蛇，那雌蛇也必去吸取毒血，如此反覆施爲，便可將夫人體內毒質去盡。」說到這裏，想起一事：「這對血蛇最初卻何以去咬夫人腳趾，其中必定另有緣故。」一時想不明白，也就不提。

當日何太沖在後堂設了筵席，款待張無忌與楊不悔。張無忌心想楊不悔是紀曉芙的私生女兒，說起來於峨嵋派的聲名有累，因此當何太沖問起她來歷時，含糊其辭，不加明言。

過了數日，五姑腫脹漸消，服了張無忌所開湯藥，面目也漸轉俊俏，精神恢復，已能略進飲食。張無忌便出言告辭，何太沖苦苦挽留，只恐愛妾病況又有反覆。到第十天上，五姑已然腫脹全消。

五姑備了一席精致酒筵，親向張無忌道謝，請了詹春作陪。五姑容色雖仍憔悴，但俏麗一如往昔，何太沖自十分歡喜。詹春乘著師父高興，求他將蘇習之收入門下。何太沖呵呵笑道：「春兒，你這釜底抽薪之計著實不錯啊，我收了這姓蘇的小子，將來自會把『崑崙兩儀劍』劍法傳他，那麼他從前偷看一次，又有何妨？」詹春笑道：「師父，若不是這姓蘇的偷看你老人家使劍，弟子不會去拿他，便不會碰到張世兄。固然師父和五師娘洪福齊天，張世兄醫道高明，可是這姓蘇的小子，說來也有一份小小功勞啊！」

五姑向何太沖道：「你收了這許多弟子，到頭來誰也幫不了你的忙，只詹姑娘才立了大功。詹姑娘既看中那小子，想必是好的，你就多收一個罷，說不定將來倒是最得力的弟子呢。」何太沖對愛妾之言向來唯命是聽，便道：「好罷，我收便收他，可是有個條款。」五姑道：「甚麼啊？」何太沖正色道：「他投入我門下之後，須得安心學藝，可不許對春兒痴心妄想，意圖娶她爲妻，這個我卻是萬萬不准的。」

詹春滿臉通紅，把頭低了下去。五姑卻吃吃的笑了起來，說道：「啊喲，你做師父的要以身作則才好，自己三妻四妾，難道禁止徒兒們婚配麼？」何太沖那句話原是跟詹春說笑，哈哈一笑，便道：「喝酒，喝酒！」

只見一名小鬟托著木盤，盤中放著一把酒壺，走到席前，替各人斟酒。那酒稠稠的微帶黏性，顏色金黃，甜香撲鼻。何太沖道：「張兄弟，這是本山的名產，乃是取雪山頂上的琥珀蜜梨釀成，叫做『琥珀蜜梨酒』，為外地所無，不可不多飲幾杯。」心下尋思：「卻如何騙得他說出金毛獅王謝遜的下落來？此事須當緩圖，千萬不可急躁。」

張無忌本不善飲酒，但聞到這琥珀蜜梨酒香沁心脾，便端起杯來，正要放到唇邊，突然懷裏竹筒中那對金銀血蛇同時胡胡胡的低鳴起來。張無忌心中一動，叫道：「此酒飲不得！」眾人一怔，都放下酒杯。張無忌從懷中取出竹筒，放出金冠血蛇，那蛇兒遊到酒杯之旁，探頭將一杯酒喝得涓滴不賸。張無忌將牠關回竹筒，放了銀冠雌蛇出來，也喝了一杯。這對血蛇互相依戀，單放雄蛇或雌蛇，決不遠去，同時十分馴善，但若雙蛇同時放出，不但難以捕捉回歸竹筒，說不定還會暴起傷人。

五姑笑道：「小兄弟，你這對蛇兒會喝酒，當眞有趣得緊。」張無忌道：「請命人捉隻狗子或貓兒過來。」那小鬟應道：「是！」便要轉身退出。張無忌道：「這位姊姊等在這裏別去，讓別人去捉貓狗。」過了片刻，一名僕人牽了一頭黃狗進來。張無忌端起何太沖面前的一杯酒，灌在黃狗口裏。那黃狗悲吠幾聲，隨即七孔流血而斃。

五姑嚇得渾身發抖，道：「酒裏有毒……誰……誰要害死我們啊，張兄弟，你又怎知道？」張無忌道：「金銀血蛇喜食毒物，牠們嗅到酒中毒藥氣息，便高興得叫了起來。」

何太沖臉色鐵青，一把抓住那小鬟手腕，低聲問道：「這毒酒是誰叫你送來的？」那小鬟驚得魂不附體，顫聲道：「我……我不知道是毒……有毒……我從大廚房拿來……」何太沖道：「你從大廚房到這裏，遇到過誰了？」那小鬟道：「在走廊裏見到杏芳，她拉住我跟我說話，揭開酒壺聞了聞酒香。」何太沖、五姑、詹春三人對望了一眼，都臉有懼色。原來那杏芳是何太沖原配夫人的貼身使婢。

張無忌道：「何先生，此事我一直躊躇不說，卻在暗中察看。你想，這對金銀血蛇當初何以去咬五夫人的足趾，以致於蛇毒傳入她體內？顯而易見，是五夫人先已中了慢性毒藥，血中有毒，才引到金銀血蛇。從前向五夫人下毒的，只怕便是今日在酒中下毒之人。」何太沖尚未說話，突然門帘掀起，人影晃動，張無忌只覺胸口雙乳底下一陣劇痛，已讓人點中了穴道。一個尖銳的聲音說道：「一點兒也不錯，是我下的毒！」

只見進來那人是個身材高大的半老女子，頭髮花白，雙目含威，眉心間聚有煞氣。那女子對何太沖道：「是我在酒中下了蜈蚣涎的劇毒，你待怎樣？」五姑臉現懼色，站起身來，恭恭敬敬的叫道：「太太！」

這高大女子正是何太沖的元配夫人班淑嫻，本是他的師姊。

何太沖見妻子衝進房來，默然不語，只哼了一聲。班淑嫻道：「我問你啊，是我下的毒，你待怎樣？」何太沖道：「你不喜歡這少年，那也罷了。但你行事這等不分青紅皂白，倘若我毒酒下肚，那可如何是好？」

班淑嫻怒道：「這裏的人全不是好東西，一古腦兒整死了，也好耳目清涼。」拿起裝著毒酒的酒壺搖了搖，壺中有聲，還剩有大半壺，便滿滿斟了一杯毒酒，放在何太沖面前，說道：「我本想將你們五個一起毒死，既讓這小鬼察覺，那就饒了四個人的命。這杯毒酒，任誰喝都是一樣，老鬼，你來分派罷。」說著唰的一聲，拔劍在手。

班淑嫻是崑崙派中的傑出人物，年紀比何太沖大了兩歲，入門較他早，武功修爲亦比他稍高。何太沖年輕時英俊瀟洒，深得這位師姊歡心。他們師父白鹿子因和明教中一個高手爭鬥而死，不及留下遺言。衆弟子爭奪掌門之位，各不相下。班淑嫻極力扶助何太沖，兩人合力，勢力大增，其餘師兄弟各懷私心，便沒法與之相抗，結果由何太沖接任掌門。他懷恩感德，便娶了這位師姊爲妻。少年時還不怎樣，兩人年紀一大，班淑嫻顯得比何太沖老了十多歲一般。何太沖藉口沒子嗣，便娶起妾侍來。

由於她數十年來的積威，再加上何太沖自知不是，心中有愧，對這位身爲師姊的嚴妻十分敬畏。但怕雖然怕，妾侍還是娶了一個又一個，只是每多娶一房妾侍，對妻子便又多怕三分。這時見妻子將一杯毒酒放在自己面前，壓根兒就沒違抗的念頭，心想：「我自己當然不喝，五姑和春兒也不能喝，張無忌是我們救命恩人，只這女娃娃無親無故。」便站起身來，將那杯酒遞給楊不悔，說道：「孩子，你喝了這杯酒。」

楊不悔大驚，適才眼見一條肥肥大大的黃狗喝了一杯毒酒便即斃命，那裏敢接酒杯，哭叫：「我不喝，我不喝！」何太沖抓住她胸口衣衫，便要強灌。張無忌冷冷的道：「我來喝好了。」何太沖心中過意不去，並不接口。

班淑嫻因心懷妒意，是以下毒想害死何太沖最寵愛的五姑，眼見得手，卻給張無忌從萬里之外趕來救了，對這少年原就極爲憎惡，冷冷的道：「你這少年古裏古怪，說不定有解毒之藥。倘若由你代喝，一杯不夠，須得將毒酒喝乾淨了。」

張無忌眼望何太沖，盼他從旁說幾句好話，那知他低了頭一言不發。詹春和五姑也不敢說話，生怕一開口，班淑嫻的怒氣轉到自己頭上，這大半壺毒酒便要灌到自己口中。張無忌心中冰涼：「這幾人的命是我所救，我此刻遇到危難，他們竟袖手旁觀，連求情的話也不說半句。」便道：「詹姑娘，我死之後，請你將這小妹妹送到坐忘峯她爹爹那裏，這事能辦到麼？」詹春眼望師父。何太沖點了點頭。詹春便道：「好罷，我會送她去。」心中卻想：「崑崙山橫亙千里，我怎知坐忘峯在那裏？」

張無忌聽她隨口敷衍，全無絲毫誠意，心知這些人皆是涼薄之輩，多說也屬枉然，冷笑道：「崑崙派自居武林中名門大派，原來如此。何先生，取酒給我喝罷！」

何太沖一聽，心下大怒，又想須得儘快將他毒死，妻子的怒氣便可早些平息，免得她另生毒計，害死五姑，火燒眉毛，且顧眼下，謝遜的下落也不暇理會了，提起大半壺毒酒，都灌進了張無忌口中。楊不悔抱著張無忌身子，放聲大哭。

班淑嫻冷笑道：「你醫術再精，我也教你救不得自己。」伸手又在張無忌肩背腰脅多處穴道補上幾指，倒轉劍柄，在何太沖、詹春、五姑、楊不悔四人身上各點了兩處大穴，說道：「兩個時辰之後，再來放你們。」她點穴之時，何太沖和詹春等動也不動，不敢閃避。班淑嫻向在旁侍候的婢僕喝道：「都出去！」她最後出房，反手帶上房門，連聲冷笑而去。

毒酒入腹，片刻間張無忌便覺肚中疼痛，見班淑嫻出房關門，心道：「你既走了，我一時未必便會死。」強忍疼痛，暗自運氣，以謝遜所授之法，先解開身上受點諸穴，隨即在自己頭上拔下幾根頭髮，到咽喉中一陣撩撥，喉頭發癢，哇的一聲，將飲下的毒酒嘔出了十之八九。何太沖、詹春等見他穴道被點後居然仍能動彈，都大爲驚訝。

何太沖便欲出手攔阻，苦於自己給妻子點了穴道，空有一身高強武功，只有乾著急的份兒。張無忌覺腹中仍感疼痛，但搜肚嘔腸，再也吐不出來了，心想先當脫此危境，再設法除毒，於是伸手去解楊不悔的穴道。但班淑嫻的崑崙派點穴手法另有一功，張無忌一試之下，難以解開，此時事勢緊迫，不暇另試別般解穴手法，當即將她抱起，推窗向外張望，不見有人，便將楊不悔放在窗外。

何太沖若以眞氣衝穴，大半個時辰後也能解開，但見張無忌便要逃走，待會妻子查問起來，又有風波，何況讓這武當派的小子赤手空拳的從崑崙派三聖堂中逃出，將自己忘恩負義的事蹟在江湖上傳揚開來，一代宗師的顏面何存？無論如何非將他截下殺死不可，深深吸一口氣，便要縱聲呼叫，向妻子示警。

張無忌已料到此著，從懷裏摸出一顆黑色藥丸，塞在五姑口中，說道：「這是一顆『砒鴆丸』，十二個時辰之後，五夫人斷腸裂心而死。我將解藥放在離此三十里外的大樹之上，作有標誌，三個時辰之後，何先生可派人去取，服後劇毒可解。倘若我出去時失手遭擒被殺，那麼反正是個死，多一個人相陪也好。」

這一著大出何太沖意料之外，微一沉吟，低聲道：「小兄弟，我這三聖堂雖非龍潭虎穴，但憑你兩個孩子，卻也闖不出去。」張無忌知他此言不虛，冷冷的道：「但五夫人所服的這顆『砒鴆丸』的毒性，眼前除我之外，卻也無人能解。」何太沖道：「好，你解開我的穴道，我親自送你出去。」何太沖被點的是「風池」和「京門」兩穴，張無忌在他「天柱」、「環跳」、「大椎」、「商曲」諸穴上推拿片刻，竟毫不見效。

這一來，兩人均自暗服。張無忌心道：「崑崙派的點穴功夫確實厲害，胡先生傳了我七種解開被點穴道的手法，在他身上竟全不管用。」何太沖卻想：「這小子竟會這許多推拿解穴的法門，手法怪異，當眞了不起。師姊明明點了他身上七八處穴道，卻如何半分也奈何他不得？武當派近年來名動江湖，張三丰這老道的本事果然人所難及。那日在武當山上，幸虧沒跟武當派動手，否則定要惹得灰頭土臉。他小小孩童已如此了得，老的大的自更加厲害十倍。」他卻不知張無忌自通穴道的功夫學自謝遜，而解穴的本事學自胡青牛。武當派自有他威震武林的眞才實學，張無忌這兩項本領卻跟武當派無關。

何太沖見他解穴無效，心念一動，道：「你拿茶壺過來，給我喝幾口茶。」張無忌不知他何以突然要在此時喝茶，但想他顧忌愛妾的性命，不敢對自己施甚麼手腳，便提起茶壺，餵他飲茶。何太沖滿滿吸了一口，卻不吞下，對準了自己肘彎裏的「清冷淵」用力一噴。一條水箭筆直衝出，嗤嗤有聲，登時將他手上穴道解了。

張無忌來到崑崙山三聖坳後，一直見何太沖爲了五姑的疾病煩惱擔憂，畏妻寵妾，懦弱猥葸，便似個尋常沒志氣的男子，此時初見他顯現功力，不由得大吃一驚：「這位崑崙派掌門武功如此深厚，我先前可將他瞧得小了。看來他並不在俞二師伯、金花婆婆、滅絕師太諸人之下。我先前但見他膽小卑鄙，沒想到他身爲崑崙派掌門，果有人所難及之處。這道水箭若噴在我臉上胸口，立時便須送命。」

何太沖將右臂轉了幾轉，解開了自己腿上穴道，說道：「你先將解藥給她服了，我送你平安出谷。」張無忌搖了搖頭。何太沖急道：「我是崑崙掌門，難道會對你這孩子失信？倘若毒性發作，那便如何是好？」張無忌道：「毒性不會便發。」何太沖嘆了口氣，道：「好罷，咱們悄悄出去。」兩人跳出窗去，何太沖伸指在楊不悔的背心上輕輕一拂，登時解了她穴道，手法輕靈無比。張無忌好生佩服，眼光中流露出欽仰神色。何太沖懂得他心意，微微一笑，一手攜著一人，繞到三聖堂的後花園，從側門走出。

那三聖堂前後共有九進，出了後花園側門，經過一條曲曲折折的花徑，又穿入許多廳堂之中。但見屋宇連綿，門戶複疊，若不是何太沖帶領，張無忌非迷路不可，就算沒崑崙派弟子攔阻，也未必便能闖出。

一離三聖堂，何太沖右手將楊不悔抱在臂彎，左手拉著張無忌，展開輕功，向西北方疾行。張無忌給他帶著，身子輕飄飄的，一躍便是丈餘，但覺風聲呼呼在耳畔掠過，宛似凌空飛行，這一來，對何太沖和崑崙派的敬重之心又增了幾分。自知腹內毒質未淨，伸左手從懷裏摸出兩粒解毒丸藥，咽入肚中，這才寬心。

正行之間，忽聽一個女子聲音叫道：「何太沖……何太沖……給我站住了……」這聲音順風傳來，似甚遙遠，又似便在身旁，正是班淑嫻的口音。

何太沖微一遲疑，當即立定腳步，嘆了口氣，說道：「小兄弟，你們兩個快走罷，內人追趕而來，我不能再帶你們走了。」張無忌心想：「這人待我還不算太壞。」便道：「何先生，你回去便是。我給五夫人服食的並非毒藥，更不是甚麼『砒鴆丸』，只是一枚潤喉止咳的『桑貝丸』。前幾日不悔妹妹咳嗽，我製了給她服用，還多了幾丸在身邊，不免嚇了你一跳。」何太沖又驚又怒，又是寬心，喝道：「當眞不是毒藥？」張無忌道：「五夫人自我手中救活，我怎能又下毒害她。」

只聽班淑嫻呼叫不絕：「何太沖……何太沖……你逃得了麼？」聲音又近了些。

何太沖所以帶張無忌和楊不悔逃走，全是爲了怕愛妾毒發不治，這時確知五姑所服並非毒藥，原來上了這小子的大當，不禁怒不可遏，啪啪啪啪四個耳光，只打得張無忌雙頰腫起，滿口都是鮮血。

張無忌心下大悔：「我好胡塗，怎能告知他眞相？這一下我和不悔妹妹都沒命了。」見他第五掌又打過來，忙使一招武當長拳中的「倒騎龍」，往他手掌迎擊過去。這一招若由俞蓮舟等人使出來，原本威力無窮，但張無忌只學到一點兒皮毛，如何能以之抵擋崑崙派掌門的招式？何太沖側身略避，啪的一掌，打中張無忌右眼，只打得他眼睛立時腫起。張無忌早知自己本領跟他差得太遠，索性垂手立定，不再抗拒。

何太沖卻並不因他不動而罷手，仍左一掌右一掌打個不停。他掌上並未運用內力，否則一掌便能將他震死了，但饒是如此，每一掌都打得張無忌頭昏眼花，疼痛不堪。

他正打得起勁，班淑嫻已率領兩名弟子追到，冷冷的站在一旁。班淑嫻見張無忌並不抵禦，未免無趣，說道：「你打那女娃子試試。」何太沖奉命唯謹，吧的一聲，打了楊不悔一個耳括子。楊不悔吃痛，哇哇大哭。張無忌怒道：「你打我便了，何必又欺侮小女孩兒？」何太沖不理，伸掌又給楊不悔一下。張無忌縱起身來，一頭撞在他懷中。

班淑嫻冷笑道：「人家小小孩童，尚有情義，那似你這等無情無義的薄倖之徒？」何太沖聽了妻子譏刺之言，滿臉通紅，抓住張無忌後頸，往外丟出，喝道：「小雜種，見你的爹娘去罷！」這一下使上了眞力，將他頭顱對準了山邊的一塊大石摔去。張無忌身不由主的疾飛而出，頃刻間頭蓋便要撞上大石，腦漿迸裂。

驀地裏旁邊一股力道飛來，將張無忌一引，把他身子提起直立，帶在一旁。張無忌驚魂未定，站在地下，瞇著一對腫得老高的眼睛向旁瞧去。只見離身五尺之處，站著一個身穿白色粗布長袍的中年書生。

班淑嫻和何太沖相顧駭然，這書生何時到達、從何處而來，事先絕無知覺，即使他早就躲在大石之後，以自己夫婦的能爲，又怎會不即發覺?何太沖適才提起張無忌擲向大石，這一擲之力少說也有三四百斤，但那書生長袖輕捲，便即消解，將張無忌帶在一旁，顯然武功奇高。但見他五十歲上下年紀，相貌俊雅，只雙眉略向下垂，嘴邊露出幾條深深皺紋，不免略帶衰老淒苦之相。他不言不動，神色漠然，似乎心馳遠處，正在想甚麼事情。

何太沖咳嗽一聲，問道：「閣下是誰？為何橫加插手，前來干預崑崙派之事？」那書生淡淡的道：「兩位便是鐵琴先生和何夫人罷？在下楊逍。」

他「楊逍」兩字一出口，何太沖、班淑嫻、張無忌三人不約而同「啊」的一聲呼叫。只張無忌的叫聲中充滿了驚喜之情，何氏夫婦卻驚怒交集。

只聽得唰唰兩聲，兩名崑崙女弟子長劍出鞘，倒轉劍柄，遞給師父師母。何太沖橫劍當腹，擺一招「雪擁藍橋」；班淑嫻劍尖斜指向地，使一招「木葉蕭蕭」。這兩招都是崑崙派劍法中的精奧，看來輕描淡寫，隨隨便便，但其中均伏下七八招凌厲之極的後著。同時兩人都已將內力運上了右臂，只須手腕一抖，劍光暴長，立時便可傷到敵人身上七八處要害。兩人此時勁敵當前，已於劍招中使上了畢生所學。

楊逍卻似渾然不覺，但聽張無忌那一聲叫喊中充滿了喜悅，微覺奇怪，向他臉上一瞥。這時張無忌滿臉鮮血，鼻腫目青，早給何太沖打得不成樣子，但滿心歡喜之情，還是在他難看之極的臉上流露出來。張無忌叫道：「你，你便是明教的光明左使者、楊逍楊伯伯麼？」楊逍點了點頭，道：「你這孩子怎知道我姓名？」

張無忌指著楊不悔，道：「她便是你女兒啊。」拉過楊不悔來，道：「不悔妹妹，快叫爸爸，快叫爸爸！咱們終於找到他了。」楊不悔睜眼骨溜溜地望著楊逍，九成不信，於他是不是爸爸，卻也並不關心，只問：「我媽呢？媽媽怎麼還不從天上飛下來？」

楊逍心頭大震，抓住張無忌肩頭，說道：「孩子，你說清楚些。她……她是誰的女兒？她媽媽是誰？」他這麼用力一抓，張無忌的肩骨格格直響，痛到心底。張無忌不肯示弱，不願呼痛，但終究還是「啊」的一聲叫了出來，說道：「她是你的女兒，她媽媽便是峨嵋派女俠紀曉芙。」

楊逍本來臉色蒼白，這時更加沒半點血色，顫聲道：「她……她有了女兒？她……她在那裏？」忙俯身抱起楊不悔，只見她給何太冲打了兩掌後面頰高高腫起，但眉目之間宛然有幾分紀曉芙的俏麗。正想再問，突然看到她頸中的黑色絲縧，輕輕一拉，只見絲縧盡頭結著一塊鐵牌，牌上金絲鏤出火焰之形，正是他送給紀曉芙的明教「鐵焰令」，這一下再無懷疑，緊緊摟住了楊不悔，連問：「你媽媽呢？你媽媽呢？」

楊不悔道：「媽媽到天上去了，我在尋她。你看見她麼？」楊逍見她年紀太小，說不清楚，眼望張無忌，意示詢問。張無忌嘆了口氣，說道：「楊伯伯，我說出來你別難過。紀姑姑給她師父打死了，她臨死之時……」

楊逍大聲喝道：「你騙人，你騙人！」只聽得喀的一聲，張無忌左上臂的骨頭已給他捏斷。咕咚、咕咚，楊逍和張無忌同時摔倒。楊逍右手仍緊緊抱著女兒。

何太冲和班淑嫻對望一眼，兩人雙劍齊出，分別指住了楊逍咽喉和眉心。

楊逍是明教大高手，威名素著。班淑嫻和何太沖兩人的師父白鹿子死在明教中人手裏，眞兇是誰雖不確知，但崑崙派衆同門一向都猜想就是楊逍。何氏夫婦跟他驀地相逢，心中早已如十五隻吊桶打水，七上八落，那知他竟突然暈倒，當眞天賜良機，立時便出手制住了他要害。班淑嫻道：「斬斷他雙臂再說。」何太沖道：「是！」

這時楊逍兀自未醒。張無忌斷臂處劇痛，只疼得滿頭大汗，心中卻始終淸醒，聽了他二人的話，心知情勢危急，忙伸足尖在楊逍頭頂的「百會穴」上輕輕一點。

「百會穴」和腦府相關，這麼一震，楊逍立時醒轉，一睜開眼，但覺寒氣森森，一把長劍的劍尖抵住了自己眉心，跟著青光閃動，又有一把長劍往自己左臂上斬落，待要出招擋架，爲勢已然不及，何況班淑嫻的長劍制住了他眉心要害，根本便動彈不得，當下一股眞氣運向左臂。何太沖的長劍斬上他左臂，突覺劍尖滑溜，斜向左側，劍刃竟不受力，宛如斬上了甚麼又滑又韌之物，但白袍的衣袖上鮮血湧出，還是斬傷了他。

便在此時，楊逍的身子猛然間貼地向後滑出丈餘，好似有人用繩縛住他頭頸，以極大力氣向後拉扯一般。班淑嫻的劍尖本來抵住他眉心，他身子向後急滑，劍尖便從眉心經過鼻子、嘴巴、胸膛，劃了一條長長血痕，深入數分。這一招實是險極，倘若班淑嫻的劍尖再深得半寸，楊逍已然慘遭開膛破腹之禍。他身子滑出，立時便直挺挺的站直。這兩下動作本來絕不可能，但見他膝不曲、腰不彎，陡然滑出，陡然站直，便如全身裝上了機括彈簧，而身子之僵硬怪詭，又和殭屍無異。

楊逍身剛站起，雙腳踏出，喀喀兩響，何氏夫婦雙劍斷折。他兩腳出腳雖有先後，但迅如電閃，便似同時踏出一般。以何太沖和班淑嫻劍法上的造詣，楊逍武功再強，也決不能一招之間便踏斷二人兵刃，只是他招數怪異，於重傷之際突然脫身反擊，何氏夫婦驚駭之下，竟不及收劍。

楊逍跟著雙足踢出，兩柄劍上折下來的劍頭激飛而起，分向兩人射去。何氏夫婦各以半截長劍擋格，但覺虎口劇震，半身發熱，雖將劍頭格開，卻已吃驚不小，急忙抽身後退，一站西北，一站東南，雖手中均只剩下半截斷劍，但陽劍指天，陰劍向地，兩人雙劍合璧，使的是崑崙派「兩儀劍法」，心雖惶急，卻仍氣定神閒，端凝若山。

崑崙派「兩儀劍法」成名垂數百年，是天下著名劍法之一，何氏夫婦同門學藝，從小練到老，精熟無比。楊逍曾和崑崙派數度大戰，深知這劍法的厲害之處，雖然不懼，但知要擊敗二人，非在數百招之後不可，此刻心中只想著紀曉芙的生死，那有心情爭鬥？何況臂上和臉上的傷勢均屬不輕，如流血不止，也著實凶險，冷冷的道：「崑崙派越來越下流了，今日暫且罷手，日後再找賢伉儷算帳。」右手仍抱著楊不悔，伸左手拉起張無忌，也不見他提足抬腿，突然間倒退丈餘，一轉身，已在數丈之外。

何氏夫婦相顧駭然，好不容易這大魔頭自行離去，那裏敢追？

楊逍帶著二小，一口氣奔出數里，忽然停步，問張無忌道：「紀曉芙姑娘到底怎樣了？」他奔得正急，那知說停便停，身子便如釘在地下一般，更不移動半分。

張無忌收勢不及，向前猛衝，若非楊逍將他拉住，已俯跌摔倒，聽他這般問，喘了幾口氣，說道：「紀姑姑已經死了。你信也好，不信也好，用不著捏斷我手臂。」

楊逍臉上閃過一絲歉色，隨即又問：「她……她怎麼會死的？」聲音已微帶嗚咽。

張無忌喝下了班淑嫻的毒酒，雖已嘔去了大半，在路上又服了解毒丸藥，但毒質未曾去盡，這時腹中又疼痛起來。他取出金冠血蛇，讓牠咬住自己左手食指吸毒，一面將如何識得紀曉芙、如何爲她治病、如何見她遭滅絕師太擊斃的情由一一說了，待得說完，金冠血蛇也已吸盡了他體內毒質。

楊逍又細問了一遍紀曉芙臨死時的言語，垂淚道：「滅絕惡尼是逼她前來害我，只要她肯答允，便爲峨嵋派立下大功，便可繼承掌門人之位。唉，曉芙啊曉芙，你寧死也不肯答允。其實，你只須假裝答允，咱們不是便可相會、你便不會喪生在滅絕惡尼手下了麼？」

張無忌道：「紀姑姑爲人正直，她不肯暗下毒手害你，也就不肯虛言欺騙師父。」

楊逍淒然苦笑，道：「你倒是曉芙的知己……豈知她師父卻能痛下毒手，取她性命。」

張無忌道：「我答應紀姑姑，將不悔妹妹送到你手……」

楊逍身子一抖，顫聲道：「不悔妹妹？」轉頭問楊不悔道：「孩子，乖寶貝，你姓甚麼？叫甚麼名字？」楊不悔道：「我姓楊，名叫不悔。」

楊逍仰天長嘯，只震得四下裏木葉簌簌亂落，良久方絕，不禁淚如雨下，說道：「你果然姓楊。不悔，不悔。好！曉芙，我雖強逼於你，你卻並沒懊悔。」

張無忌聽紀曉芙說過二人之間的一段孽緣，這時見楊逍英俊瀟洒，年紀雖然稍大，仍不失爲一個風度翩翩的美男子，比之稚氣猶存的殷梨亭六叔，只怕當眞更易令女子傾倒。紀曉芙被逼失身，終至對他傾心相戀，須也怪她不得。以他此時年紀，這些情由雖不能全然明白，卻也隱隱約約的體會到了。

張無忌左臂斷折，疼痛難熬，一時找不到接骨和止痛的草藥，只得先行接上斷骨，採了些消腫的草藥敷上，折了兩根樹枝，用樹皮將樹枝綁在臂上。楊逍見他小小年紀，單手接骨治傷，手法十分熟練，微覺驚訝。

張無忌綁紮完畢，說道：「楊伯伯，我沒負紀姑姑所託，不悔妹妹已找到了爸爸。咱們就此別過。」楊逍道：「你萬里迢迢將我女兒送來，我豈能無所報答？你要甚麼，儘管開口便是，我楊逍做不到的事、拿不到的東西，天下只怕不多。」

張無忌哈哈一笑，說道：「楊伯伯，你忒也把紀姑姑瞧得低了，枉自教她爲你送了性命。」楊逍臉色大變，喝道：「你說甚麼？」

張無忌道：「紀姑姑沒將我瞧低，才託我送她女兒來給你。倘若我有所求而來，我這人還值得託付麼？」他心中在想：「一路上不悔妹妹遭遇了多少危難，我多少次以身相代？倘若我是貪利無義的不肖之徒，今日你父女焉得團圓？」只是他不喜自伐功勞，一句也沒提途中的諸般困厄，說了那幾句話，躬身一揖，轉身便走。

楊逍道：「且慢！你幫了我這個大忙，楊逍自來有仇必復，有恩必報。你隨我回去，一年之內，我傳你幾門天下罕有敵手的功夫。」

張無忌親眼見到他踏斷何氏夫婦手中長劍，武功之高，江湖上實是少有其匹，便只學到他一招半式，也必大有好處，但想起太師父曾諄諄告誡，決不可和魔教中人多有來往，何況他武功再高，怎及得上太師父？更何況自己已不過再有半年壽命，就算學得舉世無敵的武功，又有何用？說道：「多謝楊伯伯垂青，但晚輩是武當弟子，不敢另學別派高招。」楊逍「哦」的一聲，道：「原來你是武當派弟子！那殷梨亭……殷六俠……」

張無忌道：「殷六俠是我師叔，自先父逝世，殷六叔待我和親叔叔沒有分別。我受紀姑姑的囑託，送不悔妹妹到崑崙山來，對殷六叔可不免……不免心中有愧了。」

楊逍和他的目光一接，心下更是慚愧，右手輕擺，說道：「楊某深感大德，愧無以報。既是如此，後會有期！」身形晃動，已在數丈之外。

楊不悔大叫：「無忌哥哥，無忌哥哥！」但楊逍展開輕功，頃刻間已奔得甚遠，那「無忌哥哥」的呼聲漸漸遠去，終於叫聲和人影俱杳。

三十餘頭猛犬蹲在地下。一個身穿純白狐裘的女郎坐在椅上，手執皮鞭，嬌聲呼喝。一頭猛犬應聲竄起，向站在牆邊的一人咽喉中咬去。

十五　奇謀秘計夢一場

張無忌偕同楊不悔萬里西來，形影相依，突然分手，甚感黯然，但想到終於能不負紀曉芙所託，將她女兒送入楊逍手中，又不禁欣慰。悄立半晌，怕再和何太沖、班淑嫻等崑崙派諸人碰面，便往深山處走去。

如此行了十餘日，臂傷漸愈，可是在崑崙山中轉來轉去，再也找不到出山的途徑。這日走了半天，坐在一堆亂石上休息，忽聽西北方傳來一陣雜亂的犬吠聲，聽聲音竟有十餘頭之多。犬吠聲越來越近，似是在追逐甚麼野獸。

犬吠聲中，一隻小猴子急躍而來，後股上帶了一枝短箭。那猴兒奔到數丈外，打了個滾，牠股上中箭之後，不能竄高上樹，這時筋疲力竭，再也爬不起來。張無忌走過去看時，猴兒目光中露出乞憐和恐懼的神色。張無忌觸動心事：「我遭崑崙派眾人追逐，正和你一般狼狽。」抱起猴兒，輕輕拔下短箭，從懷中取出草藥，敷上箭傷的傷口。

便在此時，犬吠聲已響到近處，張無忌拉開衣襟，將猴兒放入懷內，只聽得汪汪汪幾聲急吠，十餘頭身高齒利的獵犬已將他團團圍住。衆獵犬嗅得到猴兒的氣息，張牙舞爪的發威，一時還不敢撲上。張無忌見這些惡犬露出白森森長牙，神態兇狠，心中害怕，知道只要將懷中的猴兒擲出，羣犬自會撲擊猴兒，不再和自己爲難。但他自幼受父親教誨，事事當以俠義爲重，雖對一頭野獸也不肯相負，縱身躍過羣犬頭頂，邁步急奔。羣犬胡胡狂吠，蜂擁追來。

獵犬奔跑何等迅速，張無忌只逃出十餘丈，就給追上，只覺腿上一痛，已給一頭猛犬咬中，牢牢不放。他回身一掌，擊在那獵犬頭頂，這一掌出盡了全力，竟將那獵犬打得翻了個觔斗，昏暈過去。其餘獵犬跟著撲上。張無忌拳打足踢，奮力抵抗。

他臂傷未曾全愈，左臂不能轉動，不久便給一頭惡犬咬住了左手，四面八方羣犬撲上亂咬，頭臉肩背到處爲羣犬利齒咬中，駭惶失措之際，隱隱似聽得幾聲清脆嬌嫩的呼叱，但聲音好似十分遙遠，他眼前一黑，便甚麼都不知道了。

昏迷之中，似見無數豺狼虎豹不住的咬他身體，他要張口大叫，卻叫不出半點聲音，只聽得有人說道：「退了燒啦，或許死不了。」

張無忌睜開眼來，先看到一點昏黃燈火，發覺自己睡在一間小室之中，一個中年漢子站在身前。張無忌道：「大……大叔……我怎……」只說了這幾個字，猛覺全身火燙般疼痛，這才慢慢想起，自己曾遭一羣惡犬圍著狂咬。那漢子道：「小子，算你命大，死不了。怎樣？肚餓麼？」張無忌道：「我……我在那裏？」各處傷口同時劇痛，又暈了過去。

待得第二次醒來，那中年漢子已不在室中。張無忌想：「我明明活不久了，何以又要受這許多折磨？」低下頭來，見胸前項頸、手臂大腿，到處都縛滿了布帶，一陣藥草氣息撲鼻，原來已有人在他傷處敷了傷藥。從藥草的氣息之中，知替他敷藥那人於治傷一道所知甚淺，藥物之中有杏仁、馬前子、防風、南星諸味藥物，這些藥倘若治瘋犬咬傷，用以拔毒，原具靈效，但咬他的並非瘋狗，他是筋骨肌肉受損而非中毒，藥不對症，反而多增痛楚。他無力起床，挨到天明，那中年漢子又來看他。

張無忌道：「大叔，多謝你救我。」那漢子冷冷的道：「這兒是朱家莊，我們小姐救你來的。肚餓了罷？」說著出去端了碗熱粥進來。張無忌喝了幾口，但覺胸口煩惡，頭暈目眩，便吃不下了。

一直躺了八天，才勉強起床，腳下虛飄飄的沒一點力氣，他自知失血過多，一時不易復元。那漢子每日給他送飯換藥，雖神色間顯得頗爲厭煩，張無忌仍十分感激，見他不喜說話，縱有滿腹疑團，卻不敢多問。這天見他拿來的仍是防風、南星之類藥物搗爛的藥糊，張無忌忍不住道：「大叔，這些藥不大對症，勞你駕給我換幾味成不成？」

那漢子翻著一對白眼，向他瞧了半天，才道：「老爺開的藥方，還能錯得了麼？你說藥不對症，怎地將你死人也治活了？眞是的，小孩子家胡言亂語，我們老爺聽到了就算不見怪，可是你也不能太過不識好歹啊。」說著將藥糊在他傷口上敷下。張無忌只有苦笑。那漢子道：「我瞧你身上的傷也大好了，該去向老爺、太太、小姐磕幾個頭，叩謝救命之恩。」張無忌道：「那是該當的，大叔，請你領我去。」

那漢子領著他出了小室，經過一條長廊，又穿過兩進廳堂，來到一座暖閣之中。此時已屆初冬，崑崙一帶早已極爲寒冷，暖閣中卻溫暖如春，可又不見何處生著炭火，但見閣中陳設輝煌燦爛，榻上椅上都鋪著錦緞軟墊。張無忌一生從未見過這等富麗舒適的所在，自顧衣衫污損，站在這豪華的暖閣中實不相稱，不由得自慚形穢。

暖閣中無人在內，那漢子臉上的神色卻極恭謹，躬身稟道：「那給狗兒咬傷的小子好了，來向老爺太太叩頭道謝。」說了這幾句話後，垂手站著，連透氣也不敢使勁。

過了好一會，屏風後面走出一個十五六歲的少女，向張無忌斜睨了一眼，發話道：「喬福，你也是的，怎麼把他帶到這裏？他身上臭蟲虱子跳了下來，那怎麼辦啊？」喬福應道：「是，是！」

張無忌本已局促不安，這時更羞得滿臉通紅，他除了身上一套衣衫之外，並無替換衣服，確是生滿了虱子跳蚤，心想這位小姐說得半點不錯。但見她一張鵝蛋臉，烏絲垂肩，身上穿的不知是甚麼綾羅綢緞，閃閃發光，腕上戴著金鐲，這等裝飾華貴的小姐，他也從來沒見過，心想：「我遭羣犬圍攻之時，依稀聽得有個女子的聲音喝止。那位喬福大叔又說，是小姐救了我的，我理當叩謝才是。」於是跪下磕頭，說道：「多謝小姐搭救，我終身不敢忘了大恩。」

那少女一愕，突然間格格嬌笑，說道：「喬福，喬福，你怎麼啦？你作弄這傻小子，是不是？」喬福笑道：「小鳳姊姊，這傻小子就是向你磕幾個頭，你也不是受不起啊。這傻小子沒見過世面，見了你當是小姐啦！可是話得說回來，咱們家裏的丫鬟大姐，原比人家的千金小姐還尊貴些。」張無忌一驚，急忙站起，心想：「糟糕！原來她是丫鬟，我可將她認作了小姐。」臉上一陣紅、一陣白，尷尬非常。

小鳳忍著笑，向張無忌上上下下打量。他臉上身上血污未除，咬傷處裏滿了布條，自知穢臭難看，恨不得地下有洞便鑽了進去。小鳳舉袖掩鼻，說道：「老爺太太正有事呢，不用磕頭了，去見見小姐罷。」說著遠遠繞開張無忌，當先領路，唯恐他身上的虱子臭蟲跳到了自己身上。張無忌隨在小鳳和喬福之後，一路上見到的婢僕家人個個衣飾華貴，所經屋宇樓閣無不精致富麗。他十歲以前在冰火島，此後數年，一半在武當山，一半在蝴蝶谷，飲食起居均極簡樸，做夢也想不到世上有這等富豪人家。他在三聖坳何太沖家中住了幾日，也覺遠不及此處華麗考究。

走了好一會，來到一座大廳之外，只見廳上匾額寫著「靈獒營」三字。小鳳先進廳去，過了一會，出來招手。喬福便帶著張無忌進廳。

張無忌一踏進廳，便吃了一驚。但見三十餘頭雄健猛惡的大犬，分成三排，蹲在地下。一個身穿純白狐裘的女郎坐在一張虎皮交椅上，手執皮鞭，嬌聲喝道：「前將軍，咽喉！」一頭猛犬應聲竄起，向站在牆邊的一人咽喉中咬去。

張無忌見了這等殘忍情景，忍不住「啊喲」一聲叫了出來，卻見那狗口中咬著一塊肉，踞地大嚼。他一定神，才看清楚那人原來是個皮製假人，周身要害處掛滿了肉塊。那女郎又喝：「車騎將軍！小腹！」第二條猛犬竄上去便咬那假人的小腹。這些猛犬習練有素，應聲咬人，部位絲毫不爽。

張無忌一怔之下，立時認出，當日在山中狂咬自己的便是這羣惡犬，再一回想，依稀記得那天喝止羣犬的便是這女郎的聲音。他本來只道這小姐救了自己性命，此刻才知自己所以受了這許多苦楚，原來全是出於她之所賜，忍不住怒氣填胸，心想：「罷了，罷了！她有惡犬相助，我也奈何她不得。早知如此，寧可死在荒山之中，也不在她家養傷。」撕下身上綳帶布條，抛在地下，轉身便走。

喬福叫道：「喂，喂！你幹甚麼呀？這位便是小姐，還不上前磕頭？」張無忌怒道：「呸！我多謝她？咬傷我的惡犬，不是她養的麼？」

那女郎轉過頭來，見到他惱怒已極的模樣，微微一笑，招手道：「小兄弟，你過來。」張無忌和她正面相對，登時一顆心突突突的跳個不住，但見這女郎容顏嬌媚，又白又膩，斗然之間，他耳朵中嗡嗡作響，只覺背上發冷，手足忍不住輕輕顫抖，忙低下了頭，不敢看她，本來全無血色的臉，驀地裏脹得通紅。

那女郎笑道：「你過來啊。」張無忌抬頭又瞧了她一眼，遇到她水汪汪的眼睛，心中只感一陣迷糊，身不由主的便慢慢走了過去。

那女郎微笑道：「小兄弟，你惱了我啦，是不是呢？」張無忌在羣犬的爪牙下吃了這許多苦頭，如何不惱？但這時站在她身前，只覺她吹氣如蘭，一陣陣幽香送了過來，幾欲昏暈，那裏還說得出這個「惱」字，當即搖頭道：「沒有！」

那女郎道：「我姓朱，名叫九眞，你呢？」張無忌道：「我叫張無忌。」朱九眞道：「無忌，無忌！嗯，這名字高雅得很啊，小兄弟想來是位世家弟子了。喏，你坐在這裏。」說著指一指身旁一張矮櫈。張無忌有生以來，第一次感到美貌女子驚心動魄的魅力，這時朱九眞便叫他跳入火坑之中，他也會毫不猶豫的縱身跳下，聽她叫自己坐在她身畔，當眞說不出的歡喜，當即畢恭畢敬的坐下。小鳳和喬福見小姐對這個又髒又臭的小子居然如此垂青，都大出意料之外。

朱九真又嬌聲喝道：「折衝將軍！心口！」一隻大狗縱身而出，向假人咬去。可是假人心口的肉塊已先讓別的狗咬去了，那狗便撕落假人脅下的肉塊，吃了起來。朱九真怒道：「饞嘴東西，你不聽話麼？」提起皮鞭，走過去唰唰兩下。那鞭上生滿小刺，鞭子抽過，狗背上登時現出兩條長長的血痕。那狗卻兀自不肯放下口中肉食，反嗚嗚發威。

朱九真喝道：「你不聽話？」長鞭揮動，打得那狗滿地亂滾，遍身鮮血淋漓。她出鞭手法靈動，不論那猛犬如何竄突翻滾，始終躲不開長鞭揮擊。到後來那狗終於吐出肉塊，伏在地下不動，低聲哀鳴。朱九真仍不停手，直打得牠奄奄一息，才道：「喬福，抱下去敷藥。」喬福應道：「是，小姐！」將傷犬抱出廳去，交給專職飼狗的狗僕照料。

羣犬見了這般情景，盡皆心驚膽戰，一動也不敢動。朱九真坐回椅中，又喝：「平寇將軍！左腿！」「威遠將軍！右臂！」「征東將軍！眼睛！」一頭頭猛犬依聲而咬，都沒錯了部位。她這數十頭猛犬竟都有將軍封號，她自己指揮若定，儼然是位大元帥了。

朱九真轉頭笑道：「你瞧這些畜牲賤麼？不狠狠打上一頓鞭子，怎會聽話？」張無忌雖在羣犬爪牙下吃過極大苦頭，但見那狗受打的慘狀，卻也不禁惻然。朱九真見他不語，笑道：「你說過不惱我，怎地一句話也不說？你怎麼到西域來的？你爹爹媽媽呢？」

張無忌心想，自己如此落魄，倘若提起太師父和父母的名字，當眞辱沒了他們，便道：「我父母雙亡，在中原難以存身，隨處流浪，便到了這裏。」朱九真道：「我射了那隻猴兒，誰叫你偷偷藏在懷裏啊？餓得慌了，想吃猴兒肉，是不是？沒想到自己險些給我的狗兒撕得稀爛。」張無忌脹紅了臉，連連搖頭，說道：「我不是想吃猴兒肉。」

朱九眞嬌笑道：「你在我面前，乘早別賴的好。」忽然想起一事，問道：「你學過甚麼武功？一掌把我的『左將軍』打得頭蓋碎裂而死，掌力很不錯啊。」張無忌聽她說自己打死了她的愛犬，心感歉然，說道：「我那時心中慌亂，出手想是重了。我小時候跟爹爹胡亂學過兩三年拳腳，並不會甚麼武功。」

朱九眞點了點頭，對小鳳道：「你帶他去洗個澡，換些像樣的衣服。」小鳳抿嘴笑道：「是！」領了他出去。張無忌戀戀不捨，走到廳門口時，忍不住回頭向她望了一眼，那知朱九眞也正在瞧著他，遇到他的眼光時秋波流慧，嫣然一笑。張無忌羞得幾乎頭髮根子都紅了，魂不守舍，也沒瞧到地下的門檻，腳下一絆，登時跌了個狗吃屎。他全身都是傷，這一摔跌，好幾處同時劇痛，但不敢哼出聲來，忙撐持著爬起。小鳳吃吃笑道：「見到了我家小姐啊，誰都要神魂顚倒。可是你這麼小，也不老實嗎？」

張無忌大窘，搶先便行。走了一會，小鳳笑道：「你到太太房去洗澡、換衣服麼？」張無忌站定看時，見前面門上垂著繡金軟帘，這地方從沒來過，才知自己慌慌張張的又走錯了路。小鳳這丫頭好生狡獪，先又不說，直等他錯得到了家，這才出言譏刺。

張無忌紅著臉低頭不語。小鳳道：「你叫我聲小鳳姊姊，求求我，我才帶你出去。」

張無忌道：「小鳳姊姊……」小鳳右手食指掂著自己面頰，一本正經的道：「嗯，你叫我幹甚麼啊？」張無忌道：「求求你，帶我出去。」

小鳳笑道：「這才是了。」帶他回到養傷的小室外，對喬福道：「小姐吩咐了，給他洗個澡，換上件乾淨衣衫。」喬福道：「是，是！」答應得很恭敬，看來小鳳雖然也是下人，身分卻又比尋常婢僕爲高。五六個男僕一齊走上，你一聲「小鳳姊姊」，我一聲「小鳳姊姊」的奉承。小鳳卻愛理不理的，突然向張無忌福了一福。張無忌愕然道：「你……怎麼？」小鳳笑道：「先前你向我磕頭，這時跟你還禮啊。」說著翩然入內。

喬福將張無忌把小鳳認作小姐、向她磕頭的事說了，加油添醬，形容得十分不堪，羣僕鬨堂大笑。張無忌低頭入房，也不生氣，只是將小姐的一笑一嗔，一言一語，在心坎裏細細咀嚼回味。

一會兒洗過澡，見喬福拿來給他更換的衣衫青布直身，竟是僮僕裝束。張無忌心下恚怒：「我又不是你家低三下四的奴僕，如何叫我穿這等衣裳？」仍然穿上自己原來的破衣，只見一個個破洞中都露出了肌膚。心想：「待會小姐叫我前去說話，見我仍穿著這等骯髒破衫，定然不喜。其實我便是眞的做她奴僕，供她差遣，又有甚麼不好？」這麼一想，登覺坦然，便換上了僮僕的直身。

那知別說這一天小姐沒來喚他，接連十多天，連小鳳也沒見到一面，更不用說小姐了。張無忌痴痴呆呆，只想著小姐的聲音笑貌，但覺便是她惡狠狠揮鞭打狗的神態，也是說不出的嬌媚可愛。有心想自行到後院去，遠遠瞧她一眼也好，聽她向別人說一句話也好，但喬福叮囑了好幾次，若非主人呼喚，決不可走進中門以內，否則必為猛犬所噬。張無忌想起羣犬的兇惡神態，雖滿腔渴慕，終究不敢走向後院。

又過一月有餘，他臂骨已接續如舊，為羣犬咬傷各處也已痊愈，但臂上腿上卻已留下了幾個無法消除的齒痕疤印，每當想起這是為小姐愛犬所傷，心中反有甜絲絲之感。這些日子中，他身上寒毒仍每隔數日便發作一次，每發一回，便厲害一回。

這一日寒毒又作，他躺在床上，將棉被裹得緊緊的，全身打戰。喬福走進房來，他見得慣了，也不以為異，說道：「待會好些，喝碗臘八粥罷！這是太太給你的過年新衣。」說著將一個包裹放在桌上。

張無忌直熬過半夜，寒毒侵襲才慢慢減弱，起身打開包裹，見是一套新縫皮衣，襯著雪白的長毛羊皮，心中也自歡喜，那皮衣仍裁作僮僕裝束，看來朱家是將他當定奴僕了。張無忌性情溫和，處之泰然，也不以為侮，尋思：「想不到在這裏一住月餘，轉眼便要過年。胡先生說我只不過一年之命，這一過年，第二個新年是不能再見到的了。」

富家大宅一到年盡歲尾，加倍有一番熱鬧氣象。衆僮僕忙忙碌碌，刷牆漆門、殺豬宰羊、磨粉作糕、剪紙貼紅，好不興頭。張無忌幫著喬福做些雜事，只盼年初一快些到來，心想給老爺、太太、小姐磕頭拜年，定可見到小姐，只要再見她一次，我便悄然遠去，到深山中自覓死所，免得整日和喬福等這一干無聊傭僕爲伍。

好容易爆竹聲中，盼到了元旦，張無忌跟著喬福，到大廳上向主人拜年。只見大廳正中坐著一對面目清秀的中年夫婦，七八十個僮僕跪了一地。那對夫婦笑嘻嘻的道：「大家都辛苦了！」旁邊便有兩名管家分發賞金。張無忌也得到了二兩銀子。

他不見小姐，失望異常，拿著那錠銀子正自發怔，忽聽得一個嬌媚的聲音從外面傳進來：「表哥，你今年來得好早啊。」正是朱九眞的聲音。張無忌臉上一熱，一顆心幾乎要從胸腔中跳了出來，兩手掌心都是汗水。他盼望了整整兩個月，才再聽到朱九眞的聲音，教他如何不神搖意奪？

只聽得一個男子聲音笑道：「跟舅舅、舅母拜年，敢來遲了麼？」又有一個女子的聲音笑道：「師哥這麼早便巴巴的趕來，也不知是給兩位尊長拜年呢，還是給表妹拜年？」說話之間，廳門中走進三個人來。羣僕紛紛讓開，張無忌卻失魂落魄般站著不動，直到喬福使勁拉他一把，才退在一旁。

進來的三人中間是個青年男子。朱九眞走在左首，穿一件猩紅貂裘，更襯得她臉蛋兒嬌嫩艷麗，難描難畫。那青年的另一旁也是個女郎。自朱九眞一進廳，張無忌的眼光沒再有一瞬離開她臉，也沒瞧見另外兩個青年男女是俊是醜，穿紅著綠？那二人向主人夫婦如何磕頭拜年，賓主說些甚麼，他全都視而不見，聽而不聞！眼中所見，便只朱九眞一人。其實他年紀尚小，對男女之情只一知半解，但每人一生之中，初次知好色而慕少艾，無不神魂顚倒，如痴如呆，固不僅以張無忌爲然。何況朱九眞容色艷麗，他在顚沛困厄之際與之相遇，竟致傾倒難以自持，只覺能瞧她一眼，聽她說一句話，便喜樂無窮了。

主人夫婦和三個青年說了一會話。朱九眞道：「爸、媽，我和表哥、青妹玩去啦！」話聲中帶著三分小女孩兒的撒嬌意。主人夫婦微笑點頭。朱夫人笑道：「眞兒，好好招呼武家妹子，你三個大年初一可別拌嘴。」朱九眞笑道：「媽，你怎麼不吩咐表哥，叫他不許欺侮我？」三個青年男女談笑著走向後院。張無忌不由自主，遠遠的跟隨在後。這天衆婢僕玩耍的玩耍，賭錢的賭錢，誰也沒來理他。

這時張無忌才看明白了，那男子容貌英俊，長身玉立，雖在這等大寒天時，卻只穿了一件薄薄的淡黃色緞袍，顯然內功了得。那女子穿一件黑色貂裘，身形苗條，言語舉止甚是斯文，相貌清秀，和朱九眞的艷麗可說各有千秋，但在張無忌眼中瞧出來，自大大不如他心目中貌如天仙的小姐。二女都是十七八歲年紀，那男子似乎稍大。

三人一路說笑，走向後院。那少女道：「眞姊，你的一陽指功夫，練得又深了兩層罷？露一手給妹子開開眼界好不好？」朱九眞道：「啊喲，你這不是要我好看麼？我便再練十年，也及不上你武家蘭花拂穴手的一拂啊。」那青年笑道：「你們兩位誰都不用謙虛了，大名鼎鼎的『雪嶺雙姝』，一般的威風厲害。」朱九眞道：「我獨個兒在家中瞎琢磨，那及得上你師兄妹有商有量的進境快？你們今日餵招，明日切磋，那還不一日千里嗎？」那少女聽她言語中隱含醋意，抿嘴一笑，並不答話，竟給她來個默認。

那青年似怕朱九眞生氣，忙道：「那也不見得，你有兩位師父，舅父舅母一起教，不又強過了我們麼？」朱九眞嗔道：「我們我們的？哼，你的師妹，自然親過表妹了。我跟青妹說著玩，你總一股勁兒的幫著她。」說著扭過了頭不理他。那青年陪笑道：「表妹親，師妹也親，兩個妹子一般親，不分彼此。表妹，你帶我去瞧瞧你那些守門大將軍，好不好？衆將軍一定給你調教得越來越厲害了。」

朱九眞高興了起來，道：「好！」領著他們逕往靈獒營。

張無忌遠遠在後，見三人又說又笑，卻聽不見說些甚麼，不由自主的也跟入了狗場。

朱九眞是朱子柳的後人。那姓武的少女名叫武青嬰，武三通的後人，屬於武修文一系。武三通和朱子柳都是一燈大師的弟子，武功原是一路。但百餘年後傳了幾代，兩家所學便各有增益變化。武敦儒、武修文兄弟拜大俠郭靖爲師，雖也學過「一陽指」，但武功近於九指神丐洪七公一派剛猛的路子。那青年衛璧是朱九眞的表哥、武青嬰之父的弟子，他人既英俊，性子又溫柔和順，朱九眞和武青嬰芳心可可，暗中都愛上了他。

朱武二女年齡相若，人均美貌，春蘭秋菊，各擅勝場，家傳的武學又不相上下，崑崙一帶的武林中人合稱之爲「雪嶺雙姝」。她二人暗中早就較上了勁，偏生衛璧覺得熊掌與魚，難以取捨，因此只要三人走在一起，面子上客客氣氣，二女卻唇槍舌劍，誰也不肯讓誰。只武青嬰較爲含蓄不露，反正她和衛璧同門學藝，日夕相見，比之朱九眞要多佔便宜。

朱九眞命飼養羣犬的狗僕放了衆猛犬出來。諸犬聽令行事，無不凜遵。衛璧不住口的稱讚。朱九眞十分得意。武青嬰抿嘴笑道：「師哥，你將來是『冠軍』呢還是『驃騎』啊？」衛璧一怔，道：「你說甚麼？」武青嬰道：「你這麼聽眞姊的話，眞姊還不賞你一個『冠軍將軍』或『驃騎將軍』甚麼的封號麼？只不過要小心她的鞭子才是。」

衛璧俊臉通紅，眉間微有惱色，呸的一聲，道：「胡說八道，你罵我是狗嗎？」武青嬰微笑道：「衆將軍長侍美人妝台，搖尾乞憐，艷福好得很啊，有甚麼不好？」朱九眞惱道：「他倘若是狗子，他的師妹不知是甚麼？」

張無忌聽到這裏，忍不住「哈」的一聲笑了出來，但隨即知道失態，忙掩嘴轉身。武青嬰滿肚怒氣，卻不便向朱九眞正面發作，說道：「眞姊，你府上的小廝可眞有規矩。咱們在說笑，這些低三下四之人居然在旁邊偷聽，還敢笑上一聲兩聲。師哥，我先回家去啦！」朱九眞忽然想起張無忌曾一掌打死了她的「左將軍」，手上勁力倒也不小，笑道：「青妹，你不用生氣，也別瞧不起這小廝。你武家功夫雖高，倘若三招之內能打倒這個低三下四的小廝，我才當眞服了你。」

武青嬰道：「哼，這樣的人也配我出手麼？眞姊，你不能這般瞧我不起。」

張無忌忍不住大聲道：「武姑娘，你們說話，我不敢插嘴，也就是了。難道聽一聽、笑一笑，也須得你准許嗎？」

武青嬰一眼也不瞧他，卻向衛璧道：「師哥，你讓我受這小廝搶白，也不幫我。」

衛璧見著她嬌滴滴的楚楚神態，心早就軟了，他心底雖對雪嶺雙姝無分軒輊，但知師父武功深不可測，自己蒙他傳授的最多不過十之一二，要學絕世功夫，非討師妹的歡心不可，對朱九眞笑道：「表妹，這小廝的武功很不差嗎？讓我考考他成不成？」

朱九眞明知他是在幫師妹，但轉念一想：「這姓張的小子不知是甚麼來路，讓表哥逼出他的根底來也好。」便道：「好啊，讓他領教一下武家絕學，那再好也沒有了，這人啊，連我也不知他到底是甚麼門派的弟子。」衛璧奇道：「這小廝所學的，不是府上的武功麼？」朱九眞向張無忌道：「你跟表少爺說，你師父是誰、是那一派門下。」

張無忌心想：「你們這般輕視於我，我豈能說起父母的門派，羞辱太師父和死去的爹娘？何況我又沒當眞好好練過武當派的功夫。」便道：「我自幼父母雙亡，流落江湖，沒學過甚麼武功，只小時候我爹爹指點過我一點兒。」朱九眞問道：「你爹爹叫甚麼名字？是甚麼門派的？」張無忌搖頭道：「我不能說。」

衛璧笑道：「以咱們三人的眼光，還瞧他不出麼？」緩步走到場中，笑道：「小子，你來接我三招試試。」說著轉頭向武青嬰使個眼色，意思是說：「師妹莫惱，我狠狠打這小子一頓給你消氣。」

陷身在情網中的男女，對情人的一言一動、一顰一笑，無不留心在意，衛璧這一個眼色的含意，盡教朱九眞瞧在眼裏。她見張無忌不肯下場，向他招招手，叫他過來，在他耳邊低聲道：「我表哥武功很強，你不用想勝他，只須擋得他三招，就算是給我掙了面子。」說著在他肩頭拍了拍，意示鼓勵。

張無忌原知不是衛璧的敵手，下場跟他放對，徒然自取其辱，不過讓他們開心一場而已，但一站到了朱九眞面前，便不禁意亂情迷，再聽她軟語叮囑，香澤微聞，那裏還有主意？心中只想：「小姐吩咐下來，再艱難凶險的事也要拚命去幹，挨幾下拳腳又算得甚麼？」迷迷惘惘的走到衛璧面前，獃獃呆呆的站著。

衛璧笑道：「小子，接招！」啪啪兩聲，打了他兩記耳光。這兩掌來得好快，張無忌待要伸手擋架，臉上早已挨打，雙頰都腫起了紅紅的指印。衛璧既知他並非朱家傳授的武功，不怕削了朱九眞和舅父、舅母的面子，下手便不容情，但這兩掌也沒眞使上內力，否則早將他打得齒落頰碎。

朱九眞叫道：「無忌，還招啊！」張無忌聽得小姐叫聲，精神大振，呼的一拳打了出去。衛璧側身避開，讚道：「好小子，還眞有兩下子！」閃身躍到他背後。張無忌急忙轉身，不料衛璧出手如電，已抓住了他後領，舉臂將他提起，笑道：「跌個狗吃屎！」用力往地下摔去。

張無忌雖跟謝遜學過幾年武功，但一來當時年紀太小，二來謝遜只叫他記憶口訣和招數，不求實戰對拆，遇上了衛璧這等出自名門的弟子，自是縛手縛腳，半點也施展不開。給他這麼摔落，想要伸出手足撐持，已然不及，砰的聲響，額頭和鼻子重重撞在地下，鮮血長流。

武青嬰拍手叫好，格格嬌笑，說道：「眞姊，我武家的功夫還成麼？」朱九眞又羞又惱，若說武家的功夫不好，不免得罪了衛璧，說他好罷，卻又氣不過武青嬰，只好寒著臉不作聲。

張無忌爬了起來，戰戰兢兢的向朱九眞望了一眼，見她秀眉緊蹙，心道：「我便送了性命，也不能讓小姐失了面子。」只聽衛璧笑道：「表妹，這小子連三腳貓的功夫也不會，說甚麼門派？」張無忌突然衝上，飛腳往他小腹上踢去。衛璧笑著叫聲：「啊喲！」身子向後微仰，避開了他這一腳，跟著左手倏地伸出，抓住他踢出後尚未收回的右腳，往外摔出。這一下只使了三成力，但張無忌還是如箭離弦，平平往牆上撞去。他危急中身子用力急轉，這才背脊先撞上牆，雖免頭骨破裂之禍，然背上已痛得宛如每根骨頭都要斷裂，便如一團爛泥般堆在牆邊，再也爬不起來。

他身上雖痛，心中卻仍牽掛著朱九眞的臉色，迷糊中只聽她說道：「這小廝沒半點用。咱們到花園中玩去罷！」語意中顯然異常氣惱，怪他失了她臉面。張無忌也不知從那裏來的一股力氣，翻身躍起，疾縱上前，發掌向衛璧打去。衛璧哈哈一笑，揮掌相迎，啪的一響，他竟身子晃動，退了一步。

原來張無忌這一掌，是他父親張翠山當年在木筏上所教「武當長拳」中的一招「七星手」。「武當長拳」是武當派的入門功夫，拳招說不上有何奧妙。但武當派武功在武學中別開蹊徑，講究以柔克剛，以弱勝強，不在以己勁傷敵，而是將敵人發來的勁力反激回去，敵人擊來一斤力道，反激回去也是一斤，倘若打來百斤，便有百斤之力激回，猶如以拳擊牆，出拳愈重，自身所受也愈益厲害。當年覺遠大師背誦《九陽眞經》，曾說到「以己從人，後發制人」，張三丰後來將這些道理化入武當派拳法之中。如爲宋遠橋、俞蓮舟等高手，自可在敵勁之上再加上自身勁力。張無忌所學粗淺之極，但在這一拳之中，不知不覺的也已含了反激敵勁的上乘武學。

衛璧但覺手臂酸麻，胸口氣血震盪，當即斜身揮拳，往張無忌後心擊去。張無忌手掌向後揮出，應以一招「一條鞭」。衛璧見他掌勢奇妙，急向後閃時，肩頭已給他三根指頭掃中，雖不如何疼痛，但朱九眞和武青嬰自然均已看到，自己已然輸招。

衞璧在意中人之前，這個台如何坍得起？他初時和張無忌放對，眼看對方年紀既小，身分又賤，委實勝之不武，只不過拿他來耍弄耍弄，以博武青嬰一粲，因此拳腳上都只使二三成力，這時連吃了兩次小虧，大喝一聲：「小鬼，你不怕死麼？」呼的一聲，發拳當胸擊去。他這招「長江三疊浪」中共含三道勁力，敵人如以全力擋住了第一道勁力，料不到第二道接踵而至，跟著第三道勁力又洶湧而來，若不是武學高手，遇上了不死也難免身受重傷。

張無忌見對方招數凌厲，心中害怕，這時更無思索餘裕，依著當年父親在海中木筏上所教手法，雙臂迴環，應以一招「井欄」。這一招博大精深，張無忌又怎能領會到其中的精要？只危急之際，順手便使了出來。衞璧右拳打出，正中張無忌右臂，自己拳招中的第一道勁力便如投入汪洋大海，登時無影無蹤，一驚之下，喀喇一響，那第二道勁力反彈過來，他右臂臂骨已然震斷。幸而如此，他第三道勁力便發不出來，否則張無忌不懂這招「井欄」的妙用，兩人都要同時重傷在這第三道勁力之下。

朱九眞和武青嬰齊聲驚呼，奔到衞璧身旁察看他的傷處。衞璧苦笑道：「不妨，是我一時大意。」朱九眞和武青嬰心疼情郎受傷，兩人不約而同的揮拳向張無忌打去。

張無忌一招震斷衞璧的手臂，自身也給撞得險些仰天摔倒，立足未定，朱武二女已雙拳打來。他渾忘了閃避，雙拳一中前胸，一中肩骨，登時吐了一口鮮血。可是他心中的憤慨難過，尤勝於身上的傷痛，暗想：「我爲你拚命力戰，爲你掙面子，當眞勝了，你卻又來打我！」

衛璧叫道：「兩位住手！」朱武二女依言停手，只見他提起左掌，鐵青著臉，向張無忌打去。張無忌忙閃躍避開。朱九眞叫道：「表哥，你受了傷，何必跟這小廝一般見識？是我錯啦，不該要你跟他動手。」憑她平時心高氣傲的脾氣，要她向人低頭認錯，實是千難萬難，若非眼見意中人臂骨折斷，心中旣惶急又憐惜，決不能如此低聲下氣。豈知衛璧一聽，更加惱怒，冷笑道：「表妹，你這小廝本領高強，你那裏錯了？只是我偏不服氣。」說著橫過左臂，將朱九眞推在一旁，跟著又舉拳向張無忌打去。

張無忌待要退後避讓，武青嬰雙掌向他背心輕輕一擋，令他無路可退，衛璧那一拳正中他鼻樑，登時鼻血長流。武青嬰遠比朱九眞工於心計，她暗中相助師哥，卻不露痕跡，要使他臉上光彩，心中感激。朱九眞一見，心想：「你會幫師哥，難道我就不會幫表哥？」也即出手，上前夾攻。

張無忌的武功本來遠不如衛璧，再加朱武二女一個明助，一個暗幫，頃刻之間，給三人拳打足踢，連中七八招，又吐了幾口鮮血。他憤慨之下，形同拚命，將父親教過的三十二勢「武當長拳」盡數使將出來，雖功力不足，所出拳腳均無威力，但所學實是上乘家數，居然支持了一盞茶時分，仍直立不倒。

朱九眞喝道：「那裏來的臭小子，卻到朱武連環莊來撒野，當眞活得不耐煩了！」見衛璧舉起左掌，運勁劈落，便即左肩猛撞，將張無忌身子往他掌底推去。衛璧斷臂處越來越痛，不願跟這小廝多所糾纏，這一掌劈下，已使上了十成力。張無忌身不由主的向前撞出，但覺勁風撲面，這掌只消劈中頭臉要害，只怕性命難保，他惶急之下，雖知抵擋不住，但仍舉起雙臂強擋。

驀地裏聽得一個威嚴的聲音喝道：「且慢！」藍影晃動，有人自旁竄到，舉手擋開了衛璧這一掌。他輕描淡寫的隨手擋格，衛璧竟立足不定，急退數步，眼見便要坐倒在地，那身穿藍袍之人身法快極，縱過去在他肩後一扶，衛璧這才立定。

朱九眞叫道：「爹！」武靑嬰叫道：「朱伯父！」衛璧喘了口氣，才道：「舅舅！」這人正是朱九眞之父朱長齡。衛璧受傷斷臂，事情不小，靈獒營的狗僕飛報主人，朱長齡匆匆趕來，見到三人正在圍攻張無忌。他站在旁邊看了一會，待見衛璧猛下殺手，這才出手相救。

朱長齡橫眼瞪著女兒和衛武二人，滿臉怒火，突然反手啪的一掌，打了女兒一個耳光，大聲喝道：「好，好！朱家的子孫越來越長進了。我生了這樣的乖女兒，將來還有臉去見祖宗於地下麼？」

朱九眞自幼極得父母寵愛，連較重的呵責也沒一句，今日在人前竟給父親重重的打了個耳光，一時眼前天旋地轉，頭腦中一片混亂，隔了一會，才哇的一聲哭了出來。

朱長齡喝道：「住聲，不許哭！」聲音中充滿威嚴，聲音之響，只震得樑上灰塵簌簌而下。朱九眞心下害怕，當即住聲。

朱長齡道：「我朱家世代相傳，以俠義自命，你高祖子柳公輔佐宣宗皇帝，在大理國官居宰相，後來助守襄陽，名揚天下，那是何等的英雄？那知子孫不肖，到了我朱長齡手裏，竟會有這樣的女兒，三個大人圍攻一個小孩，還想傷他性命。你說羞也不羞，羞也不羞？」他雖明著呵責女兒，但這些話衛璧和武青嬰聽在耳裏，句句猶如刀刺，均覺無地自容。

張無忌渾身劇痛，幾欲暈倒，咬緊牙齒拚命支撑，才勉強站立，心中卻仍明白，聽了朱長齡這番言語，好生佩服，暗想：「是非分明，那才是眞正的俠義中人。」見朱長齡氣得面皮焦黃，全身發顫，不住呼呼喘氣。衛璧等三人眼望地下，不敢和他目光相對。

張無忌見朱九眞半邊粉臉腫起老高，顯見她父親這一掌打得著實不輕，見到她又羞又怕的可憐神態，想哭卻不敢哭，只用牙齒咬著下唇，便道：「老爺，這不關小姐的事。」他話一出口，不禁嚇了一跳，原來自己說話嘶啞，幾不成聲，自是咽喉處受了衛璧重擊之故。

朱長齡道：「這位小兄弟拳腳不成章法，顯然從未好好的拜師學過武藝，全憑一股剛勇之氣，拚死抵抗，這就更加令人相敬了。你們三個卻如此欺侮一個不會武功之人，平日師長父母的教誨，可還有半句記在心中嗎？」他這一頓疾言厲色的斥責，竟對衛璧和武青嬰也絲毫不留情面。張無忌聽著，反覺惶悚不安。

朱長齡又問起張無忌何以來到莊中、怎地身穿僮僕衣衫，一面問，一面叫人取了傷藥和接骨膏來給他和衛璧治傷。朱九眞明知父親定要著惱，但又不敢隱瞞，只得將張無忌如何收藏小猴、如何給羣犬咬傷、自己如何救他來莊的情由說了。

朱長齡越聽眉頭越皺，聽女兒述說完畢，厲聲喝道：「這位張兄弟義救小猴，大有仁俠心腸，你居然拿他當做廝僕。日後傳揚出去，江湖上好漢人人要說我『驚天一筆』朱長齡是個不仁不義之徒。你養這些惡狗，我只當你爲了玩兒，那也罷了，那知膽大妄爲，竟然縱犬傷人？今日不打死你這丫頭，我朱長齡還有顏面廁身於武林麼？」

朱九眞見父親動了眞怒，雙膝一屈，跪在地下，說道：「爹爹，孩兒再也不敢了。」朱長齡兀自狂怒不休，衛璧和武青嬰一齊跪下求懇。

張無忌道：「老爺……」朱長齡忙道：「小兄弟，你怎可叫我老爺？我痴長你幾歲，最多稱我一聲前輩，也就是了。」張無忌道：「是，是，朱前輩。這件事須也怪不得小姐，她確是並非有意的。」

朱長齡道：「你瞧，人家小小年紀，竟有這等胸襟懷抱，你們三個怎及得上人家？大年初一，武姑娘又是客人，我原不該生氣，可是這件事實在太不應該，那是黑道中卑鄙小人的行逕，豈是我輩俠義道的所作所爲？璧兒，你今天也做錯了！既是小兄弟代爲說情，你們都起來罷。」衛璧等三人含羞帶愧，站了起來。

朱長齡向餵養羣犬的狗僕喝道：「那些惡犬呢？都放出來。」狗僕答應了，放出羣犬。羣犬蹲在地下，張口露齒，口滴饞涎，神態兇猛。

朱九眞見父親臉色不善，不知他是何用意，低聲叫道：「爹。」朱長齡冷笑道：「你養了這些惡犬來傷人，好啊，你叫惡犬來咬我啊。」朱九眞哭道：「爹，女兒知錯了。」

朱長齡哼了一聲，走入惡犬羣中，啪啪啪啪四聲響過，四條巨狼般的惡犬已頭骨碎裂，屍橫就地。旁人嚇得呆了，都說不出話來。朱長齡拳打足踢、掌劈指戳，但見他身形飄動，一個藍影在場上繞了一圈，三十餘條猛犬已全遭擊斃，別說噬咬抗擊，連逃竄幾步也來不及。他一舉擊斃羣犬，固因羣犬未得朱九眞號令，給攻了個出其不意，但他出手如風似電，掌力更凌厲之極。衛璧、武青嬰、張無忌只看得撟舌不下。

朱長齡將張無忌橫抱在臂彎之中，送到自己房中養傷。不久朱夫人和朱九眞一齊過來照料湯藥。張無忌先前給羣犬咬傷後失血過多，身子本已衰弱，這一次受傷不輕，又昏迷了數日，稍待淸醒，便自己開了張療傷調養的藥方，命人煮藥服食，這才好得快了。朱長齡見他用藥如神，更加驚喜交集。

在這二十餘日的養傷期間，朱九眞常自伴在張無忌床邊，唱歌猜謎、講故事說笑，像大姊姊服侍生病的弟弟一般，細心體貼，無微不至。

張無忌傷愈起床，朱九眞每日仍有大半天和他在一起。她跟父親學武之時，對張無忌也毫不避忌，總叫他在一旁觀看。朱長齡曾兩次露出口風，有意收他爲徒，願將一身武功相傳，但見他並不接口顯示拜師之願，此後也就不再提了，但待他極盡親厚，與自己家人子弟絲毫無異。朱家武功與書法有關，朱九眞每日都須習字，也要張無忌伴她一起學書。張無忌自從離冰火島來到中土後，一直顚沛流離、憂傷困苦，那裏有過這等安樂快活的日子？

轉眼到了二月中旬，這日張無忌和朱九眞在小書房中相對臨帖。丫鬟小鳳進來稟報：「小姐，姚二爺從中原回來了。」

朱九眞大喜，擲筆叫道：「好啊，我等了他大半年啦，到這時候才來。」牽著張無忌的手道：「無忌弟，咱們瞧瞧去，不知姚二叔有沒給我買齊東西。」兩人攜手走向大廳。張無忌問道：「姚二叔是誰？」朱九眞道：「他是我爹爹的結義兄弟，叫做千里追風姚淸泉。去年爹爹請他到中原去送禮，我託他到杭州買胭脂水粉和綢緞、到蘇州買繡花的針線和圖樣，又要買湖筆徽墨、碑帖書籍，不知他買齊沒有？」跟著解釋，朱家莊僻處西域崑崙山，精致些的物事數千里內都沒買處。崑崙山和中土相隔萬里，來回一次動輒兩三年，有人前赴中原，朱九真自要託他購買大批用品了。

兩人走近廳門，只聽得一陣嗚咽哭泣之聲，不禁都吃一驚，進得廳來，更是驚詫，只見朱長齡和一個身裁高瘦的中年漢子跪在地下，相擁而泣。那漢子身穿白色喪服，腰上繫了一根草繩。朱九真走近身去，叫道：「姚二叔！」朱長齡放聲大哭，叫道：「真兒，真兒！咱們的大恩人張五爺，張……張五爺……他……他……已去世了！」朱九真驚道：「那怎麼會？張恩公……失蹤了十年，不是早已安然歸來麼？」

姚清泉嗚咽著道：「咱們住得偏僻，訊息不靈，原來張恩公在四年多以前，便已和夫人一齊自盡身亡。我還沒上武當山，在陝西途中就已聽到消息。上山後見到宋大俠和俞二俠，才知實情，唉……」

張無忌越聽越驚，到後來更無疑惑，他們所說的「大恩人張五爺」，自是自己的生父張翠山，眼見朱長齡和姚清泉哭得悲傷，朱九真也泫然落淚，忍不住便要上前吐露自己身分，但轉念一想：「我一直不說自己身世，這時說明眞相，朱伯父和眞姊多半不信，定要疑我冒充沾恩，不免給他們瞧得小了。」

過不多時，只聽得內院哭聲大作，朱夫人扶著丫鬟，走出廳來，連聲向姚清泉追問。

姚清泉悲憤之下，也忘了向義嫂見禮，當即述說張翠山自刎身亡的經過。張無忌雖然強忍，不致號哭出聲，但淚珠已滾滾而下。大廳上人人均在哭泣流淚，誰也沒留心到他。

朱長齡突然手起一掌，喀喇喇一聲響，將身前一張八仙桌打塌了半邊，說道：「二弟，你明明白白說給我聽，上武當山逼死恩公恩嫂的，到底是那些人？」

姚清泉道：「我一得到訊息，本來早該回來急報大哥，但想須得查明仇人的姓名要緊。原來上武當山逼死恩公的，自少林派三大神僧以下，人數著實不少，小弟暗中到處打聽，這才躭擱了日子。」當下將少林、崆峒、峨嵋各門派，海沙、巨鯨、神拳、巫山等幫會中，凡曾上武當山去勒逼張翠山的，諸如空聞方丈、空智大師、何太沖、靜玄師太、關能等等的名字都說了出來。

朱長齡慨然道：「二弟，這些人都是當今武林中數一數二的好手，咱們本來是一個也惹不起的。可是張五爺待咱們恩重如山，咱們便粉身碎骨，也得給他報此深仇。」

姚清泉拭淚道：「大哥說得是，咱哥兒倆的性命，都是張五爺救的，反正已多活了這十多年，再交還給張五爺，也就是了。小弟最感抱憾的，是沒能見到張五爺的公子，否則也可轉達大哥之意，最好是能請他到這兒來，大夥兒盡其所有，好好的侍奉他一輩子。」

朱夫人絮絮詢問這位張公子的詳情。姚清泉說只知他受了重傷，不知在何處醫治，似乎今年還只十歲左右年紀，料想張三丰張眞人定要傳以絕世武功，將來可能出任武當派掌門人。朱長齡夫婦跪下拜謝天地，慶幸張門有後。

姚清泉道：「大哥叫我帶去送給張恩公的千年人參王、天山雪蓮、玉獅鎮紙、烏金匕首等等這些物事，小弟都留在武當山上，請宋大俠轉交給張公子。」朱長齡道：「這樣最好，這樣最好！」轉頭向女兒道：「我家如何身受大恩，你可跟張兄弟說一說。」

朱九眞攜著張無忌的手，走到父親書房，指著牆上一幅大中堂給他看。那中堂右端題著七字：「張公翠山恩德圖」。張無忌從未到過朱長齡的書房，此時見到父親的名諱，已然淚眼模糊，只見圖中所繪是一處曠野，一個少年英俊的武士，左手持銀鉤、右手揮鐵筆，正和五個兇悍的敵人惡鬥。張無忌知道這人便是自己父親了，雖面貌並不肖似，但依稀可從他眉目之間看到自己的影子。地下躺著兩人，一個是朱長齡，另一個便是姚清泉，還有兩人卻已身首異處。左下角繪著一個青年婦人，滿臉懼色，正是朱夫人，她手中抱著一個女嬰。張無忌凝目細看，見女嬰嘴邊有一顆小黑痣，那自是朱九眞了。這幅中堂紙色已變淡黃，爲時至少已在十年以上。

朱九眞指著圖畫，向他解釋。原來其時朱九眞初生不久，朱長齡爲了躲避強仇，攜眷西行，但途中還是給對頭追上了。兩名師弟爲敵人所殺，他和姚清泉也給打倒。敵人正要痛下毒手，適逢張翠山路過，仗義出手，將敵人擊退，救了他一家性命。依時日推算，那自是張翠山在赴冰火島之前所爲。

朱九真說了這件事後，神色黯然，說道：「我們住得隱僻，張恩公從海外歸來的訊息，直至去年方才得知。爹爹曾立誓不再踏入中原一步，於是忙請姚二叔攜帶貴重禮物，前去武當山拜見，那知道……」說到這裏，一名書僮進來請她赴靈堂行禮。

朱九真匆匆回房，換了一套素淨衣衫，和張無忌同到後堂。只見堂上已擺列兩個靈位，素燭高燒，一塊靈牌上寫著「恩公張大俠諱翠山之靈位」，另一塊寫著「張夫人殷氏之靈位」。朱長齡夫婦和姚清泉跪拜在地，哭泣甚哀。張無忌跟著朱九真一同跪拜。

朱長齡撫著他頭，哽咽道：「小兄弟，很好，很好。這位張大俠慷慨磊落，實是當世無雙的奇男子，你雖跟他並不相識，無親無故，但拜他一拜，也是應該的。」

當此情境，張無忌更不能自認便是這位「張恩公」的兒子，心想：「那姚二叔傳聞有誤，說我不過十歲左右，此時我便明說，他們也一定不信。」

忽聽姚清泉道：「大哥，那位謝爺……」朱長齡咳嗽一聲，向他使個眼色，姚清泉登時會意，說道：「那些謝儀該怎麼辦？要不要為恩公發喪？」朱長齡道：「你瞧著辦罷！」張無忌心想：「你明明說的是『謝爺』，怎地忽然改為『謝儀』？謝爺，謝爺？難道說的是我義父麼？」

這一晚他想起亡父亡母，以及在極北寒島苦渡餘生的義父，思潮起伏，又怎睡得安穩？

次晨起身，聽得腳步細碎，鼻中聞到一陣幽香，見朱九眞端著洗臉水走進房來。張無忌一驚，道：「眞姊，怎……怎麼你給我……」朱九眞道：「傭僕和丫鬟都走乾淨了，我服侍你一下又打甚麼緊？」張無忌更是驚奇，問道：「爲……爲甚麼都走了？」朱九眞道：「我爹爹昨晚叫他們走的，每人都發了一筆銀子，要他們回自己家去，因爲在這兒危險不過。」她頓了一頓，說道：「你洗臉後，爹爹有話跟你說。」

張無忌胡亂洗了臉。朱九眞給他梳了頭，兩人一同來到朱長齡書房。這所大宅子中本來有七八十名婢僕，這時突然冷冷清清的一個也不見了。

朱長齡見二人進來，說道：「張兄弟，我敬重你的仁俠心腸，英雄氣概，本想留你在舍下住個十年八載，可是眼下突起變故，逼得和你分手，張兄弟千萬莫怪。」說著托過一隻盤子，盤中放著十二錠黃金，十二錠白銀，又有一柄防身的短劍，說道：「這是愚夫婦和小女的一點微意，請張兄弟收下，老夫若能留得下這條性命，日後當再相會……」說到這裏，聲音嗚咽，喉頭塞住了，再也說不下去。

張無忌閃身讓在一旁，昂然道：「朱伯伯，小姪雖然年輕無用，卻也不是貪生怕死之徒。府上眼前既有危難，小姪決不能自行退避。縱使不能幫伯父和姊姊甚麼忙，也當跟伯父和姊姊同生共死。」朱長齡勸之再三，張無忌只是不聽。

朱長齡嘆道：「唉，小孩子家不知危險。我只有將眞相跟你說了，可是你先得立下個重誓，決不向第二人洩露機密，也不得向我多問一句。」

張無忌跪在地下，朗聲道：「皇天在上，朱伯伯向我所說之事，倘若我向旁人洩露、多口查問，教我亂刀分屍，身敗名裂。」

朱長齡扶他起來，探首向窗外一看，隨即飛身上屋，查明四下裏確無旁人，這才回進書房，在張無忌耳旁低聲道：「我跟你說的話，你只可記在心中，卻不得向我說一句話，以防隔牆有耳。」張無忌點了點頭。

朱長齡低聲道：「昨日姚二弟來報張恩公的死訊時，還帶了一個人來，此人姓謝名遜，外號叫作金毛獅王……」張無忌大吃一驚，身子發顫。

朱長齡又道：「這位謝大俠和張恩公有八拜之交，他和天下各家各派的豪強都結下了深仇，張恩公夫婦所以自刎，便是為了不肯吐露義兄的所在。謝大俠不知如何回到中土，動手為張恩公報仇雪恨，殺傷了許多仇人，但好漢敵不過人多，終於身受重傷。姚二弟為人機智，救了他逃到這裏，對頭們轉眼便要追到。對方人多勢衆，我們萬萬抵敵不住。我是捨命報恩，決意為謝大俠而死，可是你跟他並沒半點淵源，何苦將性命賠在這兒？張兄弟，我言盡於此，你快快去罷！敵人一到，玉石俱焚，再遲可來不及了。」

張無忌聽得心頭火熱，又驚又喜，萬想不到義父竟到了此處，問道：「他在那……」

朱長齡右手迭出，按住他嘴巴，在他耳邊低聲道：「不許說話。敵人神通廣大，一句話不小心，便危及謝大俠性命。你忘了適才所發的重誓麼？」張無忌點點頭。朱長齡道：「我已跟你說明白了，張兄弟，你年紀雖小，我卻當你是好朋友，跟你推心置腹，絕無隱瞞。你即速動身爲要。」張無忌道：「你跟我說明白後，我更加不走了。」

朱長齡沉吟良久，長嘆一聲，毅然道：「好！咱們今後同生共死，旁的也不用多說。事不宜遲，須得動手了。」當下和朱九眞及張無忌奔出大門，只見朱夫人和姚清泉已候在門外，身旁放著幾個包袱，似要遠行。張無忌東張西望，卻不見義父的影蹤。

朱長齡晃著火摺，點燃了一個火把，便往大門上點去。頃刻間火光衝天而起，火頭延向四處，原來這座大莊院的數百間房屋上早已澆遍了火油。西域天山、崑崙山一帶，自來盛產火油，常見油如湧泉，從地噴出，取之即可生火煮食。朱家莊廣廈華宅，連綿里許，在火油助燃之下，焚燒甚爲迅速。

張無忌眼見彫樑畫棟都捲入熊熊火焰之下，心下好生感激：「朱伯伯畢生積儲，無數心血，旦夕間化爲灰燼，那全是爲了我爹爹和義父。這等血性男子，世間少有。」

當晚朱長齡夫婦、朱九眞、張無忌四人在一個山洞中宿歇。朱長齡的五名親信弟子手執兵刃，由姚清泉率領，在洞外戒備。這場大火直燒到第三日上方熄，幸而敵人尚未得訊趕到。

第三日晚間，朱長齡帶同妻女弟子，和姚清泉、張無忌往山洞深處走去，經過黑沉沉的一條長隧道，來到幾間地下石室之中。石室中糧食清水等物儲備充分，只頗爲悶熱。

朱九眞見張無忌不住伸袖拭汗，笑問：「無忌弟，你猜猜看，爲甚麼此間這般熱？你可知咱們是在甚麼地方？」張無忌鼻中聞到焦臭，登時省悟：「啊，咱們便是在原來的莊院之下。」朱九眞笑道：「你眞聰明。」

張無忌對朱長齡用心的周密更加佩服。敵人大舉來襲之時，見朱家莊已燒得片瓦不存，只有向遠處搜尋，決不會猜到謝遜竟躲在火場之下。他見石室彼端有一處鐵門緊閉，料想義父便藏在其中，雖亟盼和義父相見，一敘別來之情，但想眼前步步危機，連朱長齡都不敢去和他說話，自己怎能輕舉妄動？倘若誤了大事，自己送命不打緊，累了義父和朱家全家性命，那是多大的罪過？

在地窖中住了半日，炎熱漸減，各人展開毛氈，正要就寢，忽聽得一陣急速的馬蹄聲遠遠傳來，不多時便到了頭頂。只聽得一人粗聲說道：「朱長齡這老賊定是護了謝遜逃走啦，快追，快追！」各人雖在地底，上面的聲音卻聽得清清楚楚，原來地窖中有鐵管通向地面，傳下聲音。但聽得馬蹄聲雜沓，漸漸遠去。

這一晚在頭頂上經過的追兵先後共有五批，有崑崙派的、崆峒派的、巨鯨幫的，另外兩批人卻聽不出來歷。每一批少則七八人，多則十餘人，兵刃鏗鏘，健馬嗚嘶，追兵口出惡言，聲勢洶洶。張無忌心想：「我義父若非雙目失明，又受重傷，那會將你們這些么魔小醜放在心上？」

待第五批人走遠，姚清泉拿起木塞，塞住了鐵管口，以免地窖中各人說話爲上面偶然經過之人聽見。但他話聲仍壓得極低，說道：「我去瞧瞧謝大俠的傷勢。」朱長齡點了點頭。姚清泉伸手扳動門旁的機括，鐵門緩緩開了。他提著一盞火油燈，走進鐵門。

這時張無忌再也忍耐不住，站起身來，在姚清泉背後張望，只見一個身裁高大的漢子向裏而臥。張無忌乍見義父寬闊的背影，登時熱淚盈眶。只聽姚清泉低聲道：「謝大俠，覺得好些了麼？要不要喝水？」

突然間勁風響處，姚清泉手中的火油燈應風而滅，跟著砰的一聲，姚清泉給謝遜掌力擊中，飛出鐵門，重重摔在地下。只聽謝遜大聲叫道：「少林派的，崑崙派的，崆峒派的衆狗賊，來啊，來啊，我金毛獅王謝遜還怕了你們不成？」

朱長齡叫道：「不好，謝大俠神智迷糊了。」走到門邊，說道：「謝大俠，我們是你朋友，並非仇敵。」謝遜冷笑道：「甚麼朋友？花言巧語，騙得倒我麼？」大踏步走出鐵門，發掌向朱長齡當胸擊來，這一掌勁力凌厲，帶得室中油燈的火燄不住晃動。朱長齡不敢擋架，轉身閃避，謝遜左手發拳直擊他面門。朱長齡逼不得已，舉臂架開，身子連晃，退了兩步。張無忌見到這突如其來的變故，不禁嚇得呆了。

謝遜拳掌如風，凌厲無比，朱長齡不敢與抗，不住退避。謝遜一掌擊不中朱長齡，掃在石牆之上，但見石屑紛飛，倘若中在人體，那還了得？但見謝遜長髮披肩，雙目如電，臉上血污斑斑，口中嗬嗬而呼，掌勢越來越猛烈。朱夫人和朱九眞嚇得躲在壁角。朱長齡見他拳掌攻到，只得將身邊的木桌推過去一擋。謝遜砰砰兩拳，登時將桌子打得粉碎。

張無忌茫然失措，張大了口，呆立在一旁，卻見這個「謝遜」絕不是他義父金毛獅王謝遜。他義父雙眼早盲，這人卻目光炯炯。只見這大漢直掌打出，朱長齡背靠石壁，已退無可退，但並不出手招架，叫道：「謝大俠，我不是你敵人，我不還手！」那大漢毫不理會，一掌打在他胸口。朱長齡神色極爲痛苦，叫道：「謝大俠，你相信了麼？」那大漢喝道：「狗賊，再吃我一拳！」又發拳打去。朱長齡中拳後口噴鮮血，顫聲道：「你是我恩公義兄，便打死我，我也不還手。」那大漢狂笑道：「不還手最好，我便打死你！」左右猛拳連發，齊中胸腹。朱長齡「啊」的長聲慘呼，身子軟倒。

那大漢更不容情，又出拳打去。張無忌搶上前去，舉臂拚命擋格，只覺來拳勁力好大，劇震之下，幾乎氣也透不過來，當下不顧生死，叫道：「你不是謝遜，你不是……」那大漢怒道：「你這小鬼知道甚麼？」舉腳向他踢去。張無忌閃身避開，大叫：「你冒充金毛獅王，不懷好意，假的，假的……」

朱長齡本已委頓在地，聽了張無忌的叫聲，掙扎爬起，指著那大漢叫道：「你……

你不是……你騙我……」突然一大口鮮血噴出，射在那大漢臉上，身子向前一跌，順勢便點了他右乳下的「神封穴」。朱長齡重傷之後，本來已非那大漢敵手，卻藉著噴血傾跌，出其不意，以家傳「一陽指」手法點中了他大穴。朱長齡又在他腰脅間補上兩指，自己卻也已支持不住，暈倒在地。朱九眞和張無忌忙搶上扶起。

過了一會，朱長齡悠悠醒轉，問張無忌道：「他……他……」張無忌道：「朱伯伯，我再也不能隱瞞，你所說的恩公，便是家父。金毛獅王是我義父，我怎會認錯？」朱長齡搖了搖頭，微微苦笑，臉上神色自是半點也不相信。

張無忌道：「我義父雙眼已盲，這人眼目完好，便是最大破綻。我義父在海外失明，此事外間無人知曉。這人前來冒充，卻不知我義父盲目這回事。」

朱九眞喜道：「無忌弟，你當眞是我家大恩公的孩子？這可太好了，太好了。」

朱長齡兀自不信。張無忌只得將如何來到崑崙的情由簡略說了。姚清泉旁敲側擊，問他武當山上諸般情形，又詢問張翠山夫婦當日自刎的經過，聽他講得半點不錯，這才信了。朱長齡卻仍感爲難，說道：「倘若這孩子說謊，咱們得罪了謝大俠，那可如何是好？」

姚清泉拔出匕首，對著那大漢的右眼，說道：「朋友，金毛獅王謝遜雙目已毀，你既要學他，便須學得到家些，今日先毀了你這對招子。我姓姚的上了你大當，若不是這位小兄弟識破，豈非不明不白的送了我朱大哥性命？」說著匕首前送，刀尖直抵他眼皮，又問：「你到底是甚麼人？爲甚麼冒充金毛獅王？」

那大漢怒道：「有種便一刀將我殺了。我開碑手胡豹是甚麼人？能受你逼供麼？」

朱長齡「哦」的一聲，道：「開碑手胡豹！嗯，你是崆峒派的？」胡豹大聲道：「天下各門各派，都知朱長齡要爲張翠山報仇。常言道得好：先下手爲強，後下手遭殃。」姚清泉喝道：「你這人恁地惡毒！」匕首一低，便往他心口刺去。

朱長齡左手探出，一把抓住他手腕，說道：「二弟，且慢，倘若他眞是謝大俠，咱哥兒倆可萬死莫贖。」姚清泉道：「張兄弟已說得明明白白。大哥你如三心兩意，決斷不下，眼前大禍可就難以避過。」朱長齡搖頭道：「咱們寧可自己身受千刀，決不能錯傷了張恩公的義兄一根毫毛。」

張無忌道：「朱伯伯，這人決不是我義父。我義父外號叫作『金毛獅王』，頭髮是黃的。這人卻是黑頭髮。」

朱長齡沉吟半晌，點了點頭，攜著他手，道：「小兄弟，你跟我來。」兩人走出石室，再出了石洞，直到山坡後一座懸崖之下，並肩在一塊大石上坐下。朱長齡道：「小兄弟，這人倘若不是謝大俠，咱們自然非殺了他不可，但在動手之前，我須得心中確無半點懷疑。你說是不是？」

張無忌道：「你唯恐有甚失閃，確也應當。但這人絕非我義父，朱伯伯放心好了。」

朱長齡嘆了口氣，說道：「孩子，我年輕之時，曾上過不少人的當。今日我所以不肯還手，以致身受重傷，還是識錯了人之故。一錯不能再錯，此事干係重大，我死不足惜，卻無論如何，須得維護你和謝大俠的平安。我本該問明白謝大俠到底身在何處，方能眞正放心，可是這件事我卻又不便啓口。」

張無忌心下激動，道：「朱伯伯，你爲了我爹爹和義父，把百萬家產都毀了，自己又受了這等重傷，難道我還有信你不過的？我義父的情形，你便不問，我也要跟你說。」於是將父母和謝遜如何飄流到冰火島上、如何一住十年、如何三人結筏回來的種種情由，一一說了，其中一大半經過是他轉從父母口中得知，但也說得十分明白。

朱長齡反覆仔細盤問，將張無忌如何在冰火島上學武、如何送楊不悔西來、如何在崑崙三聖坳遭難等的經過細節，全都問得明白，聽張無忌所言確無半點破綻，這才眞的信了，長長舒了口氣，仰天道：「恩公啊恩公，你在天之靈，祈請明鑒：朱長齡須當竭盡所能，撫養無忌兄弟長大成人。只是強敵環伺，我武藝低微，實在未必挑得起這副重擔，萬望恩公時加佑護。」說罷跪倒，向天叩頭。張無忌又傷心，又感激，跟著跪下。

朱長齡站起身來，說道：「現下我心中已無半分疑惑。唉！少林、峨嵋、崑崙、崆峒，那一派不是人多勢衆，武功高強？小兄弟，先前我決意拚了這條老命，殺得仇人一個是一個，以報令尊的大恩。但今日撫孤事大，報仇尚在其次。只大地茫茫，卻到何處去避這場大難？連我這等偏僻之極的處所，他們也都找上來了，那裏另有更加偏僻的所在？」他頓了一頓，又道：「謝大俠孤零零的獨處冰火島上，這幾年的日子，想來也甚悽慘。唉，這位大俠對恩公恩嫂如此高義，我但盼能見他一面，死亦甘心。」

張無忌聽他說到義父孤零零的在冰火島受苦，甚爲難過，心念一動，衝口說道：「朱伯伯，咱們一起到冰火島去，好不好？我在島上過的日子何等快活，但一回中土，所見所受，若非兇殺流血，便是擔驚受怕。」朱長齡道：「小兄弟，你很想回到冰火島去，是不是？」張無忌躊躇不答，暗忖自己已活不多久，何況去冰火島海程艱險，未必能至，不該累得朱長齡一家身冒奇險，大海無情，只要稍有不測，便葬身於洪波巨濤之中。

朱長齡握住他雙手，瞧著他臉，說道：「小兄弟，你我不是外人，務請坦誠相告，你是不是想回冰火島去？」話聲誠懇已極。張無忌此時心中，確是苦厭江湖上人心險惡，極盼在身死之前能再見義父一面，如能死於義父懷抱之中，那麼一生更無他求。在朱長齡面前，他也無法作僞隱瞞自己心事，便緩緩點了點頭。

朱長齡不再多言，攜著張無忌的手回到石室，向姚清泉道：「那是奸賊，確然無疑。」姚清泉點了點頭，手執匕首，走進密室。只聽得那開碑手胡豹長聲慘呼，已然了帳。姚清泉從密室中出來，關上了鐵門，但見他匕首上鮮血殷然，順手便在靴底拂拭。

朱長齡道：「這賊子來此臥底，咱們的蹤跡看來已經洩露，此地不可再居。」領著各人，從石洞中出來，以手推木車運載用品，行了二十餘里，轉過兩座山峯，進了一個山谷，來到一棵大樹旁的四五間小屋前。

此時天將黎明，各人進了小屋後，張無忌見屋中放的都是犁頭、鐮刀之類農具，但鍋灶糧食，一應俱全。看來朱長齡爲防強仇，在宅第之旁安排了不少避難的所在。朱長齡重傷之下，臥床不起。朱夫人取出土布長衫和草鞋、包頭，給各人換上。霎時之間，大富之家的夫人小姐變成了農婦村女，雖言談舉止不像，但只要不走近細看，也不致露出馬腳。

在農舍住了數日，朱長齡因有祖傳雲南傷藥，服後痊愈很快，幸喜敵人也不再追來。張無忌閒中靜觀，見姚清泉每日出去打探消息，朱夫人卻率領弟子收拾行李包裹，顯然有遠行之計。他知朱長齡爲了報恩避仇，決意舉家前往海外的冰火島，極是歡喜。

這一晚他睡在床上，想起如能天幸不死，終於到了冰火島，得和這位美如天人的朱九眞姊姊終身在島上廝守，不禁面紅耳熱，一顆心怦怦跳動；又想朱伯伯、姚二叔和義父見面之後，三人結成好友，在島上無憂無慮的嘯傲歲月，既不怕蒙古韃子殘殺欺壓，也不必擔心武林強仇明攻暗襲，爲人若斯，自也更無他求了。他想得歡喜，竟忘了自己身中寒毒，在世已爲日無多，直到中夜，仍未睡著。

正朦朧間，忽聽得板門輕輕推開，一個人影閃進房來。張無忌微感詫異，鼻中已聞到一陣淡淡幽香，正是朱九眞日常用以薰衣的素馨花香。他突然間滿臉通紅，說不出的害羞。

朱九眞悄步走到床前，低聲問到：「無忌弟，你睡著了麼？」張無忌不敢回答，雙眼緊閉，假裝睡熟，過了一會，忽有幾根溫軟的手指摸到了他眼皮上。

張無忌又驚又喜，又羞又怕，只盼她快快出房。他心中對朱九眞敬重無比，只求每日能瞧她幾眼，便已心滿意足，心中固然從無半分褻瀆的念頭，便是將來娶她爲妻的盼望，也從未有過。這時見她半夜裏忽然走進房來，如何不令他手足無措？他忽然又想：「眞姊難道有甚要緊事情，須得半夜裏來跟我說麼？」便在此時，突覺胸口膻中穴上一麻，接著肩貞、神藏、曲池、環跳諸穴上都逐一中指受點。

這一下大出他意料之外，那想得到朱九眞深夜裏竟來點自己穴道？不由得大是懊喪：「啊，眞姊定是試探我睡著之後，是否警覺？明兒她解了我穴道，定會來笑我。早知如此，她進房時我便該躍起身來，嚇她一跳，免得她明日說嘴。」

只見她輕輕推開窗子，飛身而出，張無忌心道：「我快些解開穴道，跟在她身後，扮鬼嚇她，倒也好玩。」便以謝遜所授的解穴之法衝解穴道。但朱九眞家傳「一陽指」功夫甚是了得，他直花了大半個時辰，方始解開被點諸穴，這尚因朱九眞功力未夠，又不欲令他知覺，使力極輕，否則他解穴之法再妙，也不能在一個時辰之內衝解得開。待得站起身來，匆匆穿上衣服，躍出窗去，四下裏一片寂靜，那裏還有朱九真的影蹤？

他站在黑暗之中，頗感沮喪，忽爾轉念：「眞姊明兒要笑我無用，讓她取笑便是，何必跟她爭強鬥勝？我要假裝胡裏胡塗，半點不知，顯得她聰明了得。我平日想博她個歡喜，也是不易，今晚如追到了她，只怕她反要著惱了。」想到此處，便即心安理得。這時已是暮春，山谷間野花放出淸香，他一時也睡不著，信步順著一條小溪走去。山坡上積雪消融，雪水順著小溪流去，偶爾夾著一些細小的冰塊，相互撞擊，錚錚有聲。

走了一會，忽聽得左首樹林中傳出格格嬌笑，正是朱九眞的聲音，張無忌微微一驚，心道：「眞姊瞧見我了麼？」卻聽得她低聲叱道：「表哥，不許胡鬧，瞧我不老大耳括子打你。」跟著是幾聲男子的爽朗笑聲，不必多聽便知是衛璧。

張無忌心頭一震，幾乎要哭了出來，做了半天的美夢登時破滅，心中已然雪亮：「眞姊點我穴道，那裏是跟我鬧著玩？她半夜裏來跟表哥相會，怕我知道。」霎時間手酸腳軟，又想：「我是個無家可歸的窮小子，年紀又小，文才武功、人品相貌，那一樣都遠遠不及衛相公。眞姊和他又是表兄妹之親，跟他原是郎才女貌、天造地設的一對。我這傻小子沒來由的喝甚麼醋？」

自己寬解半晌，輕輕嘆了口氣，忽聽得腳步聲響，有人從後面走來，便在此時，朱九眞和衛璧也低聲笑語，手攜手的並肩而來。張無忌不願和他們碰面，忙閃身在一株大樹後躲起。但聽得兩邊腳步聲漸漸湊近，朱九眞忽然叫道：「爹！你……你……」聲音顫抖，似乎十分害怕，原來從另一邊來的那人正是朱長齡。

朱長齡見女兒夜中和外甥私會，似甚惱怒，哼了一聲道：「你們在這裏幹甚麼？」朱九眞強作漫不在乎，笑道：「爹，表哥跟我這麼久沒見面了，今日難得到來，我們隨便談談。」朱長齡道：「你這小妮子忒也大膽，若給無忌知覺了……」朱九眞接口道：「我輕輕點了他五處大穴，這時睡得正香呢，待會去解開他穴道，管教他絕不知覺。」

張無忌心道：「朱伯伯也瞧出我心中喜歡眞姊，爲了我爹爹有恩於他，不願令我傷心失望。其實我雖喜歡眞姊，卻絕無他念。朱伯伯，你待我當眞太好了。」

只聽朱長齡道：「雖然如此，一切還當小心，可別功虧一簣，讓他瞧出了破綻。」朱九眞笑道：「孩兒理會得。」衛璧道：「舅父，眞妹，我也該回去了，只怕師父等我。」朱九眞對他甚爲依戀，說道：「我送你去。」朱長齡道：「好，我也去再跟你師父計議一下。咱們此去北海冰火島，須得萬事妥妥貼貼，決不能稍有差失。」說著三人一起向西走去。

張無忌頗爲奇怪，他知衛璧的師父名叫武烈，是武青嬰的父親，聽朱長齡的口氣，好像武家父女和衛璧都要去冰火島，怎麼事先沒聽他說起？這件事知道的人多了，難保不洩漏風聲，別累及義父才好。他沉思半晌，突然間想到了朱長齡的一句話：「可別功虧一簣，讓他瞧出了破綻。」破綻，破綻，有甚麼破綻？

想到「破綻」兩字，一直便在他腦海中的一個模模糊糊的疑團，驀地裏鮮明異常的顯現在眼前：那幅「張公翠山恩德圖」中，人人相貌逼肖，卻爲甚麼將他長方臉的父親畫作了尖臉？他父親的眉目倒是很像，不錯，那是因爲他父子倆眉目相似，可是他父親是長方臉蛋，絕不像張無忌自己，是瓜子臉的面型。

聽朱長齡說，這幅畫是十餘年前他親筆所繪，就算他丹青之術不佳，也不該將大恩公畫得面目全非。畫上的張翠山，倒像是長大了的張無忌一般。「啊，另有一節。爹爹所使鐵筆向來桿直筆尖，形似毛筆。那日他初回大陸，在兵器鋪中買了一枝判官筆，還說輕重長短，將就可用，就是多了一隻鐵手之形，瞧來挺不順眼。媽媽說一等住定之後，就給他去另行鑄造。但畫中爹爹所使兵刃，卻是尋常的判官筆，鐵鑄的人手中抓一枝鐵筆。朱伯伯自己是使判官筆的大行家，甚麼都可畫錯，怎能將爹爹所使的判官筆也畫錯了？」

想到此節，隱隱感到恐懼，內心已有了答案，可是這答案實在太過可怕，決不敢明明白白的去追想，只安慰自己：「千萬別胡思亂想，朱伯伯如此待我，怎可瞎起疑心？我這就回去睡罷，若給他們知道我半夜中出來，說不定會有性命之憂。」

他想到「性命之憂」四字，登時全身劇震，自己也不知爲甚麼無端端的會這般害怕。

他呆了半晌，不自禁隨著朱長齡父女所去的方向走去，只見樹林中透出一星火光，原來樹叢中另有房屋。他心中怦怦亂跳，放輕腳步，朝著火光悄悄而行，走到屋後，定了定神，探頭從窗縫中向內張望。只見朱長齡父女和衞璧對窗而坐，在和人說話。有兩人背向張無忌，見不到面目，但其中一個少女顯是「雪嶺雙姝」之一的武青嬰。另外那男子身裁高大，傾聽朱長齡述說要如何假裝客商，到山東一帶出海，他一聲不響的聽著，不住點頭。

張無忌心想：「我這可不是庸人自擾嗎？這一位多半便是武莊主武烈，朱伯伯跟他交好，邀他同去冰火島，也是人情之常，我又何必大驚小怪？」

只聽得武青嬰道：「爹，要是咱們在茫茫大海之中找不到那小島，回又回不來，那可怎生是好？」張無忌心想：「這位果然是武莊主。」只聽武烈道：「你若害怕，那就別去。天下之事，不經艱難困苦，那有安樂時光？」武青嬰嬌嗔道：「我不過問一問，又引得你來教訓人家。」

武烈一笑，說道：「這一下原本是孤注一擲。倘若運氣好，咱們到了冰火島上，想那謝遜武功再高，也只一人，何況雙目失明，自不是咱們的敵手……」張無忌聽到此處，一道涼氣從背脊上直瀉下來，不由得全身打戰，只聽武烈續道：「……那屠龍刀還不手到拿來？那時『號令天下，莫敢不從。』我和你朱伯伯並肩成爲武林至尊。倘若人算不如天算，我們終於死在大海之中，哼，世上又有誰是不死的？」

衛璧說道：「聽說金毛獅王謝遜武功卓絕，王盤山島上一吼，將數十名江湖好手都震成了白痴。依弟子愚見，咱們到得島上，不用跟他明槍交戰，只須在食物中偷下毒藥，別說他是盲人，便算他雙目完好，瞧得清清楚楚，也決不會疑心他義兒會帶人來害他啊。」朱長齡點頭道：「璧兒此計甚妙。只不過咱們朱武兩家，上代都是名門正派的俠士，向來不碰毒藥，便暗器之上也從不餵毒。到底要用甚麼毒藥，使他服食時全不知覺，我可一竅不通了。」衛璧道：「姚二叔多在中原行走，定然知曉，請他購買齊備便是。」

武烈轉身拍了拍朱九眞的肩頭，笑道：「眞兒……」這時他回過頭來，張無忌看得清楚，不由得大吃一驚。原來此人正是假扮他義父的「開碑手胡豹」，甚麼將朱長齡打得重傷吐血、給姚清泉一刀殺死等等，全是假裝的，登時明白他們爲了要使這齣戲演得逼眞，發掌擊出，碰到牆上是石屑紛飛，遇到桌椅是堅木破碎，是以要武功精強的武烈出馬。只聽他對朱九眞笑道：「所以啊，這齣戲還有得唱呢，你一路跟那小鬼假裝親熱，直至送了謝遜的性命爲止。可千萬別露出絲毫馬腳。」

朱九眞道：「爹，你須得答應我一件事。」朱長齡道：「甚麼？」朱九眞道：「你叫我侍候這小鬼，這些日子來吃的苦頭可眞不小，要到踏上冰火島，殺了謝遜，時候還長著呢，不知道要受多少罪。等你取到屠龍刀後，我可要將這小鬼一刀殺死！」

張無忌聽了她這麼惡狠狠的說話，眼前一黑，幾欲暈倒，隱隱約約聽得朱長齡道：「咱們這般用巧計騙他，誘出金毛獅王的所在，說來已有些不該。這小子也不是壞人，咱們殺了謝遜，取得屠龍刀後，將這小子雙目刺瞎，留在冰火島上，也就是了。」武烈讚道：「朱大哥就是心地仁善，不失俠義家風。」

朱長齡嘆道：「咱們這一步棋，實在也屬情非得已。武二弟，咱們出海之後，你們座船遠遠跟在我們後面，倘若太近，會引起那小子疑心，過份遠了，又怕失了聯絡。這梢公舟師，可得物色妥善才是。」武烈道：「是，朱大哥想得很周到。」

張無忌心中一片混亂：「我從沒吐露自己身分，怎會給他們瞧破？嗯，想是我全力抗拒衛璧及朱武二女毆打之時，使出了武當派武功心法，朱伯伯見多識廣，登時便識破了我的來歷。他知我爹爹媽媽寧可自盡，也不吐露義父的所在，倘若用強，決不能逼迫我吐露眞相。於是假造圖畫、焚燒巨宅、再使苦肉計令我感動。他不須問我一句，卻使我反而求他帶往冰火島去。朱長齡啊朱長齡，你的奸計可眞毒辣之至了。」

這時朱長齡和武烈兀自在商量東行的諸般籌劃。張無忌不敢再聽，凝住氣息，輕輕提腳，輕輕放下，每跨一步，要聽得屋中並無動靜，才敢再跨第二步。他知朱長齡、武烈兩人武功極強，自己只要稍一不愼，踏斷半條枯枝，立時便會給他們驚覺。這三十幾步路，跨得其慢無比，直至離那小屋已在十餘丈外，才走得稍快。

他慌不擇路，只向山坡上的林木深處走去，越攀越高，越走越快，到後來竟發足狂奔，一個多時辰之中，不敢停下來喘一口氣。奔逃了半夜，到得天色明亮，只見已處身在一座雪嶺的叢林之內。他回頭眺望，要瞧瞧朱長齡等是否追來，這麼一望，不由得叫一聲苦，只見一望無際的雪地中留著長長一行足印。西域苦寒，這時雖已入春，但山嶺間積雪未融。他倉皇逃命，竭力攀登山嶺，不料反洩露了自己行藏。

便在此時，隱隱聽得前面傳來一陣狼嗥，淒厲可怖，張無忌走到一處懸崖上眺望，見對面山坡上七八條大灰狼仰起了頭，向著他張牙舞爪的嗥叫，顯是想要食之果腹，但和他站立之處隔著一條深不見底的萬丈峽谷，沒法過來。他回頭再看，心中突的一跳，見山坡上有五個黑影慢慢向上移動，自是朱武兩家一行人。此時相隔尚遠，似乎這五人走得不快，但料想奔行如風，看來不用一個時辰，便能追到。

張無忌定了定神，打好了主意：「我寧可給餓狼分屍而食，也不能落入他們手中，苦受這羣惡人折磨。」一想到自己對朱九眞如此萬般誠意的痴心敬重，那知她美艷絕倫的面貌之下，竟藏著這樣一副蛇蝎心腸，他又慚愧，又傷心，拔足往密林中奔去。

樹林中長草齊腰，雖然也有積雪，足跡卻不易看得清楚。他奔了一陣，心力交疲之下，體內寒毒突然發作，雙腿已累得無法再動，便鑽入一叢長草，從地下拾起一塊尖角石頭拿在手裏，要是給朱長齡等發見了自己藏身所在，立時便以尖石撞擊太陽穴自盡。

回想這兩個多月來寄身朱家莊的種種經過，越想越難受：「崆峒派、華山派、崑崙派這些人恩將仇報，我原也不放在心上，可是我對眞姊這般一片誠心，內中眞相原來如此……唉，媽媽臨死時叮囑我甚麼話來？怎地我全然置之腦後？」

母親臨死時對他說的那幾句話，淸晰異常地在他耳邊響了起來：「孩兒，你長大了之後，要提防女人騙你，越是好看的女人，越會騙人。」他熱淚盈眶，眼前一片模糊：「媽媽跟我說這幾句話之時，匕首已揷入她胸口。她忍著劇痛，如此叮囑於我，我卻將她這幾句血淚之言全不放在心上。若不是我會衝解穴道之法，鬼使神差的聽到了朱長齡的陰謀，以他們布置的周密，我定會將他們帶到冰火島上，非害了義父的性命不可。」

他心意旣決，靈台淸明，對朱長齡父女所作所爲的含意，登時瞧得明明白白：朱長齡一料到他是張翠山之子，便出手掌擊女兒、擊斃羣犬，使得張無忌深信他是一位是非分明、仁義過人的俠士；至於將廣居華廈付之一炬，雖十分可惜，但比之「武林至尊」的屠龍寶刀，卻又不値甚麼了。其處事之迅捷果斷，委實可驚可畏。

他又想：「我在島上之時，每天都見義父抱著那柄刀呆呆出神，十年之中，始終參解不透刀中祕密。義父雖然聰明，卻是直性子。這朱長齡機智過人，計謀之深，遠遠勝我義父。義父想不出，寶刀若到了朱長齡手中，他多半能想得出……」前思後想，諸般念頭紛至沓來，猛聽得腳步聲響，朱長齡和武烈二人已找進了叢林。

武烈道：「那小子定是躲在林內，不會再逃往遠處……」朱長齡忙打斷他話頭，說道：「唉，不知眞兒說錯了甚麼話，得罪了張兄弟。我眞擔心，他小小年紀，要是在冰雪遍地的山嶺中有甚失閃，我便粉身碎骨，也對不起張恩公啊。」這幾句話說得宛然憂心如搗，自責甚深。張無忌只聽得毛骨悚然，暗想：「他心尙未死，還在想花言巧語的騙我。」

只聽得朱、武二人各持木棒，在長草叢中拍打，張無忌全身蜷縮，一動也不敢動，幸而那林子佔地甚廣，卻也沒法每一處都拍打到了。不久衞璧和雪嶺雙姝也即趕到。五人在叢林中搜索了半天，始終沒能找到，各人都感倦累，便在石上坐下休息。其實五人所坐之處和他相隔不過五六丈，只是林密草長，將他身子全然遮住了。

朱長齡凝思片刻，突然大聲喝道：「眞兒，你到底怎地得罪了無忌兄弟，害得他三更半夜的不告而別？」朱九眞一怔。朱長齡忙向她使個眼色。

朱九眞會意，便大聲道：「我跟他開玩笑，點了他穴道，那想到無忌弟卻當了眞。」說著縱聲叫道：「無忌弟，無忌弟，你快出來，眞姊跟你賠不是啦！」聲音雖響，卻仍嬌媚婉轉，充滿了誘惑之意。她叫了一會，見無動靜，忽然哭了起來，說道：「爹爹，你別打我，別打我。我不是故意得罪無忌弟啊。」朱長齡舉掌在自己大腿上力拍，噼啪作響，口中大聲怒喝。朱九眞不住口的慘叫，似乎給父親打得痛不可當。武烈、衞璧、武青嬰三人在旁含笑而觀。

張無忌明知是他父女倆做戲，可是聽著這聲音，仍心下惻然，暗道：「幸而我早知你們在做戲騙我，否則聽了她如此尖聲慘叫，定忍不住要挺身而出。」

朱氏父女料定張無忌藏身在這樹林之內，一個怒罵，一個哀喚，聲音越來越淩厲。張無忌雙手掩耳，聲音仍一陣陣傳入耳中。他再也忍耐不住，透了一口長氣。朱長齡和武烈立即發覺，齊聲歡呼：「在這裏了！」張無忌一驚之下，穿林而出，發足狂奔。朱長齡和武烈飛身躍起，向他撲去。

張無忌死志早決，更無猶疑，筆直向那萬丈峽谷奔去。朱長齡的輕功勝他甚遠，待他奔到峽谷邊上，朱長齡已追到身後，伸手往他背心抓去。

張無忌只覺背心上奇痛徹骨，朱長齡右手的五根手指已緊緊抓住他背脊，就在此時，他足底踏空，半個身子已在深淵之上。他左足跟著跨出，全身向前急撲。

朱長齡萬沒料到他竟會投崖自盡，給他一帶，跟著向前傾出。以他數十年的武功修爲，倘若立時放手反躍，自可保住性命。可是他知道只須五根手指一鬆，那「武林至尊」的屠龍寶刀便永遠再沒到手的機緣，這兩個月來的苦心籌劃、化爲一片焦土的巨宅華廈，便盡隨這五根手指一鬆而付諸東流了。

他稍一猶豫，張無忌下跌之勢卻絕不稍緩。朱長齡叫道：「不好！」反探左手，來和自後衝到的武烈相握時，卻差了尺許，他抓著張無忌的右手兀自不肯放開。

兩人一齊自峭壁跌落，直摔向足底的萬丈深淵，只聽得武烈和朱九眞等人的驚呼自頭頂傳來，霎時之間便聽不到了。兩人衝開瀰漫谷中的雲霧，直向下墮。

朱長齡一生之中經歷過不少兇險，臨危不亂，只覺身旁風聲虎虎，身子不住的向下摔落，偶見峭壁上有樹枝伸出，他便伸左手去抓，幾次都差了數尺，最後一次總算抓到，可是他二人下跌的力道太強，樹枝吃不住力，喀喇一聲，一根手臂粗的松枝登時折斷。但就這麼緩得一緩，朱長齡已有借力之處，雙足橫撐，使招「烏龍絞柱」，牢牢抱住那株松樹，提起張無忌，將他橫放在樹，唯恐他仍要躍下尋死，抓住了他手臂不放。

張無忌見始終沒能逃出他掌握，灰心沮喪已極，恨恨的道：「朱伯伯，不論你怎麼折磨我，要我帶你去找我義父，那是一萬個休想。」

朱長齡翻轉身子，在樹枝上坐穩了，抬頭上望，朱九眞等的人影固然見不到，呼聲也已聽不到了，饒是他藝高膽大，想起適才的死裏逃生，也不禁心悸，額頭上冷汗涔涔而下。他定了定神，笑道：「你說甚麼？我一點兒也不懂。你可別胡思亂想，會錯了我的一番好意。」張無忌道：「你的奸謀已給我識破，全然無用的了。你便逼著我去冰火島，我東南西北的亂指一通，大家一齊死在大海之中，你當我不敢麼？」

朱長齡心想這話倒也是實情，眼前可不能跟他破臉，總要著落在女兒身上，另圖妙策，眼看四下情勢，向上攀援是決無可能，腳下仍深不見底，唯一的法子是沿著山壁斜坡，慢慢爬行出去，向張無忌道：「小兄弟，你千萬不可瞎起疑心，總而言之，我決計不會逼迫你去找謝大俠。若有此事，教我姓朱的萬箭攢身，死無葬身之地。」他立此重誓，倒也不是虛言，心想他既寧可自盡，那麼不論如何逼迫，也決無用，只有設法誘得他心甘情願的帶去。

張無忌聽他如此立誓，心下稍寬。朱長齡道：「咱們從這裏慢慢爬出去，你不能往下跳，知道麼？」張無忌道：「你既不逼我，我何必自己尋死？」朱長齡點點頭，取出短刀，剝下樹皮，搓成了一條繩子，兩端分別縛在自己和張無忌腰裏。兩人沿著雪山斜坡，手腳著地，一步步向有陽光處爬去。

那峭壁本就極陡，加上凍結的冰雪，更加滑溜無比，張無忌兩度滑跌，都是朱長齡使力拉住，才不致跌入下面深谷。張無忌並不感激，尋思：「你不過是想得那屠龍寶刀，那裏是眞的好意救我了？」

兩人爬了半天，手肘膝蓋都已給堅冰割得鮮血淋漓，總算山坡已不如何陡峭，兩人站起身來，一步步的掙扎前行。好容易轉過了那堵屏風也似的大山壁，朱長齡只叫得一聲苦，不知高低。眼前茫茫雲海，更無去路，竟是置身在一個三面皆空的極高平台上。這大那平台倒有十餘丈方圓，可是半天臨空，上既不得，下又不能，當眞是死路一條。

平台上白皚皚的都是冰雪，既無樹木，更無野獸。

張無忌反而高興，笑道：「朱伯伯，你花盡心機，卻到了這個半天吊的石台上來。這會兒就有一把屠龍寶刀給你，你拿著它號令天下，莫敢不從的也就只我一人！」

朱長齡叱道：「休得胡說八道！」盤膝坐下，吃了兩口雪，運氣休息半晌，心想：「此時雖然疲累，精力尚在，若在這裏再餓上一天，只怕再難脫困了。」站起身來，說道：「這裏前路已斷，咱們回去向另一邊找尋出路。」張無忌道：「我卻覺得這兒很好玩，又何必回去？」朱長齡怒道：「這兒甚麼也沒吃的，呆在這兒幹麼？」張無忌笑道：「不食人間煙火更好，便於修仙鍊道啊。」

朱長齡心下大怒，但知若逼得緊了，說不定他便縱身往崖下一跳，便道：「好，你在這兒多休息一會，我找到了出路，再來接你。別太走近崖邊，小心摔了下去。」張無忌笑道：「我生死存亡，何勞你如此掛懷？你這時候還在妄想我帶你去冰火島，勸你別白操這份心了罷。」

朱長齡不答，逕自從原路回去，到了那棵大松樹旁，向左首探路而前。這一邊的山壁地勢更加凶險，但不須顧到張無忌，他便行得甚快，或爬或走的行了半個多時辰，來到一處懸崖之上。眼前更無去路。朱長齡臨崖浩嘆，怔怔的呆了良久，才沒精打采的回到平台。

張無忌不用詢問，看到他臉色，便知沒找到出路，心想：「我身中玄冥神掌，陰毒難除，屈指計來，本就壽元將盡，不論死在那裏，都是一樣。只是他好端端的有福不享，妄想做甚麼武林至尊，竟陪著我在這冰天雪地中活活餓死，可歎可憐！」

他初時憎恨朱長齡陰狠奸險，墮崖出險之後還取笑他幾句，這時見生路已絕，朱長齡垂頭喪氣，反而憐憫他起來，溫言道：「朱伯伯，你年紀已大，甚麼榮華快活也都享過了，此刻便死了，又有何憾？不用難過罷！」

朱長齡對張無忌一直容讓，只不過不肯死心，盼望最後終能騙動了他，帶領自己前往冰火島，這時見生路已斷，而所以陷此絕境，全是爲了這小子，一口怨氣那裏消得下去？雙眼中如要噴出烈火，惡狠狠的瞪視著他。

張無忌見這個向來面目慈祥的溫厚長者，陡然間有如變成了一頭兇猛殘狠的野獸，要撲上來咬死自己，不由得害怕之極，一聲驚叫，跳起身來便逃。朱長齡喝道：「這兒還有路逃麼？」伸手向他背後抓去，決意盡情將他折磨一番，要他受盡了苦楚，才將他處死。

張無忌向前滑出一步，但見左側山壁黑黝黝的似乎有個洞穴，更不思索，便鑽了進去。嗤的一聲，褲管已遭朱長齡扯去一塊，大腿也給抓破。張無忌跌跌撞撞的往洞內急鑽，突然間砰的一下，額頭和山石相碰，只撞得眼前金星亂舞。他知這時朱長齡已撕破了臉，甚麼兇狠毒辣的手段都使得出，惶急之下，只得拚命向洞裏鑽去，至於鑽入這黑洞之中，是否自陷絕地，更難逃離對方毒手，已全無餘暇計及。幸而那洞穴越往裏面越是窄隘，爬進十餘丈後，他已僅能容身，朱長齡卻再也擠不進來了。

張無忌又爬進數丈，忽見前面透進光亮，心中大喜，手足兼施，加速前行。朱長齡又急又怒，叫道：「我不來傷你便是，快別走了。」張無忌卻那裏理他？

朱長齡運起內力，揮掌往石壁上擊去，山石堅硬無比，一掌打在石上，只震得掌心劇烈疼痛，石壁竟紋絲不損。他摸出短刀，想掘鬆山石，將洞口挖得稍大，惶急中使力過猛，只挖得幾下，啪的一聲，一柄青鋼短刀斷爲兩截。朱長齡狂怒之下，勁運雙肩，向前一擠，身子果然前進了尺許，然再想前行半尺，也已萬萬不能，堅硬的石壁壓在他胸口背心，竟連氣也喘不過來。

他窒息難受，只得後退，不料身嵌堅石，前進固然不能，後退也已不得，這一下他嚇得魂飛魄散，竭盡生平之力，雙臂向石上猛推，身子才退出了尺許，猛覺得胸口一陣劇痛，喀喇聲響，竟已軋斷了一根肋骨。

倚天屠龍記(大字版) / 金庸作.　-- 二版.
-- 臺北市：遠流，2017.10
冊；公分. --(大字版金庸作品集；31–38)

ISBN 978-957-32-8103-0 (全套：平裝).

857.9　　　　　　106016640